人民艺术家·王蒙
创作70年全稿

红楼编

红楼启示录

· 29 ·

王 蒙

目　录

前言一 …………………………………………………………（ 1 ）
前言二 …………………………………………………………（ 2 ）

一　《红楼梦》的写实与其他 ………………………………（ 1 ）
二　宝玉与黛玉的见面 ………………………………………（ 8 ）
三　回味起来仍然得意 ………………………………………（ 16 ）
四　关于贾宝玉 ………………………………………………（ 45 ）
五　《红楼梦》的语言与结构 ………………………………（ 63 ）
六　情与政 ……………………………………………………（ 83 ）
七　关于"红楼二尤" ………………………………………（ 115 ）
八　《红楼梦》的结构与贾府的末日 ………………………（ 124 ）
九　话说《红楼梦》后四十回 ………………………………（ 136 ）
十　说不尽的话题——奇书《红楼梦》……………………（ 157 ）

附：变奏与狂想 ………………………………………………（ 174 ）
　　天情的体验 ………………………………………………（ 184 ）
　　"抄检大观园"评说 ………………………………………（ 201 ）
　　贾宝玉论 …………………………………………………（ 220 ）
　　"钗黛合一"新论 …………………………………………（ 249 ）
　　我为什么也要谈《红楼梦》……………………………（ 258 ）

前　言　一

我早就有一个愿望:写一本关于《红楼梦》的读后感。

我不是"红学家",我不懂专门的"红学",如"曹学""版本学"等。

然而我是《红楼梦》的热心读者。从小至今,我读《红楼梦》,至今没有读完,没有"释手",准备继续读下去。《红楼梦》对于我这个读者,是唯一的一部永远读不完,永远可以读,从哪里翻开书页读都可以的书。同样,当然是一部读后想不完回味不完评不完的书。

我写下了札记式的感想。我希望将来有机会再写这个题目。

前　言　二

　　我读过一些书,这些书里,最活的一部就是《红楼梦》。

　　《红楼梦》当然是小说,但是对于我来说似乎又不仅是小说,而是真实的生活。就是说,一读起《红楼梦》,就如见其人,如临其境,如闻其声,在你的面前展示着的与其说是小说的文字、描写、情节、故事、抒发、感慨……与其说是作者的伟大、精细、深沉、华美、天才……不如说是展示着真实的生活,原生的生活,近乎全息的生活。对于这样的生活你可能并不熟悉,但是它能取信于你,你完全相信它的真实、生动、深刻、立体、活泼、动感,可触可摸,可赞可叹,可惜可哀,可评可说。

　　你本来涉世未深,所知有限,如果你好好读三遍《红楼梦》,怎么着,你显得懂点世事人情了。不是说《红楼梦》里的事情可以与生活中的实事照搬比照,不,那样强拉硬扯只能出笑话,而是说的某种"事体情理"是普遍的,是可以互为启迪的。

　　我喜欢一次又一次地阅读《红楼梦》,我喜欢一次又一次地琢磨《红楼梦》,每读一次都有新发现,每读一次都有新体会新解读。

　　例如我过去多次说过也写过,抄检大观园时,探春的一段长篇讲话太深太痛,显得突兀,可能是曹雪芹借探春之口说自己要说的话。我还"小人度君子之腹"地说,让作品人物说出作者想说的话,是写作者很难摆脱的一种诱惑。但是近来的多次重读使我的想法发生了动摇。盖从一开始探春与老太太在评价园内治安形势上就发生了原则性的分歧,探春在突击查夜后认为除夜班人员无聊耍钱外并无违规大事,她的这种天下本无事的观点马上受到贾母的恶声恶气的批评。整个抄检之中,能充当抄检方针与举措的对立面的只有探春一人。其他司棋晴雯只是个人尊严维护,宁折不屈罢了。

时代当然不同了,今天的中国今天的世界,已经与贾氏们在大观园里的生活大相径庭了,但是许多事体情理,许多人性善恶,许多爱爱仇仇,许多阴差阳错,许多吉凶祸福、兴衰消长仍然令人觉得亲切,觉得似曾相识,觉得有令人警醒、给人启示、发人深省之处。

否则,毛泽东那么伟大,那么政治,那么哲学又那么日理万机、实务缠身的人怎么可能念念不忘于《红楼梦》!他评价《红楼梦》远远多于高于任何其他中外名著。

除了真实生动深刻以外,《红楼梦》的一大特点是它留下了太多的空白,这是一道道填空题,它呼唤着记忆力、联想力、想象力,直至侦探推理的能力,谁能经得住谈《红楼梦》的诱惑呢?不谈《红楼梦》,谁知道你也是有智慧有灵性有感情有感悟的呢?

感谢曹雪芹吧,给了我们这么好的话题,你对什么有兴趣?社会政治?三教九流?宫廷豪门?佛道巫神?男女私情?同性异性?风俗文化?吃喝玩乐?诗词歌赋?蝇营狗苟?孝悌忠信?虚无飘渺?来,谈《红楼梦》吧。

所以我不揣浅陋,把说《红楼梦》作为我的一件常务,常活儿,一个永远不尽的话题。

我把《红楼梦》当做一部活书来读,当做活人来评,当做真实事件来分析,当做经验学问来思索。我把《红楼梦》当做一块丰产田、当做一个大海来耕作,来徜徉,来拾取。多么好的《红楼梦》啊,他会使那么多人包括我一辈子有事做,有兴味研究著述争论拍案惊奇!我常常从《红楼梦》中发现了人生,发现了爱情、政治、人际关系、天理人欲……的诸多秘密。读《红楼梦》,日有所得月有所得年有所得,十年二十年三十年各有所得。我也常常从生活中发现《红楼梦》

的延伸、变体、仿造、翻案、挑战……伟大的经历丰富的中国人中国同胞啊,谁没有一部红楼梦、瓦屋梦、土牢梦、灰房梦、石穴梦、地道梦?或者有经历有各种屋子楼而终于无梦?

一 《红楼梦》的写实与其他

写实与梦幻

整体说来,《红楼梦》是长于写实的。"石头"在全书第一回中答复空空道人说:"……其间离合悲欢、兴衰际遇,俱是按迹寻踪,不敢稍加穿凿,至失其真。"

这段写实主义的声明是由"石头"所做,有点令人哭笑不得,也有点中国式的聪明灵活的辩证法。

写实的作品中,穿插环绕装点一些神话的、魔幻的、匪夷所思的故事,使写实的作品增添了一些幻化的生动、神秘、奇异,使写实的作品也生出想象的翅膀,生出浪漫的彩色。这就比一味写实,除了实还是实的作品更文学了。

一般地说,写实的作品易于厚重,梦幻的作品易于轻灵,写实的小说易于长见识,梦幻的小说易于玩才华。或者反过来说,写实的小说易失之于拙,梦幻的小说易失之于巧。能不能把二者结合一下呢?厚重中显出轻灵,执着中显出超脱,命运的铁的法则之中显出恍兮惚兮的朦胧,痛苦而又无常的人生之外似乎还别有一个理解一切俯瞰一切而又对一切无能为力的太虚幻境……这是真小说家的境界,这是人生真味的体验,这是有为与无为、有所希冀与无可奈何的理念与情感的融会贯通。

有一种廉价的判断,写个荒诞的故事就反映了作者对生活的荒诞性的理解、感受与评价。这是只知其一不知其二。荒诞也是人的精神主体的一种要求,当科学性、必然性、可知性不能完全满足人的主体要求包括经验的要求、理解的要求与观赏、享受的要求的时候,梦幻性与荒诞性就应运而生,正像人们会在梦中得到现实中得不到的东西与体验一样。不管一个人多么理性和"科学",不管他多么执着于逻辑的必然性,他总还是要做梦的。其次,荒诞、幻化也是一种美,是一种突破了现实的硬壳、摆脱了大地的芜杂的美,就像梦的美、痴的美、醉(酒)的美、疯狂的美一样。(说疯狂也可以是一种美这话听来有些残酷,但请想一想京剧《宇宙锋》,梅兰芳大师表演的不正是这一种"疯狂"的美吗?)

最后,没有人说过的是,幻化、荒诞化是把小说与人生间离的重要手段。《红楼梦》一开篇,作者就强调"将真事隐去""假语村言""历过一番梦幻""说来虽近荒唐,细玩深有趣味"……一方面强调不失其真,未敢失其真,一方面又强调不可当真,不过是供"醉余睡醒之时,或避事消愁之际,把此一玩"而已,这就给创作主体留下了进可以攻、退可以守的极大的灵活性,留下了极大的使艺术创造力纵横驰骋的余地,留下了自己的"创作自由",也为读者留下了欣赏与阅读即进行二度创造的自由。这就不像我们的一些聪明的呆鸟,强调创造就一口否定写实,强调娱乐"玩文学"就一口否定教化及其他一切功能,强调艺术形式就一口否定一切内容……或者正相反地进行只讲另一面理的批判。

间离了才好"把玩"。所以精神病医生不能去欣赏患者的疯狂美,但是戏迷们能欣赏舞台上赵玉蓉的装疯。间离了作者也才能自由。完全地写实,写作本身变成了一种介入、投入,乃至变成了一种舆论、一种"大众传播"、一种"态度"、一种"站队",就必然会碰到一系列世俗人生中的问题。涉嫌不敬,涉嫌溢美,涉嫌揭人阴私,涉嫌泄己私愤,涉嫌造舆论,涉嫌呼应直至涉嫌提倡异端与犯上作乱……曹雪芹有几个脑袋敢去以身试文字狱!而且小说毕竟只是小说,至少首先是小说,虽然不如起诉书或辩护词那样具有明确的针对性,却因为失去了这种针对性而获得了更普遍更长远的意义。写小说就要把小说当小说写,而不是当檄文当救世秘方当判决书写,《红楼梦》摆在案头,您就"把玩把玩"吧。反正是"满纸荒唐言,一把辛酸泪,都云作者痴,谁解其中味?"

又道是"说到辛酸处,荒唐愈可悲,由来同一梦,休笑世人痴!"

动人的石头故事

最动人的还是石头的故事,窃以为《石头记》的名字比《红楼梦》好,《红楼梦》这个名字起得多少费了点劲,不像《石头记》那样自然朴素,"不着一字,尽得风流"。至于《情僧录》《风月宝鉴》《金陵十二钗》云云,就透出俗气来了。

太虚幻境的故事,一僧一道的故事,秦可卿死前向王熙凤托梦的故事等等,俱无甚奇处。太虚幻境的价值在于它是由情所生之境,不像玉皇大帝、阴曹地府是人间政治统治之延伸,又不像西天、极乐世界是宗教幻想的"无差别境界"。但即使如此,与石头的故事相比,也是太差太差矣!

本是补天之石,其使命感、其先天的选择的可能性亦大矣,却落了个"众石俱得补天,独自己无才,不得入选,遂自怨自愧,日夜悲哀"的下场!呜呼,怀才不遇,失意文人,用现代话叫充满了"失落感",真是中国千古文人的悲剧!虽说是"自怨自愧",实际并不服输,因为来历不凡(是女娲氏炼出来的),抱负不凡(意在补天从政),"身手不凡"("自经锻炼之后,灵性已通,自去自来,可大可小"——这里的"锻炼"二字,令人抚今思昔,一唱三叹!),又失落又自负,又是"灵物"又"没有实在的好处",这真是中国千古文人的悲剧心态!

石头是物,是自然,叫做"大荒山""无稽崖""青埂峰下",浑浑噩噩,不由自主,落寞孤独而又平静安宁,悠长永远。偏偏这样一

3

个无生命的石头通了灵性,被携到那"昌明隆盛之邦、诗礼簪缨之族、花柳繁华地、温柔富贵乡"里"去走一遭"。这样,石头就成了人,就有了感觉、有了情义、有了灵魂,享受了人间的诸种美妙,也吃尽了人间的种种痛苦。人来自物,倒有点唯物论的味道。人成了人以后便脱离了物,在大自然面前感到了疏离和孤独。这是一种灵性的孤独,情感的孤独,灵魂的孤独,与原始的荒漠的孤独不一样,不是因荒漠而孤独,而是因脱离了荒漠,要求着不荒漠——如繁荣、文明、友谊——而孤独。不但孤独,而且脆弱,最终还要变成石头,还要回到大荒山无稽崖青埂峰下。这是一个圆环,无始无终。这不但是贾宝玉的"历史",而且近乎宇宙与人类的历史。经过一个循环,或叫一个轮回、一番梦幻、翻过一回筋斗以后,毕竟又与未曾经历过不一样,留下了记载,留下了辛酸荒唐,留下了消愁破闷、喷饭供酒的材料,呜呼,这不就是人生么?这不就是文学么?这不就是小说么?

石头是普通的,因石而成玉就是石头的升格乃至"异化"了。所以,"木石前盟"比"金玉良缘"动人得多。因为木石比金玉更具有原生性,更本真也更朴素。《红楼梦》中关于石头的故事非常精彩,显示了曹雪芹的高度的艺术想象力,也显示了他的悲哀、不平、迷惘和自我解脱。但《红楼梦》中关于玉——即那块宝玉——的描写可就大不如石了。衔之而生也罢,两行小字"莫失莫忘,仙寿恒昌"也罢,丢了又找回来也罢,特别是又出来个也是衔玉而生的甄宝玉也罢,除见林黛玉时摔玉一节以外,其余有关这块玉的具体描写都脱不开俗气,太实、啰嗦、外加游离,甚至有画蛇添足之感。当然,整个说来还是有深意的,这一点后面当另做议论。

《红楼梦》里的另一个精彩的幻化故事便是神瑛侍者给绛珠草灌溉,绛珠草投生为女人,愿把一生的泪水还给爱自己的神瑛侍者的故事,着实是别致得很,古今中外,只此一家,任凭结构主义的大博士们怎么研究,难得找出一个什么原型什么模式来!而这个故事是这样优美,这样缠绵,这样至情,这样哀婉,与小说内容相比又是这样贴切,真是千古绝唱了!而这样的故事,不是来自初民的民间传说,不是出自神话时代的巫神宗教,而是来自后神话时代的文人创造,就更加令人赞叹了。

作为装点也罢,有这样的装点和没有这样的装点是不同的,有这样的幻化与没有这样的幻化是不同的。《红楼梦》中的写实描写像铁一样沉重,金一样珍贵,而《红楼梦》里装点穿插的这些幻化故事,用形色独特的烟霞衬托打扮起我们的铁与金来。没有艺术想象力的文学当然是跛足的文学,没有艺术想象力的作家,当然最多是门槛外的作家!

《好了歌》一析

《好了歌》了无意趣,浅俗得很。甄士隐为表达自己的学习心得与深刻领会而诵的曲文也没什么意思。什么"陋室空堂,当年笏满床……"之类,根本不合逻辑。当年笏满床是当年,如今陋室空堂是如今,二者岂可互相混淆或以一个否定另一个。反过来,也不妨唱:"当年空堂,如今笏满床,当年乞丐人皆谤,如今金银满箱"。这就变成了不可救药的乐观主义了。尽管如此,甄士隐的心得曲词的最后几句,还是确实有点意思:

"……乱烘烘你方唱罢我登场,反认他乡是故乡;甚荒唐,到头来都是为他人做嫁衣裳……"

这几句词概括得很形象也很实在。生活当中这种心劳日拙、轻举妄动、费尽心机、适得其反的例子实在太多太多!南辕北辙、缘木求鱼、自投罗网、自掘坟墓、螳螂捕蝉、黄雀在后、杀鸡取卵、饮鸩止渴、搬起石头砸自己的脚……从这些成语谚语中也不难想象这种"甚荒唐"的林林总总:"反认他乡是故乡""到头来都是为他人做嫁衣裳",说明了主观与客观的分裂,动机与效果的背道而驰。为什么会这样呢?关键是人们往往过高估计了自己的力量,例如王熙凤,恃强到连有了疾病也不敢声张的程度。人们又往往估计不出合力的作用,因为人们自己的那点努力或者是很大的努力,归根结蒂不过是非常多的多边几何形的一个边。而历史的发展和生活的发展是这几条边的对角线,这些对角线组成新的平行四边形,最后经过不知凡几的组合与淘汰才形成的决定的对角线来主宰的。再其次是由于人们的短视,比如下棋,能看三步就不错了,能看十步八步大概就可以当国手了,谁能看出一百步棋去?谁能看到一百零一步呢?自己的努力到了第一百零一步反倒成就了对手,叫做"反认他乡是故乡",叫做"为他人做嫁衣裳",这样的事例还少吗?能不兴这种"乱烘烘""甚荒唐"之叹吗?

空空道人的批评

空空道人对本书有一段批评,叫做:"第一件无朝代年纪可考,第二件并无大贤大忠、理朝廷、治风俗的善政……"翻译成现代语言就是第一时代背景不明确——导致了或决定了缺乏时代精神,第二没有政治内容也就少了教化意义。两条加在一块可以概括为不是重大题材,缺少有分量的主题思想。细想想,空空道人的评论确有道理也确有根据。几部奇书相较,当然是《三国演义》题材最重大,帝王将相,忠孝节义,纵横捭阖,治乱情理,俱收书上。《水浒传》也还可以的,叫做农民起义,朝廷招安等等。甚至《西游记》的题材也比《红楼梦》重大,神魔较量,邪不压正,历险取经,终成正果,能小看吗?

时代背景问题也是不能轻忽的。记得一九五六年除夕我在一家报纸上发表了一篇小小的散文诗《新年》,不久即受到一位对我极富好意的革命前辈兼师长的批评,他说:"《新年》写得不好,看不出是哪一年写的,放在哪一年都行!"看来,这样一种文学批评上的价值观是由来已久的。

对空空道人的批评,"石头"做了一段自我辩护,但并不充分有力。"石头"不过是反唇相讥,批评了一番那种"千部一腔、千人一面",缺少创造性,"或讪谤君相,或贬人妻女,奸淫凶恶……坏人子弟"的流行小说货色罢了。很妙,这里,"石头"是打着更加正统的旗号、唱着更真实地维护正统观念的调子来还击那种认为此书太不正统的批评的。这第一是实话,第二是"东方式的狡黠"。最后作者还要通过空空道人之口声明此书"大旨不过谈情,亦只是实录其事,绝无伤时淫秽之病",一不伤时干政,二不诲淫叛道,端的是老实百姓写的闲书是也。这样一种低调门的自我界定,有利于保护作品,却又贬抑了作品的意义。其实最好的辩护是《红楼梦》本身。《红楼梦》的时代背景虽不具体明确,决不等于作品没有时代特点。而《红楼梦》的深度,突破了表面上的题材局限,使作品的政治社会意义丝毫不逊于甚至超过了其他作品。

二　宝玉与黛玉的见面

文人与企业家"联姻"

　　记得有人说过,《红楼梦》是中国社会的百科全书,几乎一切在中国发生的事情,都可以从《红楼梦》中找到可堪比附的先例。他们还举例说,傻大姐捡到绣春囊后抄检大观园,抄家与清洗是也。秦显家的接替柳嫂子掌管厨房,赔了夫人又折兵,搭进去好多礼物,只不过半天,柳嫂子就"官复原职",秦显家的狗咬猪尿泡,空欢喜一场……恰如"文革"中短命的夺权是也。敏探春兴利除弊,改革管理体制是也……当然不无牵强附会。

　　妙的是《红楼梦》第二回中写贾雨村与冷子兴的交往,不过两句话:"雨村最赞这冷子兴是个有作为大本领的人,这子兴又借雨村斯文之名,故二人最相投机"。却原来文人与企业家(冷子兴是都中古董行中搞"贸易"的)的联谊联姻也是《红》已有之。文人佩服企业家的作为本领,企业家则要借斯文之名,一语道破,泄露天机。可惜没见到冷子兴"赞助"与贾雨村为子兴写"报告文学"的描写。

黛玉不也挺随和吗?

　　林黛玉进贾府,是写得极精彩的。通过林黛玉的眼睛,写出了贾府的气象、排场,写出了贾府的许多人物特别是王熙凤与贾母这两个人物,一上场就那么活灵活现。同时,也写出了林黛玉的重重心事,寄人篱下,如临深渊、如履薄冰的谨慎心情以及入乡随俗的世故人情。比如饭后喝茶漱口诸小事,贾府的习惯与林黛玉习以为常的林家习惯不同,黛玉不但"注意到了"(这是外交用语)而且十分随和。如此看来,认为林黛玉一味任性,全无城府,不会算计,不懂委曲求全,恐并不完全与其性格面貌一致。那么为什么往后林黛玉越来越使气任性了呢?窃以为问题在于爱情。黛玉的使气任性,既来自个性,尤其还来自对宝玉的爱情。她爱宝玉爱得太深太苦太痛,她就有了在宝玉与宝玉家使气任性的"特权"与特殊需要。她的一切因寄人篱下与谨小慎微而被压抑的个性,她的孤独感与压迫感,不在宝玉处向宝玉爆发,又上哪里发泄去呢?爱情带来发泄的"内趋力",发泄又折磨着有时是损毁着爱情,而爱情又反转过来使发泄成为两个赤裸裸的我的相互信赖与相依为命……不是这样吗?

黛玉与宝玉的会见

林黛玉见仆役婆子丫头,见贾母,见邢夫人王夫人李纨,见迎春探春惜春,见王熙凤,至贾赦府第,至"正内堂",至贾政"三间小正房",至贾母后院用饭……全部以黛玉视角来写,唯独宝玉一来,向贾母请安、见王夫人、换了冠带以后,视角转换,变成以宝玉的眼光写他与黛玉初次见面的感受了。

黛玉一见宝玉便吃了一惊,心想"好生奇怪,倒像在哪里见过的……"宝玉看罢黛玉,笑道:"这个妹妹我曾见过的。"这种写有情人初遇便一见如故,"似曾相识",今天看来不足为奇。唯黛玉是一见便惊,宝玉是"看罢"方笑,黛玉惊在心里,宝玉说到口上,这就看出既相通相印相合又相区别来了,有性别的区别也有性格的区别。黛玉更富于最初的直觉也更为这种初次见面的冲击所震动,所以是"一惊"。宝玉相对来说就天真乃至憨厚多了,且又自恃在贾府中的得宠地位，所以童言无忌，童眼无忌，不但要细细地打量黛玉，而且要看罢而笑，不但要笑，而且要立即发表感想声明。跟着感觉走，宝玉是无惊无虑的。

自幼时读《红楼梦》，最感兴趣的是宝玉黛玉见面时宝玉摔玉的情节。既有趣又纳闷，开头儿还好好的，而且一见面宝玉就给黛玉起表字，引经据典，善侃能抡，好不得意快意！怎么紧接着问玉，便"登时发作起狂病来，摘下那玉，就狠命摔去"，而且边摔边骂，吓得全家震恐，而贾母胡乱搪塞哄慰几句以后，"宝玉听如此说，想了一想，也就不生别论"。纯粹是来得突兀，去得秃瘪，晴天霹雳，雷声大雨点无，莫名其妙，没有道理可讲。

没有道理可讲却又觉得写得好，不俗。宝玉黛玉一见面就那么心与心相通相撞，电光石火迸发，灵魂深处闻惊雷。这是深情的一狂一摔，这又是不祥的一狂一摔。快乐的相见中出现了突然的狂摔，像是歌剧序曲中突然揳入的一个不谐和音，预兆着全剧悲惨的结局。在爱情的神秘、喜悦、温馨，青春的得意、坦诚、吸引，相逢的激动、珍贵、信任之中，响起的这摔玉的自恨自狂，预兆了有情人终于生离死别的悲剧结局。

也许这是由于宝玉的"痴呆"，由于他对异性，对美，对可爱的黛玉的无条件认同、无条件趋向，因而对自己多余的劳什子（也有点弗洛伊德呢）恨其有而愿其无，恨不得与黛玉成为一样的人，按照黛玉的模子来要求自己？也许这是由于宝玉的任性，人来疯，既有贾母又有袭人在自己身边，又来了这样一个美妙的少女亲戚黛玉，由兴奋而躁狂，由躁狂而胡闹起来，就像一个受宠的幼儿从托儿所回到家里，反而要大哭大闹？也许这是宝玉对于黛玉的独特的好感、贴近感的下意识流露，见到自己心爱的人，感到莫名的欣慰、熨帖的同时，又立即感到了内在的慌乱、颤抖、痛苦，甚至急于在心爱的人面前出傻相说傻话做傻事，至少是要立即引起黛玉对自己，对自己的性格和内在苦闷（虽然又奢侈又娇惯又神气）的注意和同情？也许这是一个象征性的宣告,摔玉是要摔掉宝玉的富贵而又糜烂的家世背景,摔掉宝玉的娇惯而又孤独的特殊地位与特殊生活方式？在第七回宝玉与秦钟见面以后,宝玉不是顿生"富贵二字,真真把人荼毒了"之叹吗！也许这只是个引子,是"将欲取之,必先予之"的老子式的辩证法,即是在绛珠仙草"还泪"以前,先由神瑛侍者再用自己的眼泪灌溉一次,以唤起黛玉对自己的来历、对他们的非人间的宿情宿爱宿债的超验的回忆重温？也许这一切本来没有道理,这摔玉正是中国古典小说中非理性处理的滥觞？

到此为止,黛玉倒是很世故也很随俗,她回答宝玉关于"有玉没有"的问询时说："……你那玉是件稀罕物儿,岂能人人都有？"多么的平和谦虚！底下是黛玉伤心,袭人解劝,已经显出黛玉的"小心眼儿"了。再出场,就是第七回的送宫花了,一接宫花,黛玉冷笑并且出言不逊："我就知道么,别人不挑剩下的也不给我呀！"这种挑剔和挑衅不仅使送花的周瑞家的听了"一声也不敢言语",甚至使读者也一怔：谁得罪了黛玉了？没看出来呀！焉知道这不是因为宝玉的摔玉鼓励了黛玉的狂？而且黛玉说这话,与其说是给周瑞家的或宫花的主人薛姨妈听的,不如说是给在场的宝玉听的,你生活得不自由不顺心不舒展,我生活得同样是不自由不顺心不舒展呀！这也是共鸣哟！

正是：狂而后爱,爱便是狂,哥哥已狂,小妹焉能不狂？

《红楼梦》里的爱情

在中国古典文学作品中,绝少看到那种对爱情的自由的、饱满的、酣畅的描写,绝少看到对爱情、对女性的赞美与推崇。当然,有很精彩的欲说还休的伤春、单恋、相思或一时的感情之波的描写,诸如李商隐的"身无彩凤双飞翼,心有灵犀一点通",晏殊的"油壁香车不再逢""山高水远一般同",还有很深挚感人的悼亡诗。《诗经》《乐府》中有一些比较健康的爱情诗,"窈窕淑女,君子好逑",毕竟失于简单。《牡丹亭》中的爱情能够跨越生与死的界限,强烈则够强烈了,内涵却并不丰满,无非是伤春怀春的相当原始的情爱情欲。《西厢记》写得文字极美,却亦轻薄,流露着艳趣,与其说它对爱情的态度是审美的,不如说是游戏的。古典小说的爱情描写更差,《三国演义》里的人物不谈爱情,一位领导同志在五六十年代常以此做例子做依据,论证爱情并非什么"永恒主题"。(可见"样板戏"里无爱情也不是事出无因呀!)《西游记》里的爱情则是妖精与猪八戒的专利。《水浒传》里的爱情与淫妇是同义语,而英雄豪杰之中的许多人——武松、杨雄、宋江——都是有手刃淫妇的光辉记录的,只有林冲似乎对自己的妻子颇有感情。其他一些话本、戏曲作品中,则把爱情题材纳入道德伦理范畴,特别是女性的即《女儿经》的道德范畴。《金瓶梅》的性描写不论如何放肆大胆,那种把爱情特别是把性爱视为一种淫荡的恶德的基本的否定倾向,与"三言""二拍"之类并无区别。

从这方面看,《红楼梦》的爱情描写与爱情观就特别引人注目。在《红楼梦》中,爱情不再是单纯的男性与女性的相互吸引、戏弄或家庭伦理义务,爱情也不再只是邪恶的同义语。在这本书里,爱情是这样地充满了生活的具体内容,爱情弥漫在生活中,生活沉浸在爱情里。爱情拥抱着整个的生活,而生活又主宰着规定着爱情的形式、内容、走向与最终结局。这样,爱情是爱情,是性(《红楼梦》丝毫不回避这一点,当然,从其对贾琏贾珍的描写中可以看出此书对于单纯的肉欲的厌恶嫌弃),爱情也是文化,是历史,是社会风习,是阶级意识,更是人本身,是人的性格与人的自然属性、社会属性、历史属性的综合体现,曹雪芹不可能摆脱封建社会的节烈观、阶级观、禁欲观。当他写到赵姨娘,写到尤二姐,写到贾瑞乃至以全知的作者的身份跳出来评价宝玉的时候,都很明显地流露了这一点。但整个说来,作者对于男女之间的灵与肉的交往,写得相当客观。实际上他是跳出了封建的道德评价或男性自我中心的以女性为玩物(后者甚至在当代作家如张贤亮的作品中亦有不自觉的流露)的传统观念的框框来写爱情的。《红楼梦》的爱情描写与其他中国古典文学作品相比,卓然不群,无可比拟地更自然、更真实、更不受拘束、更丰满,既不流于陈腐,又不流于轻薄,端的是独一无二的奇书也!

《红楼梦》在结构上喜欢用先鸟瞰后铺陈展开的方法,所以开宗明义先讲题旨题名,先讲石头的故事、神瑛侍者与绛珠仙草的故事,先由冷子兴"演说荣国府",再写林黛玉进入荣国府,再写刘姥姥进荣国府,然后这才慢慢将各种人物各种情节开动表演起来。在爱情描写上亦是如此,在大致上尚未展开写各人的爱情经验之前,先来一段"贾宝玉神游太虚境",先来一段谜语式的对"金陵十二钗"的命运的概括性预言,先给读者摆出一个大概的阵式——叫迷魂阵也可以,然后才有彼时彼地的栩栩如生的描述。读了"太虚幻境"的章节,读者当更受到吸引愿意去知其详去亲身领略一番(所谓亲身领略当然也只是书本上的),这样"太虚幻境"一章就起了导游的作用、悬念的作用。而当读到那些生动的宛如正在进行时的描述时,读者却已经预知了哪怕是充满了青春活力的事件后面的悲惨局面,"悲凉之雾,遍彼华林"(鲁迅语)。这样"太虚幻境"一章就起了间离作用,再写得栩栩如生也好,正在进行感同身受也好,其实都是破灭后的回忆,梦幻般的追思,给整个《红楼梦》谱出了挽歌的主调,使一切"现在进行时"都成了"过去完成时"。正如同看戏,幕开了以后演得无论何等红火,观众都知道甚至期待着剧终落幕、鼓掌谢幕后的岑寂。这在审美上,是很有一番效果的。

"幻境"的谜语式的描写当然也是一种文字游戏,谐音组字比喻画谜,都是中国文人喜欢玩赏乃至卖弄的。即使是有血有泪的至诚之作,仍然不排斥游戏的因子,古今中外皆然(如莎士比亚剧作)。倒是有几位我国当代青年,突然发现了个什么"崇高感""宗教感"之类的词,立即视游戏为罪恶为大逆不道,与"玩文学""玩批评"的主张各执一词地咋咋唬唬起来。

"幻境"的谜语也当真带来了悲哀的宿命色彩。这里,与其把宿命当做一种理念、一种哲学或宗教、一种世界观,不如将之视为一种情感体验,一种感觉。爱情的强烈、不由自主、无可理喻与难以预见前景,加上中国的一次式婚姻的"终身大事"的威严性,爱情生活中种种偶然因素的决定性作用和一经"决定"以后偶然向必然性向强迫性的转换,不能不使许多人特别是中国封建社会的有所爱情觉醒爱情体验的人感到爱情是宿命,乃至是宿债,是前辈子造的孽。爱情不像自由的选择,倒更像是早已规定在"太虚幻境""警幻仙子"那里的正册、副册、又副册上的天条。爱情是"幽微灵秀"之地,却又是"无可奈何"之天,谁能奈何得了命运呢?除了用命运来解释一切实乃不去解释一切而外,又怎么解释这些钟情男女的悲惨结局,爱情的悲惨结局,有情人难成眷属的遗憾呢?

爱情是宿命的,爱情本身就是悲剧,人就是悲剧。"幻境"是由"结怨司""朝啼司""暮哭司""春感司""秋悲司""薄命司"等等组成的。爱情就是眼泪,爱情就是哭泣,爱情就是薄命!当然,这首先是中国封建社会的社会悲剧,但是,即使社会进步,观念新潮,愈是深情就愈饱含着痛苦,爱情中充满着遗憾,爱情悲剧带有人生悲剧的永恒性质,这又是谁能否认的呢?呜呼,孽海情天,离恨之天,灌愁之海,春恨秋悲皆自惹,所谓欲望便生烦恼,这又有些佛家的悲悯情怀了。

通过"幻境",《红楼梦》着重渲染了爱情的荒唐感,摩登一点的术语就是"荒诞感"了。所谓痴男怨女,所谓"乖张怪谲",所谓"警其痴顽",所谓虚幻,不论曾经是怎样美丽,虽是"万艳同杯""香冽异常",终于还是"水中月""镜中花""空劳牵挂"!这是一个基本的矛盾,悲剧性的矛盾。一方面是用尽了各种贬词悲词乃至嘲弄之词来否定爱情、抹杀爱情,至少是拼命显示一个爱情上的"过来人"的超脱旷达,所谓色即是空而已,另一方面又用种种美丽动情的词句"演出这悲金悼玉的红楼梦"。贾宝玉所患的爱情病,既是实在的,又是转瞬即逝因而是虚幻的,既是真诚的,又是自惹自找的呆痴狂病。是的,在《红楼梦》里,爱情是一种病,是一种深入膏肓的疾患,药石难医,病灶难除,好可怜的人啊人!情便是痴,情便是误,情便是悲,情便是苦。只有槁木死灰式的李纨与天生心冷的惜春能免受这种苦楚。甚至洁身自好秉性孤高的妙玉,情缘未断,改造得不彻底,最后依旧是"风尘肮脏违心愿"。悲夫!

三　回味起来仍然得意

陌生的眼睛

《红楼梦》第一回开宗明义,写到了"锦衣纨袴之时,饫甘餍肥之日"与"蓬牖茅椽,绳床瓦灶"的对比。紧接着,又在《好了歌》及其阐释中,突出了"笏满床""歌舞场""金满箱银满箱"与"陋室空堂""衰草枯杨""转眼乞丐人皆谤"的对比。到第二回,冷子兴更是提纲挈领地讲演了荣宁二府走向衰败灭亡的不可逆转的大趋势——"外面的架子虽然没很倒,内囊却也尽上来了",还用了"百足之虫死而不僵"的成语。所有这些,都与吊读者胃口的一般通俗小说特别是公案推理小说不同,不是用各种障眼法给你制造悬念再制造一个出奇制胜的结局,而是一上来就把结局的总体的悲剧性先告诉你,往下再写各种过程,就有一种"二次体验"的且忆且叙且叹的性质了。

尽管如此,《红楼梦》开始部分仍然是兴致勃勃地、竭其所能地而且是不无得意地渲染了荣宁二府当年的富贵荣华,炙手可热。为了从总体上给人以气象非凡、令人咋舌的印象,特别注意通过陌生的眼睛来写对贾府的总体感受。先是用林黛玉的眼睛写了一回荣府的街市繁华、人烟阜盛、门庭气象、华冠丽服、仆役排场,然后是一个个人物,言谈中流露着的高贵、自信、得意乃至放肆,调门自与甄士隐、贾雨村、冷子兴更与刘姥姥、狗儿们不同。这还不够,又进一步用更加拉开距离的刘姥姥的眼睛看了一回荣国府,于是出现了更加强烈的用语:所谓"瘦死的骆驼比马大",所谓"拔根寒毛比我们的腰壮",所谓"满屋里的东西都是耀眼争光,使人头晕目眩,刘姥姥此时只有点头咂嘴念佛而已",所谓"一阵香扑了脸来……身子就似在云端里一般",都是力求通过刘姥姥的陌生的眼睛,通过刘姥姥的主观感受来描绘凸现贾府的不凡气势。在这个过程中,本书又通过烘托渐进的手法——写刘姥姥一见平儿"遍身绫罗,插金戴银,花容月貌"便当是凤姐,便要称"姑奶奶"……更显出这府的主子们的高不可攀,突出了在渲染描绘贾府的隆盛中的陌生化效果。

"陌生化"云云,在这一类问题上,创作永远比评论更高更富有原生性。陌生化也罢,心理分析也罢,间离也罢,视角转化也罢,心理时空也罢……创作的价值恰恰在于它的无师自通,无理(论)自通的性质,在于它的早已有之的性质。无师并不是真正无师,师法造化,师法自然,师法本民族的文学传统,师法自己的深情与灵气,各种创作方法表现方法自然会得心应手,融会贯通。在这方面,创作的贡献是第一性的,无可比拟的。评论家理解这一点只会使自己的评论更实在,而无损于评论的崇高。如果硬撑什么评论的"主体性",甚至搞什么"拒绝阅读",那样的评论也就变成了一种自大狂自闭症的"自说自话"了。

当然,评论也有评论的优势,有创作和创作家所无法取代乃至无法攀比的成就。首先,好的评论是一种独特的阐释,这种阐释不但远远超过了一般读者对一些作品的领会受用而且大大超越了作者已有的自觉。很简单,即使是理论意识主题意识十分自觉的创作家,只要是真正的创作家而不仅仅是主题先行的宣传家,他的作品里的形象世界的可阐释性就绝对没有被作者本人所穷尽,越是有深度的形象世界就越是这样。《红楼梦》就是这样一个阐释不完的大世界深世界,而作者恰恰未必意识到它的或有的大意蕴。其次,评论家的阐释必然是借题发挥的。必然表达着评论家自己的独到的对于生活、对于社会、对于文艺、对于各种思潮学问的见解。我常常设想,各种对

《红楼梦》的阐释是何等有意思！如果曹雪芹死而复生，见到这些高论，特别是例如毛泽东主席的"阶级斗争史""四大家族兴衰史"的高评，不吓得晕厥过去才怪！评论的另一优势是价值判断，好的评论家的判断的权威性对文学事业的推进作用是不可估量的。当然，反过来说，褊狭的、空疏的、信口雌黄的所谓判断，也是贻害匪浅。

写到荣府的隆盛繁华讲究排场，这位主张"好了"、渲染梦幻、"跌过一番筋斗"的过来人，却丝毫隐瞒不住笔端流露出的自我欣赏自我满足甚至是自吹自擂的语调与个中的快意情绪。呜呼，能做到"粪土当年万户侯"的当然只能是毛泽东与他的"同学少年"而不是曹雪芹！呜呼，说"好"就是"了"易，去掉对"好"的依恋回味与对"了"的哀叹谈何容易！真正又"好"又"了"了的话又哪儿来的《红楼梦》？呜呼，曹雪芹亦不能免俗，不但津津有味地令人垂涎三尺（首先当然是自己垂涎了）地写种种讲究排场（包括写宝玉薛蟠等人的性享受的优越条件），而且用同样的语调写刘姥姥这种小人物的毕恭毕敬奉承叨光；写金寡妇这样的小人物气势汹汹前来理论，要告秦钟欺她侄儿金荣的状的，听了尤氏几句话早把"盛气……吓的丢在爪洼国去了"……显然，作者写这一段不是嘲笑贾府的骄横霸道，而是嘲笑金寡妇的不自量力，作者写到这里并无叹息，而只有权贵者的自满自足自傲，真是十足的开心！

一石数鸟，刘姥姥进荣国府一章还写了王熙凤的另一面：说话随和，通情达理，"俯就"穷亲戚，注意"公共关系"。她说的"大有大的难处，说给人也未必信……你不嫌少，先拿了去用罢"，其实既实在又谦和，全无锋芒毕露、咄咄逼人之意。联系到第十六回凤姐为赵嬷嬷的两个儿子"走后门"办事时也是如此。看来这位"辣子"也有甜的时候，第一，她是分亲疏远近的，分阶级的。刘姥姥虽穷却能理出一点与王家的亲戚关系，自然不同。赵嬷嬷是贾琏的奶母，自不必说。第二，她爱听奉承话，吃软不吃硬。刘姥姥的骆驼寒毛之论，周瑞家的听着"粗鄙"，听不下去的话，凤姐却未必不爱听，因为凤姐并不酸文假醋,她其实喜欢大众幽默语言。赵嬷嬷则当着贾琏的面捧凤姐贬贾琏,使凤姐有了兴致,"外人""内人"地说笑起来,如此情绪高涨,焉有办不成事之理!

秦钟与长篇小说的局部与整体

从情节线索、人物塑造、思想意义、环境描写等诸方面思考,秦钟不是《红楼梦》中的一个重要人物,甚至可以说是个可有可无的人物。

这就带来一个问题,用系统论的观点看待文学作品究竟对不对?一部长篇小说,必须是或全部是一个不可分割的有机整体吗?它的任何一个章节段落,一个人物,一个插曲,只有放在与其他组成部分的关联当中才有意义,否则就会失去意义了吗?

恐怕又是又不是。整体结构,前后呼应,人物与事件的对比,各种因果关系逻辑关系等等,对于一部长篇小说,当然是重要的。特别是对以人物和情节为主线、注意时空的确定性与事件的有序性合理性的作品来说,是至关重要的,但说得绝对化了就说不通。表现生活与意识的偶然性、随机性、无序性的作品尤其不是这样,这一类作品中,"局部"的意义反倒增大了,更加讲究了。由于多少地放弃了情节悬念的吸引力即很易奏效也很廉价的吊读者胃口的魅力,每一个局部都必须写得生气贯注,五光十色,俏皮灵逸而又意味隽永。每一个词乃至标点都得铿锵作响、闪闪发光。无知者以为后一种作品是信手随意写出来的,此话不差,但信手随意之中恰恰提出了对作家的修养阅历人格深度功夫的更高的要求,要求你一信手一随意都显示超级的才华、超级的内蕴、超级的水平。比如写字,描红模子层次的人难以与之论狂草。比如绘画,画写生层次的人难以与之论泼墨。

《红楼梦》当然不是"现代派",但是由于此书对生活的忠实,对作家自我特别是他的艺术感觉的忠实,使它在诸多方面与中国的传统章回小说、演义小说、话本小说有所不同。中国传统小说的几个基本模式——才子佳人模式，清官模式，忠臣遭诬终于昭雪的模式等——根本罩不住它，而这些模式甚至对我国当代作家中的某些人仍然极其有效。中国传统小说的教化主旨——诸如忠孝节义之类，也管不住它，当然不能说《红楼梦》是什么教化小说，虽然它尽力至少在字面上不去违背这一点。事实上此书是对小说教化模式的一大突破，结构上，它也突破了以情节主体组织全篇、以每段搞点悬念的"欲知后事如何，且听下回分解"的来自评话的结构方法，它比一切其他传统小说都要丰富得多、自由得多、放得开得多。

秦氏姐弟——秦可卿与秦钟在全书中只不过是昙花一现。他们身上放射着一种独特的、原生的美丽与邪恶相混合的异彩。王熙凤也是又美丽又邪恶，但凤姐的美丽更多的是后天的，是一种智慧的乃至政治性的又美丽又邪恶，而秦氏姐弟的美与恶却是生理性的，是与她和他的生命存在、生命形式与生命本质不可分离的。对于秦可卿的论述推理车载斗量，不拟赘叙。关于秦钟，这里多说几句。

早在第五回"神游太虚境"前后就提到了秦钟。"袅娜纤巧""温柔和平"的秦可卿安排宝玉到自己屋里睡中觉。一个嬷嬷质疑："哪里有个叔叔往侄儿媳妇的房里睡觉的礼呢？"秦氏笑道："不怕他恼，他能多大了……上月……我那个兄弟来了……两个人若站在一处，只怕那一个还高些呢！"宝玉说道："我怎么没有见过他？你带他来我瞧瞧……"众人笑道："隔着二三十里，哪里带去？见的日子有呢。"虚晃一枪，秦钟并未出场，宝玉已经遥相思念，油然而生兴趣了。是爱姐及弟吗？这谈话发生在走向秦氏卧房的路上。是府里生活的寂寞使然么？是宝玉的一种朦胧散漫而又充溢泛滥的情（欲）的表现么？

及至第七回，宝玉随凤姐到宁府，与秦钟相见，见秦钟"眉清目秀，粉面朱唇……怯怯羞羞有些女儿之态"，宝玉"心中若有所失，痴了半日……自思道：'……如今看了，我竟成了泥猪癞狗了……我虽比他尊贵,但绫锦纱罗,也不过裹了我这枯株朽木,羊羔美酒,也不过填了我这粪窟泥沟,"富贵"二字,真真把人荼毒了!'"这段写得有些个奇处,对秦钟的外貌产生好感也罢,何感慨至此自谦自贬至此,何其"言重"了啊!

宝玉确实是敏感多情,崇美趋美的本性表现得淋漓尽致,异性恋与同性恋的本性流露得淋漓尽致。宝玉对自己的养尊处优的生活也常有不满的慨叹,归根结蒂还是越高贵越不自由的缘故。宝玉想:"(我)若也生在寒儒薄宦之家,早得与他交接,也不枉生了一世。"这确实是一种自发的对本阶级的批判,虽然是内涵极其有限的批判。以致写到后书房中宝玉、秦钟、香怜、玉爱,直至"馒头庵"里宝玉、秦钟、智能儿的种种轻薄苟且,一方面,作者毫不掩饰地写了这些阔少的偷鸡摸狗,无情地暴露了仁义道德种种的虚伪性与无效性,另一方面,仍然不失宝玉的幼稚天真,所谓性情中人,似乎宝玉的这一切都是可以原谅的。《红楼梦》在爱情问题上是主张灵肉的统一的,所谓"好色即淫,知情更淫",是警幻仙子也是作者的理论。但实际上,灵肉又常常脱节,宝玉对黛玉宝钗就绝少或干脆没有这种肉的轻薄。而且宝玉越成长,年龄越大,对黛玉爱得越深,就越没有了这种轻薄。如此说来,真正的爱情确实是有一种净化作用了。

王熙凤与宁府,与贾蓉、可卿以及尤氏似乎有点特殊关系。前一回刘姥姥在场,贾蓉来借玻璃炕屏,熙凤就与贾蓉逗开了闷子。凤姐拒贾蓉于千里之外,说"你来迟了,昨儿已经给了人了"。贾蓉听说不但不恼不灰心,而且笑嘻嘻半跪道:"……好婶子,只当可怜我罢。"能求可怜,便有情谊,堪称知己。凤姐又抱怨:"也没见我们王家的东西都是好的……"贾蓉再求"婶娘开恩",凤姐吓他说:"碰坏一点,可仔细你的皮!"话厉害事情却答应了,答应了办事再说厉害话就更透着亲热,透着过得着。

写到这儿已经够充分的了,可贾蓉起身出去之后凤姐忽然又向窗外叫:"蓉儿回来!"贾蓉忙回来,满脸笑容瞧着凤姐——贾蓉一见凤姐就笑,打也笑骂也笑,面不改笑。凤姐"出了半日神,忽然把脸一红",又不说了。如此叫人不解的举止,贾蓉只是"答应个是,抿着嘴儿一笑"。

有成语道是"笑里藏刀"。凤姐是善于笑里藏刀的,如她见尤二姐时的那一套炭篓子式的热情问候与表白。但她与贾蓉的语言似乎有自己的特殊的"符号系统",这不是"笑里藏刀",而是"刀里藏笑",在表面的挖苦、拒绝、威吓的下面却是一种亲昵,一种交情,叫做很过得着。贾蓉对凤姐呢,则是笑里藏坏、曲意奉承、百依百顺、央告求饶后面透露出一种奸邪诡诈,一种只有天知地知你知我知的鬼蜮伎俩,一种阴谋和阴私的默契。王熙凤是个敢作敢当敢说敢骂敢哭敢笑的人,这位六敢女性居然想了半日"脸一红"又不说了。她要说什么?为何一个字没吐出来贾蓉已"抿嘴一笑"?简直可以喊"理解万岁"了!而这位在"婶娘"面前又下半跪又抿嘴儿的男子,其行状又是何等的下作!

那么到底熙凤欲说还休的是什么话呢?其中关节,全付阙如。动机可能是遮掩,效果是欲盖弥彰或欲彰弥盖,阅读效果是更加有魅力,更吸引人。关节是有意地模糊,性格与人物关系却更加凸现和引人入胜。不仅如此,这一段描写还暗合着当今的一派创作方法,这一派认为心理语言只能通过外在的情状来表现,因而作家的任务应该是写好外在的情状,而不是充当全知的上帝,越俎代庖地把一个个人物当成解剖床上的尸体,喋喋不休地向读者灌输关于这个人物的内心世界的一切而剥夺了读者自己由表及里、由此及彼的观察与推理的无限创造、无限乐趣。笔者激赏过的上海青年作家陈洁写的《牌坊》就是这样的路子。

提到秦钟,凤姐对他的反应也有点奇。凤姐道:"……何不请进来我也见见呢?"尤氏偏偏拦阻,道理却不大说得通。尤氏说:"罢罢,可以不必见……人家的孩子都是斯斯文文的,没见过你这样泼辣货……"可以与凤姐这样说话的,除贾母外,只有尤氏等一二人。贾琏不敢也不可能这样说,贾琏在凤姐面前经常处于被审查被数落的地位,实在难得有雅兴有还手之力或还手之趣。凤姐笑道:"我不笑话就罢了,他敢笑话我!"贾蓉道:"他生的腼腆,没见过大阵仗,婶子见了,没的生气。"凤姐啐道:"呸!扯臊,他是'哪吒'我也要见。别放你娘的屁了,再不带来打你顿好嘴巴子!"……粗话透着亲热。果然一见秦钟,凤姐喜得先推宝玉笑道:"比下去了!"又"探身一把攥住了这孩子的手"。而丫环媳妇立即报告平儿,平儿立即做主送来了表礼,"凤姐还说太简薄些"。按书上的交代,可卿秦钟姐弟并非出身于富贵大家,但两人如此受宠,很大程度上是由于他们的容貌美丽。人的相貌对于人的命运是有重大意义的,这一点即使对于决不相信"相面"的人也不可不察。

"那尤氏一见凤姐,必先嘲笑一阵。"普普通通地见一下可卿的弟弟秦钟,竟写得这样曲折有致,生动活泼,趣味盎然。从外在情状来说,音容笑貌,纤毫毕现。内里的关节实质思想情况心理动机,一概不写。一概不写却又不像中国传统小说那样只把眼睛盯在情节的发展上,所有这些音容笑貌,似乎充满了内里的心理活动与人物关系的蛛丝马迹,相当微妙。中国传统小说从无大段心理描写,《红楼梦》中也无多少大段心理描写,但读《红楼梦》处处可以看到感到人物的重重心理活动的迹象,以致掩卷后感到《红楼梦》颇不乏心理描写。这大概可以叫做心理迹象描写、心理迹象小说吧?它有时不是比一切都说穿说透的心理小说更心理,叫做"无限心理迹象中"吗?

不平衡的"奇缘"

宝玉衔玉而生,已经够离奇也够糊涂的了。玉上写着两行字:"莫失莫忘,仙寿恒昌",这两行字写得俗气,低于曹雪芹水平。偏偏薛宝钗有一个金锁,上头写着癞头和尚送的两行字:"不离不弃,芳龄永继",同样没水平的两行字或者可说是癞头和尚水平的两行字。

偏偏这两行与那两行成对成双,这也是"奇缘"! 宝玉立刻天真无邪地说:"这八个字倒和我的是一对儿。"宝钗则回避保密珍重天机,明知是奇缘而不露,嗔着莺儿不去倒茶,转移了话题。宝钗俨然长姐风度,笑宝玉说:"又混闹了,一个药也是混吃的?"接着是宝玉闻到了宝钗身上的香气,要尝尝"冷香丸"。是不是吃药也需要奇缘呢?

在《红楼梦》十二支曲子的《枉凝眉》中,悲叹宝玉与黛玉"若说没奇缘,今生偏又遇着他;若说有奇缘,如何心事终虚话?"木石前盟,诚奇缘也,《枉凝眉》悲歌一曲,成为电视连续剧《红楼梦》插曲中最感人的一支。但《枉凝眉》提出的关于两个"若说"的问题,却至今无人能够回答。

第五回太虚境翻过,第八回回目是:"贾宝玉奇缘识金锁……"又是奇缘! 金配玉,"不离不弃"配"莫失莫忘","芳龄永继"配"仙寿恒昌",真配了个天造地就! 这一回该唱什么曲子了呢? 若说没奇缘,偏偏成对成双,若说有奇缘,偏偏无情无爱!

奇缘是什么? 是一种奇妙的机会、机遇、可能性,而这种机会机遇可能性是非人为地产生的,是命定的与先验的。木石前盟、绛珠仙草还泪与神瑛侍者,这是前生就已经定下的,这当然是奇缘。所以宝玉与黛玉一相见便撞击出灵魂火花,一见便似曾相识,一见就发起狂来摔玉砸玉而黛玉也便伤感起来。宝玉与黛玉的奇缘是天生的,非理性的,无法解释的,原始原发原生的,连黛玉袖子里发出的香气也是原生的,自有的。

宝玉与宝钗也是奇缘。这奇缘则是比较合乎逻辑的,能够推理解释的。玉石与金锁从质地到形状,特别是上面的文字,恰恰成对成双,了无疑惑。可以说这种奇缘是文化的,符号的,工艺的,后天的。连宝钗身上的香味也是来自千奇百怪千凑万巧制出来的"冷香丸"上的,是后天的,身外的。

但宝玉与黛玉的缘也有不般配之处,盖宝玉有玉而黛玉无玉,同是"玉"而一有玉一无玉,此宝玉一见黛玉无玉便痛不欲生者也。宝玉与宝钗的缘也有不般配处,宝玉的玉是娘肚子里带来的,先天的,宝钗的锁则是根据癞头和尚的指示做的,后天的。好一个癞头和尚!同是"宝"而一天宝一人宝,也是不平衡的。

缘本身就不平衡,不完备,缘与缘之间更不平衡。就选择的窘迫来说,人生的奇缘实在是太少了!有多少"宝哥哥"终其一生也没找到"林妹妹",有多少"林妹妹"终其一生也没找到"宝哥哥"!就选择的困惑来说,人生的奇缘何其多也乱也。此亦一缘,彼亦一缘,缘与缘不平衡,不但不平衡,简直是悖谬已极!金玉良缘与木石前盟是互不相容的,命运是互不相容的。都是命,而命与命是打架的,命运也是悖谬的。生活在悖谬的命运与悖谬的缘分之中,人生怎么能够不痛苦呢?原发的缘分与后天的缘分不一致,娘肚子与和尚不一致,前生的公案与此生的遭际不一致,灵魂与符号不一致,人性与文化不一致,人应该怎么自处呢?

如此说来,命运也是多元的了,真是欲百依百顺地听命于命运亦不可得!缘分也是多向的了,真是欲无条件地接受缘分亦不可能!这中间有什么道理吗?玉的出现或不出现有道理吗?金锁的出现有道理吗?没有道理。无理之理是谓理,命与缘就是如此。所以才称做"命"、称做"缘",而不称做"道理"或"规律"。所以"风流总成冤孽",所以风月有债难酬,没有还得清的感情,没有还得清的轻松。作者有意为之,作者明知命与缘是说不清道不明理不顺的,作者明知道说不清道不明理不顺的命运与缘分主宰着人,比人的意志、情感、愿望与力量强大百倍千倍!宝玉黛玉,同玉而异宝黛。宝钗宝玉,同宝而异玉钗。这难道不是有意为之吗?无意得之吗?这样说来,曹雪芹写《红楼梦》,吾人读《红楼梦》,不也是奇缘吗?理解上不也常是悖谬与分裂吗?不也是说不清道不明理不顺吗?

情如此,风月如此,别的又如何呢?所谓"四大家族"的兴衰荣辱,又如何呢?

25

李嬷嬷论

在贾府的老嬷嬷中，奶过宝玉的李嬷嬷的形象相当可厌。这当然与作者描写中的鲜明的倾向性有关。先是在薛姨妈处限制宝玉喝酒，连薛姨妈都要求情，并以"有我呢"来阻挡李嬷嬷的干涉。第二次她又来干涉，偏偏提出"你可仔细今儿老爷在家，提防着问你的书"。真是哪壶不开提哪壶，宝玉怕谁打谁的旗。果然，混世魔王式的宝玉一听此言也只有"慢慢的放下酒，垂了头"，幸亏有黛玉以"比刀子还利害"的语言，以薛姨妈为大旗反击了一下子，才达到了"不理那老货"的目的。

往下看，李嬷嬷更讨嫌，带几分"老不死的"的劲儿。此人不但嘴馋，而且嘴碎。一会儿吃了宝玉留给晴雯的豆腐皮包子，一会儿喝了宝玉自己留着的枫露茶，气得宝二爷把茶杯摔了个粉碎，而且从根本上提出她是"哪一门子的奶奶"这样一个置李嬷嬷于死地的问题。到后面第十九回，李嬷嬷又闹起来了，看到宝玉给袭人留的奶酪，便问："这盖碗里是酪，怎么不送给我吃？"问得好，完全是老年人的孩子气的特权贪欲狂。"说毕，拿起就吃。"及听人说这是留给袭人的，又气又愧，大骂一顿宝玉并联系到袭人。然后第二十回，李嬷嬷拄着拐杖大骂袭人"小娼妇""狐媚子""拉出去配小子"，乃至直接批宝玉："到如今吃不着奶了，把我扔在一边……"而且"一面说一面哭起来"。

如此讨厌的"老货"，却无人敢申斥她。黛玉宝钗何等人物，过来也只能解劝，还要听嬷嬷诉委屈。凤姐见到此情，也只能笑说："妈妈别生气……"然后用一种模糊数学穷对付的方法把李嬷嬷"脚不沾地"地牵走了。

少年时代读《红楼梦》，看到这里常常不解，一个老嬷嬷，奶妈也是"下人"，怎么会这样老虎屁股摸不得，横扫宝玉的由袭人等众亲爱丫环组成的御林娘子军？怎么连凤姐也不敢得罪她？同是老太婆，因得到邢、王夫人的授权授命而气宇轩昂的王善保家的在探春面前稍有放肆，便挨了一个嘴巴，而且仅仅探春的一个丫头侍书就把她批了个体无完肤，打得她威风扫地，为什么李嬷嬷就这样厉害？就因为李做过奶妈，而王没做过奶妈么？

　　细想个中道理，似乎也有一点学问。第一，李嬷嬷有过硬的老本可吃，宝玉是吃她的奶长大的。而中国人是讲敬老，讲孝道，注意历史功勋的。她本人的居功自傲意识也很明确，她说："我的血变了奶，吃的长这么大；如今我吃他碗牛奶，他就生气了？我偏吃了，看他怎么着！"第二，乳娘乳娘，一半是奴，一半是主是娘。半奴半主，甚至比纯主子的气焰更盛，尤其在袭人等一班丫环面前，她比主子还威风。第三，她虽又贪吃又唠叨，但她的言论还是以维护道统的面貌来出现的。第一不准宝玉吃酒。第二提醒宝玉莫忘父亲贾政的严格督导，拉起贾政这面完美正派的大旗，有了一身正气。第三严厉批判袭人等是"忘了本的小娼妇""装狐媚子哄宝玉""妖精似的哄人"……客观上主观上都明确地向宝玉敲响了警惕少女女色的警钟，防淫反淫的警钟，万恶淫为首的警钟。中国的老爷少爷并非不好女色，所以宝玉才由一大群丫环侍候，而不是由一大堆老少爷们儿侍候。如果防淫防得彻底，本应该从小使宝玉无有与异性耳鬓厮磨的机会才是。例如笔者访问一些中东国家时，就见到在某些酒店宾馆中，服务员都是大胡须的男性而绝无小姐丫头的，实在是好办法！当然，如果大量用内室的男仆而又不能像皇帝老儿那样把男仆们全骗成太监，老爷少爷们戴绿头巾的危险恐近百分之百。在这种两难选择的条件下，老爷少爷们选择了侍女而不是仆男。选择了侍女是可以的，有"淫"的行为也是可以的，但对"淫"与"淫"的对象思想情感舆论上绝对不能姑息怜悯，更不能纵容抬举，因此由李嬷嬷这样的也曾经年少过而如今早已失去了女性的一切"狐媚"的老嬷嬷来先发制人、高屋建瓴、借题发挥地侮损贬低袭人之流，实际上是符合维护传统文化、维护家庭中主仆男女的健康秩序的需要的。总之,李嬷嬷虽有小缺点,大方向还是要得的。否则,虽有过硬的老本,焦大犯上,还是被灌了马粪。从李嬷嬷身上,同时让我们对宝玉在贾府的实际地位产生了疑惑。不论贾母、王夫人、王熙凤、众姐妹、众奴仆,都是宠着宝玉以宝玉为中心围着宝玉团团转的,但宝玉仍然是脆弱的,他的种种行状与理论是狗肉包子上不得台盘的。虽然在家庭层面上他是无比地优越,然而在社会国家层面上,在正统舆论层面上,在封建大道理面前,他是不足为训不堪一批的。小道理服从大道理,李嬷嬷地位虽低却占了大道理,这就是宝玉也奈何她不得而她却悲愤交加、所向无敌的原因。

关于茗烟闹书房

茗烟闹书房也是一件小事,对于主线(不论是爱情主线还是阶级斗争主线)可有可无,但写得特别生动有趣,活灵活现,疏密得当,场面乱而写得清楚明白,使读者有"洞察之乐"。过去每逢读到宝玉的几个小厮扫红、锄药、墨雨一齐乱嚷:"小妇养的,动了兵器了!"便觉得闻其声而观其闹,十分热闹开心。这一段读起来也相当轻松,可能是《红楼梦》中最轻松的章回之一。其他章回,生生死死,爱爱仇仇,善善恶恶,昏昏昭昭,即使表面轻松愉快——如写宝玉给黛玉讲耗子的故事,写年轻人们一起取笑打闹吃酒猜谜行令——也掩不住一种不祥感、惶恐感,哗啦啦大厦将倾的破灭感。

故而也可以说这一回是"闲笔"。即使短篇小说中也会有一两处闲笔,闲笔不是废笔,闲笔可添趣味,可调节奏,可增侧面,可扩空间。有闲笔才说明了作家的胸有成竹,驾驭得当。

至少在这一回中,宝玉、秦钟、金荣、贾瑞、贾蔷、贾兰、贾菌、香怜、玉爱、茗烟、扫红、锄药、墨雨,基本上是一个水平一个层面一个鸟样,并无高低贵贱之别。贾代儒老先生一走,这里成了无政府安那其,出现了短暂的"自由平等博爱"的痛快局面。贾代儒留的作业只是一句七言对联,功课已压不住了。(这是一个反证:功课的压力是不可或缺的。)因此"秦钟和香怜挤眉弄眼,二人假出小恭"已没了王法,金荣一口咬定这二人"在后院里亲嘴摸屁股",最后大打出手,言论行动都已大有突破。宝玉"一味的随心所欲",向秦钟说:"咱们两个人……不必论叔侄,只论弟兄朋友就是了。"实现了无辈分的平等。茗烟本应叫金荣为"金相公"的,"得了这信,又有贾蔷助着",便大呼:"姓金的,你什么东西!"直到隔窗揭底,说金荣"他是东府璜大奶奶的侄儿,什么硬仗腰子的,也来吓我们",公然对主仆界限表示藐视,平等意识与民主意识大增。李贵一面称呼贾瑞为"你老人家",一面对贾瑞深刻指责,硬把一切责任扣到贾瑞身上。就连宝玉仗势欺人地高呼"我去回太爷去!""我必要回去的!"(这里的"回"意为汇报、禀报),也终于被李贵止住了。除此时此地之外,还有这等平等的事态出现过吗? 至于博爱,薛蟠、宝玉、秦钟、金荣、香怜、玉爱、贾瑞……都是见一个爱一个的货,其爱焉能不博? 因爱生妒,因妒生斗,看起来这场乱子还是因狭隘的爱而生呢。

乱子的起因在于薛蟠不来"应卯"而留下的真空,在于因此产生的宝玉的新权威的未经确认,也就是说,宝玉与其密友老侄秦钟尚不能服众。这样,"东风吹,战鼓擂",这所义学里的孩子便当真"究竟谁怕谁"起来了。

乱子真正闹起来的关键人物是贾蔷。"他既和贾蓉最好,今见有人欺负秦钟,如何肯依?"但又不愿挺身出头,怕与薛蟠伤了和气,于是要"用计制伏","又止息了口声,又不伤脸面"。他的计便是挑动起茗烟来闹,而自己呢,"跺跺靴子、故意整整衣服、看看日影儿说:'正时候了。'"溜之大吉了。这是很有中国特色的人物,好斗,有倾向,躲在背后,假他人之手闹一气,而自己远远避开。其中跺跺靴子、整整衣服、看看日影儿连用三组叠字动词,最为传神。小小年纪,如此心计,如此脸不变色心不跳地作假,不但不"居功",连围观看热闹也不曾,不能不令读者赞一声"厉害",倒抽一口冷气!

贾兰贾菌合写,二人性格不同。贾兰主张不介入,劝贾菌"不与咱们相干",贾菌却跃跃欲试,抱起书簏子来向金荣那边扔去,却扔到了宝玉秦钟案上,把宝玉的一碗茶砸得碗碎茶流——有斗志却无战斗力与斗争经验的人的介入,只能使一场乱子的阵线更加混乱,只能帮倒忙,只能使温度更加升高,气氛更加白热。"众顽童也有帮着打太平拳助乐的,也有胆小藏过一边的,也有立在桌上拍着手乱笑、喝着声儿叫打的",这种概括性的群像描写得十分耐人寻味。打太平拳也好,乱笑叫打也好,都是非功利的加温和声援,你打,他取乐,却没有上前解劝的!

幸有大仆人李贵,相当干练地平息了这一场大闹。由仆人来平息处理主人的纠纷,颇别致。李贵的处理原则是:一、基于权势地位身份,宝玉秦钟只能胜不能败,金荣只能败只能磕头道歉。斗了半天,"势"在那儿呢,"势"不是靠金荣贾瑞能斗出什么变化来的,最后,对这个势不忿的人只能再次确认这个势。二、适当降格,不同意"回"这"回"那,而是就地解决,把责任扣到贾瑞身上,数落贾瑞几句为宝玉秦钟出气,也是大事化小的意思。三、抑制激进勇敢分子,呵斥茗烟:"偏这小狗攘知道!""仔细回去好不好先捶了你,然后回老爷、太太,就说宝哥儿全是你调唆的!"表面上是呵斥茗烟,实际上也收到了为宝玉降温的实效,盖此事上宝玉并无光彩也。李贵的这套处理乱子的经验,也是有道理的。

贾代儒不在,贾瑞代理。贾瑞向着金荣,"以公报私",拿着香怜做法,着实抢白了几句。如果就此为止,金荣贾瑞就大获全胜了。偏偏小胜冲昏头脑,金荣"越发得意","摇头咂嘴"说出"许多闲话",触怒贾蔷,闹出一番风波。及至李贵出来,贾瑞也只好让步,他的"势"哪里是宝玉的对手? 真是欲占便宜不得,反蚀了本。

金荣回家向母亲胡氏吭吭唧唧,立即受到母亲责备,而且胡氏一针见血地指出:"若不是仗着人家,咱们家还有力量请得起先生么?

况且人家学里,茶饭都是现成的……家里也省好大的嚼用……你不在那里念书,你就认得什么薛大爷了?那薛大爷一年也帮了咱们七八十两银子……"这就明确了问题的实质,不在于是非曲直,而在于利害。

封建社会是一个尊卑长幼十分有秩序的系统。这个系统又与血缘关系、辈分关系紧密结合。寒酸如胡氏与金荣者,因为金荣的姑姑是璜大奶奶,便也处于一种从这个系统中分享一些菲薄利益的地位,即沾光的地位。一方面,他们是底层的、外围的、无权无势的、受欺侮的或被损害的。另一方面,如果他们会看眼色会行事,常去请安奉承,能注意不休止地去向凤姐尤氏等家族内的权贵人物致敬效忠,那就完全有可能分享到一点残羹剩饭,使自己成为这个系统的既得利益者。金寡妇如此,刘姥姥如此,李贵茗烟袭人平儿也是如此。既是得益者,最终就必然成为维护者。只有维护,才能得益,因为得益,必须维护。维护得益之中,偶有不平之气不忿之心,如璜大奶奶即金寡妇的小姑子听到侄儿金荣受辱,怒从心起,骂了回秦钟小杂种,捎扯上宝玉,而且提出,秦钟是贾门亲戚,"难道荣儿不是贾门的亲戚?"颇有为金荣争取与秦钟的平等权利的胆识。"等我到东府里瞧瞧我们珍大奶奶……叫他评评理!"又进一步,颇有论战——评理——的信心和勇气了。

璜大奶奶的表演十分可笑,豪勇而去,不战而败,尤氏几句话吓得她把一番盛气丢到了爪洼国,待贾珍赏她午饭,她忽然明白"贾珍尤氏又待的甚好",更转怒为喜了。由怒而吓得不敢怒,由吓得不敢怒而衷心感恩知足维护喜悦,这就是封建小人物造反反抗的三部曲。这三部曲是必然的,考虑利益就必须维护系统,维护系统就必然确认自己的卑微,打消任何不平不忿的念头。憋着一口气想去评理,考虑到利害关系不能不膜拜上层人物的权势,叫做气与理必须服从势与利。在势上进行以卵击石的挑战,又能有什么别的结果呢?

张先生与秦可卿

张先生看病一节平平。张先生是一般化类型化职业化地写的。功力如曹雪芹,写那么多人物,也不可能个个富有那么鲜明的个性。但张先生的职业特点仍有认识价值,通过此一节流露出来的一些观念习俗也还有点内容。首先,在医艺上,人们尊敬业余的却不尊敬专业的。张先生诊病处方后,受到贾珍贾蓉尤氏及可卿"贴身服侍的婆子"等一干人的称赞,此时贾珍笑道:"他原不是那等混饭吃久惯行医的人。"初时介绍此人,贾珍说他"学问最渊博,更兼医理极精,且能断人的生死"。这都反映了一种轻视技艺,更加轻视以技艺为职业为谋生手段的观点。技艺不算学问,单纯的技艺没有价值,学问兼技艺才有价值。什么是学问呢?大概是指治国平天下的大道,阴阳周易的混沌的无所不包的世界观。中国自古是重大道而轻小术即轻技艺的。包括琴棋书画之类,兼通是风雅,专门干这个就会身份很低。票戏的人可能出自名门望族,唱戏的人却只是戏子。不知道这种观念可与奥林匹克的业余原则之间有什么共同之处。

其次,医生不听病人家属的"主诉",而是靠诊断脉象来显示自己的高明。所谓"依小弟意下,竟先看脉,再请教病源为是……看了脉息,看小弟说得是与不是"这种"考医生"的办法,与其说是在看病,不如说是在看相。这样,医生的本领就在于察言观色,分析概括,估计揣摸,治不治病首先要说病,要说个八九不离十。这位张先生给秦可卿看病,脉象分析得头头是道,不但外行听了服气,内行听了也无懈可击。张先生对症候的估摸也很了不起,贴身服侍的婆子赞道:"真正先生说得如神,倒不用我们说了。"对于治疗和预后,张先生则十分慎重,不做保证、不做肯定或判断,只讲可能性,讲不止一种的可能性。所谓"吃了这药,也要看医缘了",医也要讲缘,也就不必负什么责任。加上张先生十分谦虚,"晚生粗鄙下士""毫无实学,倍增汗颜",就更留有了足够的余地。头头是道的分析,明明显显的症候,模模糊糊的治疗与预后,此行医之道乎?又何止行医焉!

本来是看病的,张先生却也对秦氏进行了心理咨询。张先生道:"大奶奶是个心性高强、聪明不过的人。但聪明太过,则不如意事常有。不如意事常有,则思虑太过。此病是忧虑伤脾……"这就是说不但要治标,而且要治本,而治本的药方是——难得糊涂。

关于秦可卿的性格,书中写得明明暗暗,令人捉摸不住。《红楼梦》一般是相当客观地写人物的音容笑貌、言谈举止,以描写的生动性与准确性取胜,或略加以诗词谜语判词散曲的象征暗示,便完成了人物的塑造。唯独秦可卿,正册上最后一名,"重孙媳中第一个得意之人",重要地位摆得显著,却绝少客观描写,而尽是通过作者与书中其他人物之口讲述(不是描写)其个性。第五回秦氏出现,宝玉在她房中睡中觉,作者说她"生得袅娜纤巧,行事温柔和平",此时她绝无病痛之兆。第八回谈到秦钟,作者介绍其身世并谈到其姐:"形容袅娜,性格风流,因秦家与贾家有些瓜葛,故结了亲。"风流也,瓜葛也,与温柔和平不甚对得上号,作者在讲述秦氏性格方面似乎向前走了一步,但仍是只有概念划分,没有具体内容,没有现实主义赖以支持的细节。第十回璜大奶奶金氏本欲找尤氏告秦钟的状,却听尤氏说道:"他这些日子不知怎么了,经期有两个多月没有来……又说并不是喜。"病了,第一次报告有病。张先生过来看后,却说:"大奶奶这个症候,可是众位耽搁了……如今既是把病耽误到这地位,也是应有此灾","人病到这个地位,非一朝一夕的症候了……"如此这般,忽然成了老病号了,前后不甚衔接。尤氏对金氏说起秦氏:"那媳妇……可心细,不论听见什么话儿,都要忖量个三日五夜才算……"张先生则看病看出了秦可卿"心性高强""聪明不过""思虑太过"云云。这方面的三个"太过"一个"心细",都是别人口中说出来的概念化的东西,而没有细节。及至第十一回,凤姐带宝玉来看可卿,秦氏说:"如今得了这个病,把我那要强的心一分也没有了……我自想着，未必熬得过年去。"结果宝玉哭了，凤姐眼圈红了，几成诀别。这病发展得恁快！从多数红学家的已成定论的解释，秦氏与贾珍有染，乃悬梁自尽而死，自可说通许多疑团，诸如秦氏卧房的书画摆设、有关太虚幻境的故事、秦氏之死，都可以自圆其说。但有一条仍不明白，即秦氏死时凤姐梦见可卿，梦中秦氏不但讲了一回"月满则亏，水满则溢"的大道理，而且根据"荣时筹画下衰时的世业"的英明深远的战略眼光，做出两个具体指示，安排好祖茔和家塾，"败落下来，子孙回家读书务农，也有个退步，祭祀又可永继"，有虚有实，符合一个封建大家族的长远利益，符合一个封建大家族的正统观念。这样的道理这样的指示，包括贾政和焦大在内的维护正统派也是想不到的。这样的责任感与深谋远虑的话直应是贾家的创业元勋、老祖宗宁国公说出来才够份儿，怎么倒是邪恶美人、做事很不负责任也很不守道德的秦氏可卿托梦讲述的呢？这不是虎头安在兔身上了吗？

总之，秦可卿这个人物很重要也很奇特，对她的表现和描写也很不正规，颇有突兀之处、不接茬之处、难解之处。这个人物的塑造与以巴尔扎克、托尔斯泰为代表的，不但经过别林斯基、车尔尼雪夫斯基、杜勃罗留勃夫而且经过恩格斯论述的现实主义方法大相径庭。盖中国传统文学，特别是小说这种"大众文学"样式（诗歌散文方是传统的"精英文学"）更富有游戏性，它不像西洋的现实主义那样严肃、那样呆板、那样郑重。在中国传统小说里，回避隐讳，影射暗示，假托借代（如借秦氏之口讲一番大道理），谜语占卜，牵强附会以及种种文字游戏、结构游戏、情节游戏（如晴雯死后变成芙蓉花神云云）的方法用起来得心应手，与外国文学作品相比，自有一种中国特色的轻灵潇洒。轻灵潇洒而不失其分量，不失其痛切沉重，把荒唐言与辛酸泪结合起来，虽荒唐而字字血泪，虽血泪而荒唐可玩，这样的写法有一种特殊的间离感，这种创作特点在戏曲中表现得尤其突出。

小说的随意性与规定性

随意性与规定性,这是相悖的两种美学观念。从严格的现实主义或唯美主义或浪漫主义来讲,文学正如戏剧表演,是有自己的"最高任务"的。或是最典型最准确最生动地表现现实,或是最大限度地追求美,或是最大限度地表现热情和激情,由于"主义"的不同,各有其一元化的最佳选择和最佳标准。所以托尔斯泰一次又一次地修改自己描写玛丝洛娃的肖像的手稿,直到把肖像写到字字精当,添一分则肥减一分则瘦的不可更易的程度。托尔斯泰写安娜·卡列尼娜之死也是这样,时间、地点、氛围、心理过程、事件过程之细腻准确,像雕刻一样分明和确定。非现实主义在规定性上就差一点,雨果在写作中经常表现出那种气势澎湃、大火怒潮一样的激情,俯拾皆是,推波助澜,极尽渲染铺张之能事。但最根本的情节枢纽,那种大善大恶、大悲大喜、大开大阖的地方,为了表现强烈的对比,强烈的人类情感,一切也是规定死了的,不可更易的。

曹雪芹与这些西洋大家有所不同。首先他不懂什么文艺学上的这主义那主义,他不囿于一种体系一种规则所提出的最高任务最高标准,他的选择其实是多向的多元的。从第一回已经说明,怀旧——"欲将已往赖天恩祖德……以致今日一技无成、半生潦倒之罪,编述一集,以告天下",解闷——"用假语村言敷演出来,亦可使闺阁昭传,复可悦世之目,破人愁闷",纪实——"按迹寻踪,不敢稍加穿凿",警世——"不但是洗旧翻新,却也省了些寿命筋力,不更去谋虚逐妄了"。这些都是作者声明了的。此外,作者未明确声明但实际给自己提供的任务中,似还有求全与炫己两项。求全即搞一部百科全书式的小说,所谓"家庭琐事,闺阁闲情,诗词谜语,倒还全备"。其实不仅这些,作者不放过机会细写园林、烹调、医药、戏曲、僧尼、巫祝、典制、礼仪、服装、首饰、陈设、工艺、书画以至红白喜事种种,不但求真求味求情而且求全。炫己则是既炫耀自己的才学知识包括杂学知识，又炫耀自己有而别人难有的封建上层生活的经验体验。《红楼梦》的纪实性怀旧性与警世性是严肃的。《红楼梦》的假语村言花花哨哨的东西，它的游戏性炫耀性梦幻性又是随意的。一上来两个人物，一个叫贾雨村一个叫甄士隐，这两个人名就起得随意之至。晴雯被逐致死，写得十分悲惨，令人愤懑怜惜而洒泪。偏又小丫头胡诌，宝玉信以为真，"痴公子杜撰芙蓉诔"一回，此回目就相当随意。真实的描写转为陈腐的骈体，虽有"鸠鸩恶其高……鹥蓠妒其臭……"这样的激愤之语，整个来说，却是哀而不伤，将无法排解的悲哀纳入有章可循的俗套，把情感的宣泄变为语言文字的推敲，情感反而受到了节制。果然，黛玉听到之后问起，宝玉说："原不过是我一时的玩意儿……"接着二人讨论起文字润色来了。这与巴尔扎克、托尔斯泰等的写法是何等不同啊！

秦可卿的描写亦是如此，作者似乎在与读者捉迷藏。秦之美丽迷人，呼之欲出。秦之病之死，则似"召之即来，挥之即去"。秦之聪明要强，全靠敲响边鼓——吓回了金氏璜大奶奶。秦之风流淫荡，欲说还休，请君自己回味。秦托梦给王熙凤，更是假秦之口以说作者要说的话。说这完全是随意笔墨，也不尽然。盖秦氏是金陵十二钗中第一个走向黄泉路的人，她的死不仅有具体性也有抽象性，她的死本身就意味着"登高跌重""树倒猢狲散"的开始。而且，一旦辞世，便入仙境（仙境也是幻境），自可说一些比常人高明远见的话。其次，秦氏甚美貌，而曹雪芹恰如贾宝玉，是崇尚美的，为之隐恶扬善，乃至通过托梦给她增加一圈光环，也不是没有道理的。故而脂砚斋因托梦一节中秦氏"其言其意令人感服"，而命"芹溪赦之"，略去了关于秦氏乱伦，"淫丧天香楼"的太露的描写。

我不知道为什么中国的小说可以写得这样自由、随意、得心应手。可能是由于小说在古代中国难登大雅之堂，其主要目的是娱乐大众，没有哪个中国古代小说家摆出一副"忧国忧民""一字千钧"

"人类的良心""思想家"的阵仗。这种"玩文学"的小说传统正与诗文的"兴、观、群、怨""文以载道"的传统一样久远。可能是由于老庄禅宗等思潮的影响,齐善恶,同悲喜,色即是空,鼓盆而歌,神游于六合之外——大荒山无稽崖青埂峰,用诡辩与佯狂为自己缔造了一个打不倒夺不走的精神王国,豁达而又悲凉地干脆把人生看成一场大梦,一个玩笑,叫做玩世不恭。可能这本身也是一种阿Q主义,一种掩耳盗铃,明明很悲惨,却是满脸的嬉笑,明明很愤怒,却又略去一切刺激而声称自己与秦可卿一样温柔和平。可能这也与中国人的一种朴素的宿命论有关,天要下雨娘要嫁人黛玉要死宝玉要当和尚,想让它不发生亦不可能,都是有定数的,何悲喜之有?

从文化心态上说,当今有识之士可能对这种随意性更愿意批判之否定之扬弃之。从"小说学"的角度却很难将这种更多游戏性的小说观与洋大师们的小说观分出个高下。这种自由心态的小说,多元价值取向的小说,不戴悲壮严肃的面具的小说完全可以写得更好,如《红楼梦》。而从一个高层面来看,游戏中自有真情真知真意味,游戏中更有一种翻过筋斗以后看破红尘以后的智慧与超拔。其实,游戏与崇高也不是截然对立的。精神境界十分崇高的人未必一定厌弃游戏。如果从一味追求崇高的标准来衡量,"样板戏"确实达到了顶峰,但整个样板戏的故事,不也是一场游戏吗?

王熙凤的弄权及其他

可卿死了,尤氏犯病,贾珍便请王熙凤协理宁国府,叫做智力引进。偏偏王熙凤喜欢揽事,喜欢逞强,"脸酸心硬",有几分铁腕,便当真管起事来,看到自己"威重令行",十分得意。掌权本来是办事的手段,如凤姐此次协理,本意是为了管好秦可卿的丧事,离开办事,掌权也就失去了意义。但掌权本身又会带来许多乐趣,逞强的乐趣,耍威风的乐趣,斗智斗力的乐趣等等,于是,手段变成了目的,为掌权而掌权也是可能的与富有吸引力与刺激性的了。乐趣云云，有几分游戏性。看来，正是游戏性使手段变成了目的，使手段变成了一种享受、一种自我的愉悦。"运动就是一切，最终目的是没有的"，伯恩施坦的理论不知是不是可以算做一种为运动而运动、为"革命"而"革命"的理论。在这里，为某某而某某的命题的基本模式，应该是"为艺术而艺术"。作为一种文艺理论，为艺术而艺术似乎是一种诡辩，作为一种心理现象与人生现象，为艺术而艺术的状态多着呢！为艺术而艺术实际上是艺术的异化。正像为掌权而掌权、为弄权而弄权实际上是权力的异化。而为花言巧语而花言巧语，为技巧而技巧实际上是语言与技巧的异化。从掌权到弄权，很可能就是一个从为人生（人死）而艺术到为艺术而艺术的过程。"云破月来花弄影"，王国维最欣赏的是一"弄"字，叫做"着一弄字而境界全出"，正如"红杏枝头春意闹"，着一"闹"字而全出境界。什么是"弄"？"弄"是做了什么的意思，是 to do something，但"弄"往往是一种无目的的做。弄坏了和破坏了不同，弄好了也和修好了搞好了做好了不同，因为缺少自觉的目的与步骤。弄权不是掌权不是争权，甚至谈不上什么直接显明的以权谋私，而更多的是"为艺术而艺术"，用对权的得心应手的使用与发挥来愉悦自己。王熙凤弄权铁槛寺，其实她管的那事与她并无利害关系，包括对报答的银两她也并不在乎，她对老尼这样说至少有百分之五十的真实，因为她弄权的主要动机确实不在于索贿受贿，当时她确实不会把"贿"的那几个钱看在眼里。但老尼一将军："如今不管……倒像连这点子手段也没有似的"，击中了穴位，果然凤姐"发了兴头"，甚至说出"从来不信什么阴司地狱报应"的极重极重的类似"誓师"的语言来。弄也玩也闹也，亦大矣！

一经协理，王熙凤立即概括出"宁府中风俗"的诸多弊病。"头一件是人口混杂，遗失东西；二件，事无专管，临期推委；三件，需用过费，滥支冒领；四件，任无大小，苦乐不均；五件，家人豪纵，有脸者不能服钤束，无脸者不能上进"。总结得真叫好！头一件主要是编制问题、户口问题、大官中即府中公共财物的爱惜问题。二件是分工责任问题、检查监督问题、日常管理问题。三件既是财政制度与管理问题,也是风气、腐败、人员素质问题。四件是工作的组织指挥与奖惩待遇等问题,五件是人事管理问题,是创造公平竞争机会与建立约束制衡机制的问题。所有这些问题,又都反映了:一、家长体制。二、人浮于事,人员偏多。三、人治而不是法治,缺少制度上的制约与激发。四、表面上看这是一个尊卑有序、利益相关的大集体、整体,实际上各顾各的私利,各由着各的性儿,没有人真正对集体整体负责。五、凤姐的能干掌权弄权,正是贾敬修道炼丹、贾赦苟且糜烂、贾政迂呆自重,包括贾珍贾琏宝玉一辈人中没一个有责任心有能力的人物的结果。怎能不令人为其瓦解没落而叹息呢!

贾宝玉也是"窝里横"吗?

秦可卿丧事排场,炫人耳目,读后令人惊叹!竟有这等风光的丧事!背后的种种事自然不堪入目,为丧礼的风光为贾蓉捐个前程,凤姐乘机伸手弄权等等,令人不喜。

出殡中贾宝玉路谒北静王一节,通过作者与贾宝玉的眼睛极写北静王祖先功高、本人秀美谦和,又威风又体面又富绅士风度,居高临下地接见宝玉,而宝玉素闻贤德,每思相会,闻召自是喜欢,见北静王时谈吐得体,答问有礼,也是一副高攀邀宠至少是愿讨好的样子。说宝玉顽劣古怪也好,狂痴不肖也好,富有叛逆精神也好,看来也只是"窝里横",无非是倚仗着娇纵的地位与贾母的庇护,造造贾政的反罢了。一见北静王,宝玉的腿也软了人也规矩了,接到北静王赏赐的礼物"圣上所赐蓉苓香念珠一串"更是喜不自胜,于是当黛玉奔父丧回来后,"将北静王所赠蓉苓香串珍重取出来,转送黛玉"。还是黛玉是真高洁,说:"什么臭男人拿过的,我不要这东西!""掷还不取","宝玉只得收回"。

秦钟之死

秦可卿死后不久,其弟秦钟呜呼哀哉。本书写秦钟之死,发昏三次、易簀多时、魂魄离身、见许多鬼判来捉他,而他念着家中、惦记智能儿、央告鬼判。鬼判不肯徇私,与之辩论,最后秦钟魂魄打出宝玉的旗号,虽把鬼判们吓了一下,终无大用,还是随鬼判进入了阴曹地府。

秦钟颇不高雅,但亦无大恶,只不过在那个偷鸡摸狗的环境中,染了一些年轻人的恶习。这样一个人的死,居然写得如此油滑耍笑,实在令人觉得有失厚道。甚至有点不大"人道"。顺便说一下,《红楼梦》人物似乎死得极快极易,动辄死一个,比死个猫儿狗儿还便宜。这里,除了说明当时的医疗保健条件太差以外,不知是否也有观念上的问题,如:不懂得尊重爱惜人的生命,虽然前面我为曹雪芹笔墨乃至一般小说笔墨的游戏性辩护了老半天。

大观园的建设

尊卑长幼的秩序,造成了两眼看天的"唯上"心态,也造就了投其所好的虚伪与机巧。第十七回大观园工程告竣,贾政带着众清客去边游玩边拟题匾额对联,恰逢宝玉在园中,贾政便叫他跟上,欲试其才。清客们了解了贾政心思,便不拿出真才实学,处处"只将些俗套敷衍",以突出宝玉,以避免抢了宝玉的戏。(敢情"三突出"也是有历史根据与生活依据的。)第二十二回猜灯谜时,"娘娘"(元春)送了一个灯谜来,宝钗"近前一看,是一首七言绝句,并无新奇,口中少不得称赞,只说'难猜'",之后贾母说了一谜,贾政"已知是荔枝,故意乱猜,罚了许多东西,然后方猜着了,也得了贾母的东西"。然后贾政说了一谜,"说毕,悄悄的说与宝玉,宝玉会意,又悄悄的告诉了贾母。贾母想了一想,果然不差……"果然不差,连宝玉也参加到这等自欺欺人的游戏中去了!

上有好者,下必甚焉。从"礼"的角度"孝"的角度,对于众清客宝钗贾政宝玉诸人的投其所好的行为,甚至应该赞美。为了使长上愉快而设计自己的言行举止,即使在现代社交场合也是值得肯定的。但另一方面,当这一套变得如此虚伪造作,又觉令人作呕;偏偏中国人重面子,长上更重面子,即使明知是假的——所谓"贾母想了一想,果然不差",难道贾母不知道这是"考官作弊",宝玉传递消息的花招么?知其假亦悦之喜之好之,虚伪行事,投其所好,心口不一,自欺欺人的风气怎么能不蔓延起来、深重起来,变成顽症呢?

从道德的角度来看,礼与诚即讲礼貌与讲真实应该是一对互相约束的矛盾统一。礼不可虚伪,真诚不可无礼。如果在某种特殊情况下需要选择礼与诚,毋宁说,诚、说真话、直言,比礼数更宝贵。

大观园试才题对额——第十七回,再一次写尽贾府"烈火烹油、鲜花着锦"之盛,令人赞美,令人惊叹,封建社会权力与财富高度集中,在中国的这种实用主义传统影响下面,人们集聚大量人力物力不是修神殿、寺庙、陵墓就是修"省亲别墅",修此生的荣华富贵。此种荣华富贵一为享受乐生,一为抬高自己的地位,符合"娘娘"的身份,巩固自己的权力。这种荣华富贵是高度封闭的,是不接纳凡人的。朱门高墙之内自成一个世界,到省亲的那一天,连街头巷尾都用"围幕挡严"。这种高度的封闭性、不可见不可触不可交流性,正是中国封建贵族赖以维护其尊严与统治的重要前提。所以才有种种匠心独运、巧夺天工的园林,园林反映的是对自然风光,对自然的山、水、石、植物、动物及依傍自然修起的亭台楼榭的向往,园林反映的又是在一种闭锁的、与世隔绝的空间里把自然捏在自己手心里,把自然规范化、合意化、小巧化、人工化的独家享乐心理与占有心理。

不但集中了建筑和园林,也在集中"文学"。"各处匾对断不可少",要用各种美丽的文字使审美对象——园林建筑风光——得到最精炼的体现。园林建筑是龙,匾额对联是睛,画龙必须点睛,龙才有了生命。有了人类语言文字的帮助,审美对象变得更有滋味和更好消化。

不但抓了文学的点睛作用、助消化作用,而且抓了"妆蟒绣堆""刻丝弹墨""绸绫幔子""猩猩毡帘""湘妃竹帘""五彩线络盘花帘"以及"陈设玩器古董",即抓了工艺品、艺术品,"贮书设鼎""安置笔砚""供设瓶花""安放盆景""琴剑悬瓶"——好一副关着门享乐的讲究!

不但集中了文学艺术,而且着贾蔷从姑苏采买了十二个女孩子,聘了教习,准备了行头,教演女戏,又另派了"家中旧曾学过歌唱的众女人们……带领管理",表演艺术也有了——演员是花钱买来的女奴!演员是会呼吸的小摆设!

更妙的,同样是十二人,而且也是买的,叫做"采访聘买得十二个小尼姑小道姑",真想得周到,都占全了,叫做"万物皆备于我",叫做一切为我所用,地上的权力大于一切。在贾家,宗教不是超验的超自然的令人敬畏的力量,尼姑道姑也是一种摆设,一种奴隶,一种奢侈排场的讲究!

关上门什么都有,便不再对门外的事有兴趣,门外的人也难得进来,连婚姻也常在门内配,一切的一切,能不退化劣化吗?

那么,生活在这种荣华富贵中的人们的自我感觉又怎么样呢?凤姐热衷于从中弄权渔利,贾琏贾蔷热衷于中饱享乐,一些办事人经手人及至仆役丫环也雁过拔毛,都要从中分一杯羹。宝玉则痛感富贵对人之"荼毒",元春也是哭了又哭,泪如雨下,声称不如"田舍之家""终无意趣"。省亲中表现得最动人的却是贾政,书中是这样写的:

  贾政含泪启道:"臣草芥寒门……得征凤鸾之瑞……今贵人上赐天恩……幸及政夫妇……虽肝脑涂地,岂能报效万一……贵妃切勿以政夫妇残年为念……"

很难说这全是套话。特别是"切勿以政夫妇残年为念"一语,动了真情,忠中有悲,忠中有情。悲情虽难免俗,一番对"今上"的克敬克忠克爱之心溶化在血液里表现在行动上流露在言语中。通观《红楼梦》,贾政只有道德教训,少有感情。但此节中,与其说是因为见到女儿,不如说是因为提到想到了"今上",贾政的全部教养全部忠贞之情都调动起来了。从少年时代至今,每读到这里都觉鼻酸,都觉得中国式的"忠"的情感,真是令人歔欷感动!肝脑涂地,岂能表达万一,岂能论说万一!这一套,决不是几个年轻小子一吵吵就"决裂"得了的!

元妃不赞成奢华糜费

元妃还没下轿,一看园内外光景,但点头叹道:"太奢华过费了!"元妃临走,再四叮咛:"倘明岁天恩仍许归省,不可如此奢华糜费了!"初说奢华过费,终说奢华糜费,并直言正言其"不可",谈得不能说不诚恳,批评不能说不严肃,但贾家无人对此作出任何反应,连一声礼节性的"遵命""娘娘说得是"等都没有。

这也是一种悖反现象。奢华的根据是"贵人"要来,奢华的旗号是"贵人",不奢华不足以表达对"贵人"的忠敬,不奢华不足以表达臣民对"今上"对"贵人"即下对上的热情。这样,奢华从本质上是一种政治情绪的表现,是一种敬上畏上乞上迎上的表现,这样,奢华是有理的、必须的、不可无的了。娘娘省亲,谁敢简慢?简慢的话,算什么态度?

另一方面,贵人本身又是提倡俭朴的。站在高层次而不提倡俭朴,恐无异于自毁。贵人不过是来上那么一会儿,贵人对"贵"已经司空见惯、熟能生厌了。贵人并不希望劳民伤财,到哪里搅得哪里不得安生,所以贵人是一定要做出反浪费尚俭朴的重要告诫的。

而这个告诫又是一定不能贯彻执行的。除了用奢华来致敬表忠心以外，还因为奢华的最终得益者是致敬者与表忠心者而不是被致敬者。元妃回来，不过草草一观罢了。但有了大观园，才有了贾府老太太、奶奶、少爷、小姐们的园地，才有了贾府的威风，才有了工程、就业、中饱私囊的种种利益，也才有了"典型环境"与《红楼梦》。致敬与表忠心是一杆大旗，大旗下面各得其利，各得其所。再深究一步，焉知元妃说"不可奢糜"的时候，不是又满意又不满意呢？

富贵匆匆

元妃省亲一节的氛围特点是喜中之悲，闹中之孤独，亲热中之隔膜。这很有特点也很不好写。省亲一节的文字中有一种匆匆忙忙的紧张。设若不让省亲，元妃到了那"不得见人的去处"，再无天伦之乐，是可悲的。而今上开恩，让你省那么一忽忽亲，在一点点时间内又要行礼，又要说官话，又要说家常话，又要巡视，又要为各种匾额对联定稿（如把"红香绿玉"改为"怡红快绿"，改得当然是好的），还要给各色人等按照"级别"赏赐不同的礼物……从"十来个太监都喘吁吁跑来拍手儿"，这个喘吁吁的紧张劲儿一直维持到结束，何其匆匆！相见短而分离久，热闹短而寂寞长，荣华一瞬而萧索永时，青春片刻而衰亡继来。悲夫，省亲！悲夫，大观园！悲夫，这样的人生！

这样的悲哀也是快乐主义的破产。《红楼梦》中诸多人物，哪个追求的不是享福——快乐？可有一个有追求有抱负有理想有事业？喝酒是享乐，做诗也是享乐，筵席是享乐，看戏也是享乐，同性恋异性恋都是享乐。只有宝玉与黛玉在这种享乐的污浊中追求一点真情，多么可怜的真情！也正因为这一点真情，他们更觉出了周围环境与空气的污浊，他们更预感到了那"忽喇喇大厦将倾"的前景，而他们的生存生活，也同样是建立在大厦未倾时的基业上的呀！

四　关于贾宝玉

贾宝玉的一厢情愿

第十九回宝玉偷着到花家,见到几个女孩儿很好,便向袭人表示"怎么也得他在咱们家就好了",说得天真可爱,说得自私可恶。丑恶也可以天真,一切以自我为中心也可以天真,甚至可以以"爱"的名义去满足一己!宝玉如不是"爱"袭人的"两姨姐姐",会有把她们弄到自己家的念头么?所以,"爱"也可以是丑恶的。

袭人顶了宝玉:"难道连我的亲戚都是奴才命不成?"宝玉赶快解释:"我说住咱们家来,必定是奴才不成?说亲戚就使不得?"宝玉的解释不能说不真诚,但很虚弱,没有说服力。越是老爷少爷,越是处于高枝高位,越容易廉价地表示出一种平等精神——放下架子,咱们都是一样的人嘛云云。但处于低位低枝者是不敢须臾忘记也不会忘记自己与主子的不同的。您高高在上地伸出平等友爱但实际上又不解决任何问题之手,在您脚下的人有谁敢接受您的友谊呢?

养尊处优中的颓废

袭人以自己要走为要挟规劝教育宝玉一节,读起来也令人感叹。从理论上说,当然是主子而不是奴隶最维护奴隶制度,从理论上说,奴隶应该反对和破坏奴隶制度。然而,《红楼梦》中,享尽一切奴隶制的好处、占有着奴隶的一切包括感情和身体的宝玉少爷，却偏偏对维护这样一个制度毫无兴趣、毫无责任心，甚至毫无利害相关的意识。正是"天恩"，正是养尊处优，不为稻粱谋，不为饥寒苦的处境，在造成了宝玉的种种"没出息"的同时造成了他的个性的相对独立、思想的相对自由，造成了他对封建贵族主子生活的看透、厌倦，造成了他高度的自我怀疑、自我否定与自我批判。统治者占有优越的生活条件，优越的生活条件解放了人，使人不致终其一生为生存而劳碌，优越的生活条件使人性、人的情感、欲望与人的独立精神得到发展，而这些发展的结果恰恰是对使自己居于统治地位的制度的否定。统治阶级制造自己的逆子，掘墓人不仅仅是被剥夺被压迫的大众，掘墓人恰恰常常出自自己阶级、家族内部，优渥的生活正像贫困屈辱的生活一样，都能成为某种具有独立人格的人的叛逆选择的催化剂。当然，宝玉远远算不上掘墓人，他的清醒与独立，不过反映在他直觉地对维护家业毫不积极，直觉地感到了这样一个封建家族的无可挽回的灭亡的命运罢了。

　　优渥可以使人腐败，也可以使人解放。贫困可以使人反抗，也可以使人厚颜无耻地攀附。所以，袭人真诚地教育着宝玉。袭人比宝玉更具有家业的责任感，袭人认为宝玉对这一家族的继续兴旺永远兴旺负有重大使命，而作为宝玉的未来的"房里的人"，她也对这个家庭的免遭厄运负有责任，袭人对宝玉的教育是富有使命感的。教育的方法是"用骗词以探其情，以压其气"，就是说以退为进，以守为攻，不说自己要向宝玉进言，而说自己要走了。不说自己有见解有批评，而说自己"不过是个最平常的，比我强的多而且多"，即使"扶侍的好"，也是"分内应当的"。这恐怕也是中国独有的太极拳。统治阶级的逆子宝玉，偏偏离不开忠奴袭人，看来忠奴还是受欢迎的，逆子如宝玉也不例外。"等我有一日化成了飞灰——飞灰还不好，灰还有形有迹，还有知识——等我化成一股轻烟，风一吹就散了的时候儿，你们也管不得我，我也顾不得你们了，凭你们爱到哪里去到哪里去就完了。"贾宝玉的这一段话十分有名。在此生,他喜聚怕散,要求女孩子们陪伴自己,一种内在的孤独感寂寞感和一切转眼即将失去的没落感破灭感散发出一阵阵寒气。只求死后消失得干干净净,实际上表达的是对人生的荒谬感,这确实与封建正统观念迥异。封建正统观念是非常重视身后的影响的,重视声名、谥号、子孙万代,封建正统观念是把个体的一生与一个种姓的纵的绵延紧密联系起来的,所以封建正统观念才提倡立德、立言、立功,活着至少也要为儿孙积攒些金钱产业。贾宝玉的这一段话还有一点诗人气质,颓废气息。贾宝玉的情,有时候很珍重、有时候很滥泛的情,也不过是对他的与生俱来的巨大的空虚和恐惧的一点弥补。以情之石填空虚与恐惧之海,可怜呀,宝玉!

僧道与正统

袭人教育宝玉的话中还有"再不许毁僧谤道的了"一句,值得玩味。按理说僧道并非正统,袭人也无意于僧道——她可不是惜春,那么她为什么也要维护僧道的尊严呢?一是奴才的特点是对一切权威的膜拜,叫做"少说话,多磕头"。他们充满了敬畏,除去不相信自身以外对一切都可以相信,除了不膜拜自身以外,对一切都可以膜拜。或者用袭人的话,叫做伏侍,她时刻准备着伏侍一切。既然僧道在封建社会也有一席地位,一席偏座,怎么可以大不敬呢?再说,僧道本来是对正统、对封建社会的主流派的一种叛逆,叛逆了半天却离不开封建的天封建的地,连大观园里也设尼姑庵。最后,叛逆也变成点缀,变成配菜了。当然,封建正统容忍这样的点缀有两个前提,一是正统的强大与自信,一是点缀的合作态度,这种态度的核心是偏座的绝无野心。这也就形成一个儒、道、释的和谐共处与平衡了。

放松的日常生活描写

意绵绵静日玉生香,宝玉中午到黛玉房中胡混,又闻香味又讲老耗子小耗子的故事一节的主要特点在于两个字:放松。由于感情的曲折与灵魂的撞击,宝玉和黛玉一见面就会给人以一种紧张感。或者用时髦的话说,叫做充满着张力。只有这一节,写得是那样轻松,那样天真无邪,像一首牧歌一样舒缓,像一条小溪一样清澈见底,没有任何的负担;读之如闻其声如听其笑如临其境,像一口清泉一样尽自喷涌,没有任何的拘束;黛玉说"放屁""你真真是我的魔星"……她的语言也是完全放松的。黛玉抚宝玉之左腮而"细看",用绢子盖了脸躺下,听完笑话按着宝玉拧嘴,这些动作也是完全放松的孩子气的。宝玉更不要说,拉着黛玉的袖子笼在上面闻个不住,"向黛玉膈肢窝内两胁下乱挠""有一搭没一搭的说些鬼话",直到讲耗子的故事,更是可爱已极,快活已极,把一切不愉快全忘了,把一切内心的忧伤恐惧全忘了,把一切礼教的管束全忘了,真是难得呀,罕见呀!

这其实也是"床上镜头",是少男少女两小无猜的床上镜头。童年的天真,不正是青春的烦恼煎熬的一种反衬吗?

这一节的另一点值得注意之处在于它的日常生活的性质。中国的传统小说是不大写日常生活的,如果写宴会,或者是鸿门宴,或者是王婆、潘金莲与西门庆一起吃酒,总是作为忠奸、贞淫斗争的一个环节来写。像《红楼梦》这样写日常生活,写琐事平常事,写细节,是绝无仅有的。

这一节也是非常富有长篇小说的特点的,发挥了长篇小说的优势。意绵绵静日玉生香,孤立起来,难以成绵绵。置于短篇之中,也不可能写得细写得充分。正是在长篇之中,作为宝玉黛玉爱情悲剧中的一个变调一个谐谑曲,一个对比的动机,读后令人忍俊不禁,复令人惆怅不已。这样活泼纯真的生命,终于被"荼毒"、覆灭、毁坏了!

嫉妒与人际关系

在贾府的人际关系中,嫉妒是一个重要的原动力。黛玉嫉妒宝钗,基本上是明的。宝钗不动声色,看不出她有嫉妒心,也看不出她有不嫉妒心。李嬷嬷嫉妒袭人,可称为"忘年嫉",其实老人嫉妒年轻人也是符合人性规律的。"忘了本的小娼妇!我抬举起你来,这会子我来了你大模厮样儿的躺在床上,见了我也不理一理儿",这正是要害,原来你依仗我的"抬举",我处于高高在上的地位,而你现在竟显出超过我的狂意,忘年性老年性嫉妒的症结就在这里。

贾政为什么那么厌恶宝玉?后爸爸也不致如此,一见面便恶声恶气,似乎从生理上就不能容忍宝玉的存在,这难道仅仅因为二人的"政见"不同,"世界观人生观"不同吗?如果是观点与观念不同,贾政与宝玉展开论战或对之展开大批判才合乎逻辑,长篇大套地对他进行说服教育灌输培养才合乎正统要求,"养不教,父之过"嘛!而他几乎是生理性情绪性的厌恶……这也不无老对少的嫉妒的因素了。

李嬷嬷被凤姐拉走了,晴雯却又为宝玉之向着袭人而嫉妒起来。新中国建立后的论者们很可能是受"两条路线的斗争"模式的影响,在分析《红楼梦》时总是把宝玉黛玉晴雯鸳鸯等算做一条正确路线,而把贾政凤姐等算做反动路线。因此之故,谈晴雯就要为之隐恶扬善,只谈她之"遭嫉"而不谈她的嫉人,实际上晴雯嫉妒人是很厉害的。宝玉给麝月篦头,立刻遭到了晴雯的恶言嘲讽,紧接着出场的是一说话行事必出洋相必嫉妒而又没本钱没本事的赵姨娘与贾环,才有了"王熙凤正言弹妒意"的回目。

49

然后是黛玉嫉妒宝玉去宝钗房里，逼得宝玉也反唇相讥："只许和你玩，替你解闷，不过偶然到他（宝钗）那里，就说这些闲话……"

主子与主子相嫉，奴才与奴才相嫉，已经够可以的了，不仅如此，奴婢也敢嫉妒主子。由于史湘云替宝玉梳了头，而这个活本来是袭人所垄断的，袭人便大嫉起来。袭人表现嫉妒的水平最高，不是恶言，不是摔帘子（如晴雯），而是祭起维护风化的大旗，而且马上通过交流与宝钗结成了统一战线。袭人完全明白，在地位上，宝玉占优势；在正统道德上，在拉大旗上，她花袭人占优势。深知自己的优势，袭人才能把自己的嫉妒转化为冠冕堂皇的道理，也才敢一再向宝玉以自己要走和"撂开手"相要挟，直把宝玉训了个信誓旦旦，决心"听"袭人的"说"为止。

由此联系到第二十四回，小红只因为宝玉倒了一碗茶便被秋纹碧痕"兜脸啐了一口"，而且以"没脸面的下流东西"破题，大骂了一通。不仅骂得小红灰心，尤为惊人的是，骂得宝玉都怵了头。第二十五回写道："宝玉昨儿见了他（小红），也就留心，想着指名唤他来使用，一则怕袭人等多心，二则又不知他是怎么个情性，故而纳闷。"呜呼！伶牙利爪的奴才们包围着主子，用她们的嫉妒的刀山，杜绝了人才上进之路，而主子也只好向这种既定局势既成事实屈服。宝玉总不能为了一个不了解其情形的小红开罪已经形成的网状奴婢格局。不能用不敢用，不能接触不敢接触，又从哪里去了解一个新人的"情性"呢？看来，既定格局与对新秀的嫉妒，确是人事工作中的一大难题。

回到第二十一回，"贤袭人娇嗔箴宝玉"——实应为"酸袭人因嫉拉大旗"——之后便是"俏平儿软语救贾琏"，成了贾琏、凤姐、平儿以及贾琏的情妇"多浑虫家的"之间的关系了，当然也有凤、平的嫉妒与防嫉妒在内。这几回，当真可以作为嫉妒大全来读了。正视人性的这一部分，也是必要的吧。

谶语、异兆、神秘

"听曲文宝玉悟禅机,制灯谜贾政悲谶语",第二十二回的情节安排略显生硬。当然,写宝玉青春期思想的不稳定和变易性也还有点意思。宝钗批判说:"道书机锋,最能移性……"表达了对防止异端思想的必要性的足够认识。至于通过灯谜再暗示一下几个人物的悲剧结局,也有与太虚幻境中的判词、曲文相呼应的效果,不过并不精彩而已。贾政为之而悲,就更不动人。这里反映了《红楼梦》结构上的一个难处。作者写起日常生活来,比实还实,比现实主义还现实主义。从总体发展来看,作者的情感体验的总和中却又充满着宿命、荒谬、梦幻、虚妄的感觉。写得过实的时候,作者忍不住提醒读者,原来都是一场梦,都是天生注定、无可挽救的悲剧,都是浓重的阴影下面的叽叽喳喳、争争闹闹,作者还不时地插入一些谶语呀、异兆呀、神异呀……插入一些超自然超现实的契机,以免读者被作者成功地引到大观园中,流连忘返,忘了从大观园中跳出来,忘了这一切不过是转瞬即逝的幻境!作者一只手把你引到大观园中,一只手又要把大观园打碎而把你这个读者的灵魂拯救出来,所以他时而自然,时而生硬,时而巧妙,时而笨拙,时而新鲜,时而陈腐地插入一点超自然超现实的东西,以使石头幻化、太虚幻境诸说不致在大篇写实大篇生活实事的展现中干涸消失,像一条河在荒原中消失干涸一样。

第二十五回"魇魔法叔嫂逢五鬼,通灵玉蒙蔽遇双真"亦应做如是解。这一回的内容更加缺少新意,孤立地看实无可取之处,还给人一种对赵姨娘"欲加之罪,何患无辞"之感。但它再一次把读者的眼光拉向青埂峰无稽崖大荒山,拉向原生的、失去了空间与时间的意义与确定性的自然,拉向"色"的无可比拟的参照系——"空"。有这个参照系,红楼生涯方是"梦",有这个参照系,活生生腻歪歪的宝玉仍然是一块无才不得补天的石头。没有了这个参照系,甚至这本书会成为一个纨绔子弟的仍带吹嘘色彩的回味,是"我当年阔多了"的吹牛。以灭亡做前提写生活,以神秘做前提写人事,以失落或者背叛做前提写热恋,以"跳出来"做前提写圈里,以拉开间距做前提追身写迫近写,这就与一切古典主义和浪漫主义不同了,这就有点"现代"了。

只是在这一回里,宝玉和凤姐有了共同的命运、共同的利害,而把他们俩联系在一起,反映的是赵姨娘的观感。王熙凤与贾宝玉两个人,一个享受权柄,一个享受宠爱。也可以说,他们两个人都享受宠爱——能被宝塔尖上的贾母动辄称作"猴儿",这是何等的被欣赏被信任!性格志趣政见完全不同的人也会被对立面紧紧拴在一块儿,此一例也。

宝玉与黛玉的心

第十七回,由于宝玉跟随贾政边逛大观园边拟匾额对联"圆满成功",被小厮们共了产:"一个个都上来解荷包,解扇袋,不容分说,将宝玉所佩之物尽行解去"(小厮们趁喜打劫,给森严的主仆阶级关系中,增加了一些人情的、天真的、胡打乱闹的润滑因素与缓冲因素)。黛玉过来,不调查不研究不容宝玉答辩便判定宝玉"把我给你的那个荷包也给他们了",立即"生气回房,将前日宝玉嘱咐他没做完的香袋儿,拿起剪子来就铰"。虽是冤案,但冲突还是孩子气的。这才有第十九回的"静日玉生香",两个孩子的说说笑笑。这是唯一的也是最后的天真了。第二十回"林黛玉俏语谑娇音",不再是个别事件的误会误判,而是两个人不同的处境不同的心境不同的"公共关系"状况的矛盾了。黛玉说:"你又来做什么,死活凭我去罢了!横竖如今有人和你玩。"宝玉心急,上前悄悄解释,第一次严正声明确认自己与黛玉的特殊关系。黛玉啐道:"我难道叫你远他(指宝钗)?我成了什么人了呢?我为的是我的心!"宝玉道:"我也为的是我的心。你难道就知道你的心,不知道我的心不成?"

呜呼,心之相知、相和、相通,亦大矣!难矣!苦矣!心不能表达也无法表达,宝玉不会叫"亲爱的",黛玉不会叫"我的达令",两个人不能合唱"我爱你,我要你,我需要你"(这是"猫王"唱红的一首歌曲的题目)。心不是酒,不能斟给对方品尝,心不是荷包,不能馈赠也不能随身携带,心又不能用一把尖刀割将出来给对方看,像此后黛玉梦中所见那样。爱其人而又难知其心不见其心,该有多苦!黛玉其实什么都没有,只有这一颗对宝玉的心!宝玉看起来什么都有,这种"都有"便淹没了埋没了宝玉对黛玉的心!这样,就注定了两颗年轻的心相知又无法相知,相和又不能相和,相通又终于不通!两个人处境心境如此不同,两个人的爱情又怎能不自始便充满猜忌和隔膜、误解呢?在一个不允许爱的时间和地点,爱了,不就是罪孽吗?

黛玉明明因宝玉是"打宝姐姐那里来"而生气而冷笑而尖言刻语,却又责备宝玉把自己看成了"什么人"了,她否认自己有疏远宝玉宝钗关系的动机。这也是一件扯不清的话题。嫉妒是客观的存在,但嫉妒不是目的不是本质也不是动机。嫉妒来自黛玉的爱,来自黛玉的要求回应的心声(虽然没有吐露),而且她要求的是宝玉的全身心的回应而不是部分的回应。确实,她要求的是宝玉对自己的心的绝对回应而不是宝玉对宝钗如何如何。站在林黛玉的立场上,完全可以说她对两个宝的关系并无兴趣。无兴趣而极敏感,是因为她看不到抓不住宝玉的心上脉搏。宝玉又如何能明晰这一切,如何做出自己的回应呢?他能紧紧地拥抱她,给她一个热吻吗?他能像与袭人一样,同领那"警幻所训之事"吗?这不也是活活要宝玉的命吗?

底下,第二十三回,大自然的春天催发着宝玉和黛玉的青春的觉醒与萌动。古今小说戏曲用语言赋予这种朦朦胧胧的不自在、烦闷、心事以更加鲜明的形式——文学自古以来就起这种"坏作用",奈何!黛玉同样也共鸣于爱情的诗文,但又害怕爱情的语言。宝玉初则说:"我是个多愁多病的身,你就是那倾国倾城的貌。"黛玉不但面红耳赤而且嗔怒,斥之为"淫词艳曲""混帐话",并扬言要向"上"汇报。第二十六回,宝玉又引用《西厢记》上的更加露骨的调情的话:"若共你多情小姐同鸳帐,怎舍得叫你叠被铺床。"把黛玉甚至气哭了。与此同时,黛玉自己却私下与这些"淫词艳曲"共鸣,为《牡丹亭》上的一些句子"如醉如痴""眼中落泪",甚至叹息自己"每日家情思睡昏昏"。不是公认黛玉率真,表里如一,不会拐弯吗?为什么在爱情的文学语言上变得人前一面、人后一面,"两面派"起来?就因为"万恶淫为首"的道德观念特别是这种观念对于女性的威慑力量大大地超过了其他一切孝悌忠信礼义廉耻的准则。这种严格抑制爱情特别是女性的情爱道德准则比起其他准则来更为普及,更获得普遍的认同,更得到广泛的乃至自发的维护。时至今日,抓"生活问题"仍是把人搞臭的捷径。时至今日,在农村,捉奸之类的事仍然是既有吸引力刺激性又给人以道德满足的盛事。讲了那么多仁义道德,这方面的监督压制却成了首要任务,这确实值得从生理学、心理学、伦理学、文化学各个层面予以认真分析。同时这也说明,一种非人性的规范的权威,必然造就出一大批两面派来。不仅贾珍贾琏之流是两面派,口头上讲仁义道德,行为上男盗女娼,而且连孤标傲世、富有叛逆精神的林黛玉,也不敢公然将规范突破得太多。封建社会的人特别是女人,认为"淫"的罪恶甚至超过图财害命,这种观念确实十分惊人。顺便提一下,在弄权铁槛寺时声明自己不相信阴司地狱报应,因而无所不能为的凤姐,为什么对贾瑞的调情下如此的毒手?除了生性狠毒以外,也还因为王熙凤坚信自己对贾瑞的残酷做法是正义的。贾瑞调情调到自己头上,是最大的"禽兽"行为,也是对自己的最大侮辱(试想宝玉黛玉如此深情,宝玉引用一句"艳词"就被黛玉认为是"欺负"了自己),所以凤姐一经发现,立即下决心:"他果如此,几时叫他死在我手里!"

一日,晚饭后黛玉去看宝玉,几个丫头没听出她的声音,没给她开门,使她悲泣呜咽,哭得连柳枝花朵上的宿鸟栖鸦也不忍听,"忒楞楞飞起远避"。天人感应,悲得如此浪漫,如此美。黛玉对宝玉这一段情,也太脆弱了!爱得越深、越专一、越成为自己的生命和灵魂的唯一寄托与唯一奉献,就越发要求着、期待着对方的全部注意、全部感情、全身心的契合的欢欣,这样的要求和期待既执着又敏锐,既强烈又脆弱,也许可以说这种感情是浪漫的、不现实的,结果,这种感情要求必然变得十分挑剔、十分多心,不能容忍不能冷静对待哪怕是最微小的一点冷淡和疏失。这固然是黛玉处境的脆弱所造成的,却也是少女的痴情所注定了的。所以,情是冤孽,也是"债"啊!

第二十八回,宝玉对黛玉一番掏心窝子的表白,十分感人,读之令人泪下。宝玉先叹:"既有今日,何必当初?"黛玉一听,不由站住,问:"当初怎么样?今日怎么样?"这段对话很有戏曲舞台风格。底下宝玉的话,一直到"谁知你总不理我,叫我摸不着头脑儿⋯⋯就是死了,也是个屈死鬼⋯⋯"都是哭着说的,读起来每次都令人泪下。男女之情,深挚若此,艰难若此,是至情也!宝玉也有偷鸡摸狗之类的勾当,不仅对袭人对秦钟,就是宝钗、鸳鸯的"雪白的膀子"之类也吸引过他的目光。唯独在黛玉面前,宝玉换了另一个人,这真是爱情的净化力量!

爱情是净化的力量,也是毁灭的力量。宝玉痛哭着挣扎着激动着说出这么一大套话,黛玉听了,才把昨晚的受阻门外的不愉快忘到了九霄云外。每每黛玉为宝玉要死要活,终于为宝玉而死;每每宝玉被黛玉之爱折磨个死去活来,两个人的心灵也才有所相通相知。这样的爱情是不能成功的,上帝是不允许这样的爱情的,因为这样的爱情比上帝还有力量,比生命还有力量。林黛玉泪尽而逝,泪,就是这种至情的最美的花朵了。难道能够设想好一些的结局?

有时候笔者也想,莫非这种至情正是性压抑的结果?如果宝黛二位生活在"性解放"的氛围中,相悦就相约"困觉",还有什么情什么爱?如果此二人的爱情伴随着强健、饱满、淋漓的性爱,那又还能有多少真情？正是在巨大的约束和压力下面，爱情的深谷在蜿蜒，爱情的地火在燃烧。性与爱既是不能分离的又是常常难以得兼的，这不也是人类的"两难处境"之一例吗？

宝玉与黛玉的隔膜与差异

还可以从另一个角度体会宝玉与黛玉的情感差距。请看宝玉进大观园后，"心满意足……倒也十分快意"，写出了四时即景诗。诗中虽有"盈盈烛泪因谁泣""松影一庭唯见鹤"之类的略显伤感和孤独的句子，但更多的是"自是小鬟娇懒惯""金笼鹦鹉唤茶汤""抱衾婢至舒金凤""公子金貂酒力轻"之类的充满富贵气、纨绔气又有些潇洒游戏的才子气的句子。

再看一看林黛玉的《葬花》诗吧，她悲哀得那样彻底，那样严肃，"独把花枝偷洒泪，洒上空枝见血痕"，她的诗是泣血之作，与那个安富尊荣的怡红快绿的公子哥儿是不同的。公子哥儿不可能深刻地体验她的悲哀，她也无法宽容地对待谅解公子哥儿的富贵气、纨绔气、游戏气。把林黛玉的悲哀仅仅说成是父母双亡、寄人篱下、不善处世等的结果是不够的，林黛玉的悲哀更多的是一种超验的、原生的人的悲哀。"侬今葬花人笑痴，他年葬侬知是谁？"这脍炙人口的两句诗，传达的是一种普遍的人生无常的慨叹，是用一种陈子昂式的"念天地之悠悠，独怆然而涕下"的心情的女性化、少女化。"怜春忽至恼忽去，至又无言去不闻"，这两句写得更好，深情、悲哀而又无可奈何。人生的悲哀，不就在这无可奈何四字上吗？不但诸种人事难如人意，甚至春天的来去，自我的生命的来去，也是至也无言无闻，去也无言无闻，人不过是沧海一粟，六合中一芥子，夫何言哉！

单纯从诗的角度，《葬花》平平。与林黛玉的一生遭遇联系起来读，就令人泪下了。《葬花》之诗，绛珠之泪也。

更严重的矛盾还在金玉之论。不知不觉，薛宝钗的地位日趋牢固,悄悄地将黛玉压倒了。虽然宝玉讲了一回"疏不间亲"的理论,论述他与黛玉的姑舅表亲远胜与宝钗的两姨表亲,又讲了一回先来后到论资排辈——黛玉来贾府在先而宝钗在后,更不消说,早早地宝玉就讲到了自己的"心"。但此书不动声色地、逐步升级地泄露出钗长黛消的趋向。先是第二十二回,凤姐假惺惺地向贾琏请示宝钗过生日的庆祝活动规格,贾琏不假思索地提出"那林妹妹便是例,往年怎么给林妹妹做的,如今也照样给薛妹妹做就是了",被凤姐一声冷笑驳道,"薛大妹妹今年十五岁……老太太说要替他做生日",从而确定了更高的规格,关于薛宝钗的祝寿活动,却并无多少下文。却原来这一段只为突出寿日规格问题上的钗盛黛衰,而且抬出了"老太太"的大旗,就有点领导意图在里头起作用了。凤姐请示是假,向贾琏吹风是真,可惜贾琏未在意,作者也不想用重彩,只想轻描。轻描淡写的一点消息,有时候并不比大吹大擂、连篇累牍的宣言更不重要。底下就更严重了,元妃送礼品,独宝玉宝钗是一个规格,而黛玉和二、三、四姑娘一样,低一格。天真的宝玉笑道:"怎么林姑娘的倒不和我的一样,倒是宝姐姐的和我一样,别是传错了罢?"从小处说,确实令人不解。元妃深宫之中,怎么掌握的信息?怎么认同了老太太的意图?怎么如此明白无误地做出了自己的选择和外交姿态?她要介入和引导弟弟宝玉的婚姻大事吗?她急匆匆的一次会面就得出了取钗弃黛的结论吗?涉及这些问题,甚至于令读者觉得是作者故意造成的疏漏,是作者用唯心论的先验论代替因果论与逻辑论。但也恰恰是这些费解或不可解的疏漏,强化了钗长黛消的形势发展的不依人的意志为转移的超验性质。

当然,黛玉的情绪反应是强烈的。宝玉把自己从元妃处得的礼物拿给黛玉,叫黛玉挑拣。好傻的宝玉,这不是更刺激、更伤害黛玉的脸面吗?黛玉"没这么大福气",又何必要二手货、要带着宝玉的怜悯之意的转手货呢?好可怜的黛玉,这时候再说不满的话,只不过更凸现自己的处境的不妙而已!

黛玉的牢骚不敢指向元妃,只得指向不会说话而又主宰着他们的命运的金和玉,逼得宝玉指天画地地起誓。紧接着黛玉直攻金锁的主人宝钗,在清虚观,当宝钗谈到史湘云有一个金麒麟时,黛玉率先挑衅,冷笑道:"他(指宝钗)在别的上头心还有限,惟有这些人带的东西上,他才是留心呢!"宝钗正因为已经有了优势,便能表现出高姿态来,"回头装没听见",对金玉良缘之类的暗示退避三舍,无为而胜,以无声胜有声。

一个玉已经莫名其妙,又出来一个金锁。一个玉加一个金锁已经是大大的糊涂,又出来一个史湘云的金麒麟。一个玉一个金锁一个金麒麟已经扑朔迷离乱了套,清虚观里宝玉又得了一个大一点而同样形质的金麒麟。玉是 X,金锁是 Y,金麒麟是 Z,大金麒麟是 Z′,而林黛玉所拥有的是 0。X+Y+Z+Z′等于什么呢? X+0 又等于什么呢?

这是最令人称赞之处。在曹雪芹的清明的、栩栩如生的人生图画的描绘之中,贯穿着一个糊涂的、愈来愈糊涂的——无解的代数式。这个命运的代数式,还要继续膨胀和敷衍下去。

也不妨这样解释,玉、锁、麒麟是富贵的象征,是身外之物,又是宿命。黛玉有情,没有物与命。宝玉有情有命有物。宝钗湘云有物有命没有情。《红楼梦》,这是一场情与物与命的相悖的悲剧,是一场撕裂人的身心的悲剧。

在这些"物"的问题上,宝玉与黛玉的想法竟不得交流与沟通。宝玉想的是:"别人不知我的心,还可恕……你……反来拿这个话来堵噎我……你心里竟没我了。"黛玉心里想的却是:"怎么我只一提金玉的事你就着急呢,可见你心里时时有这个金玉的念头。"宝玉想的是:"我就立刻因你死了,也是情愿的。"黛玉想的却是:"你好,我自然好……你只管周旋我,是你……竟叫我远了。"宝玉又来发疯砸玉,实在是被黛玉挤对得紧。袭人来劝宝玉,竟使黛玉觉得宝玉还不如袭人能体贴自己。紫鹃劝黛玉,也使宝玉觉得黛玉还不如紫鹃能体贴自己。真真是荒谬痴迷。表面上看,咄咄逼人的是黛玉,怀疑对方的是黛玉,实际上不正是因为——不依信誓旦旦为转移——宝玉毕竟是靠不住的吗?

这样大量地直接用××想道,××心想来写心理活动,在中国传统小说中绝无仅有。但再写也是写不完的。故作者在第二十九回跳出来说道:"看官!你道两个人原是一个心……此皆他二人素昔所存私心,难以备述。如今只说他们外面的形容。"

用"外面的形容"来追溯他们的心,就是前面谈过的写"心理迹象"。

到第三十回,宝钗借扇机带双敲,表面上看是宝钗还击宝玉的说她"富态了些",实际上也还击了清虚观中黛玉的那一箭之仇。宝钗捍卫的是礼,是自己的尊严,她计较的不是情,不是嫉妒的小心眼儿。所以她很大方也很克制,但一旦关乎尊严,她则不容侵犯,人若犯我,我必犯人,而且,虽不言战,战则必胜。

从《红楼梦》的主线说起

《红楼梦》虽无很强的故事主线,但在语言、氛围、人物性格及命运的连续性、贾氏家族及其亲眷的命运的整体性,以及色空观念、悲凉之雾、一种从鼎盛到没落——如冷子兴在全书第二回就演说到的那种"外面架子虽没很倒,内囊却也尽上来了"的萧索情景——的大趋势的贯穿性等等方面,都有很强的凝聚力,都使这部包罗万象而又常常琐琐屑屑的小说富有有机的整体性,确是一部伟大长篇!毛泽东断言它是"四大家族的兴衰史",也是有概括力的。未必是四大家族,其实是一大家族,即贾家。作者写出了贾家衰败过程中的种种"生态"心态状态,这是大背景大气候。细琢磨这个大背景大气候大趋势才能统揽此书的全局,别的说法都难以统揽全局。当然,这种说法其实与宝黛爱情主线说也并不矛盾,不必肯定一个否定一个。大故事——兴衰故事中包含着无数小故事，无数小故事却又以情为核心，以兴衰为经，以情为纬，这才是《红楼梦》。如果以兴衰为经，以兴衰为纬，那就不是"红楼"而是"三国"或别的历史演义了。如果以情为经以情为纬，那也不是《红楼梦》，不是封建社会的"百科全书"，而成为扩大了的《西厢记》《牡丹亭》了。在自兴至衰的大趋势和许多以情为核心的小故事中，衬托着最动人最重要的宝黛爱情故事，不正是这样的么？

酷似短篇小说的一节文字

浑然一体的长篇中却也有些段落可以独立成章，甚至可以当做精短的短篇小说来把玩欣赏。其中最精彩的应是第三十回的"龄官划蔷痴及局外"，从"宝玉见王夫人醒了"到"心里还记挂着那女孩子没处避雨"，不到两千字，不但是短篇，而且是写得很细很"洋"的短篇，与中国传统的三言二拍式、聊斋式的短篇大不相同。先写"赤日当天，树阴匝地，满耳蝉声，静无人语"的环境，确是一个颇有特色的短篇小说的特定环境。再写哽噎之声，由远及近，写到"一个女孩子蹲在花下……抠土……"一个现象，一幅画，一个悬念，读者进入了小说的规定故事。这时，作者欲擒还纵，先让宝玉做一个错误判断，以为是一个"痴丫头""东施效颦""来葬花"；再近一步，"宝玉把舌头一伸，把口掩住，自己想道：'幸而不曾造次'"；底下描写此女儿"眉蹙春山，眼颦秋水""大有黛玉之态"，更近了一步，主要人物有了肖像，一幅吸引人的肖像。

然后，这才明白，女孩儿是在拿着簪子写字，写的是"蔷"字。宝玉又错误判断她是在"作诗填词"，然后发现不对，她"画来画去还是个'蔷'字"，再看，还是。为什么她要不断地重复地画"蔷"字呢？一个相当超常的、几乎可以说是经过艺术的渲染、经过"典型化"提炼的核心情节就这样展现了。

画的人痴了,看的人也痴了,情景交融,一个痴字统领了特殊的氛围。宝玉的眼睛随着簪子动,心里却想,她有什么心事?"心里还不知怎么熬煎呢!模样儿这么单薄……可恨我不能替你分些过来。"以情感情,宝玉开始了内心独白,开始了内心的对话,而对话对象,由第三人称的"他",自然而然地转换成第二人称的"你"了。人称转换,内心独白的手法用得何等自如!

忽然片云致雨。宝玉这才说了一句话:"不用写了,你看身上都湿了。"

女孩子唬了一跳,抬头一看,也做了错误判断,以为宝玉是丫头呢,便问:"难道姐姐在外头有什么遮雨的?"

宝玉才看到自己也淋湿了,一气跑回怡红院,却挂念着那女孩子没处避雨。就此打住了。

诗情画意,言有尽而意无穷,真是绝妙的短篇。宝玉多情,女孩痴情,夏日阵雨,两个人又陌生(才屡做错误估计判断)又亲近,真是短篇的结构,短篇的情致,短篇的巧妙,短篇的形式美。

为什么我甚至说这个短篇写得很"洋"呢!一、通篇用宝玉的眼睛宝玉的视角,作者退出去了。二、写多情和痴情,有近于心理分析的味儿。三、你猜测我,我猜测你,到底女孩子在做什么,为什么那样做,完篇也没回答,任读者自己去补充领会,如海明威的冰山论(小部分在水面上,大部分在水下)。四、从夏日炎炎到突然阵雨,情景交融,对大自然进行主观处理。五、表面上用宝玉的眼睛写了那女孩子,实际上更使读者的眼睛盯住宝玉。女孩子奇,宝玉更奇,两个人物,交相辉映,相得益彰。六、特别是结尾,余音袅袅,寓契诃夫的淡远与欧·亨利的俏丽于一体,堪称绝唱。七、极为精炼,不搞中国话本式的有头有尾的絮叨。八、可以给这个"短篇"起一个标准的短篇小说的题目,可以叫《雨》,也可以叫《花下》,甚至可以叫《青春》。

来自本体的艺术启悟

当然,这里所说的"洋"以及前面说过的"现代"云云,只是戏言性的,当然不是说曹雪芹受到了大洋彼岸的什么文学理论与文学实践的影响。第一,宇宙的统一性和世界的统一性、整体性、共同性决定了艺术的统一性、整体性、共同性与可比性、可交流性。不管把艺术吹得多么玄抬得多么高,艺术来自宇宙——世界,艺术是宇宙——世界的一部分,因为人是宇宙——世界的一部分,艺术的本体不是、不仅仅是一个封闭的艺术本身,而是、而且是宇宙——世界的本体的一部分,艺术的本体与宇宙——世界的本体相通。这种本体是一切创作方法创作理论创作流派的本源。文学理论与创作不论如何花样翻新,都是宇宙——世界——艺术本体这棵生生不已的大树上所结的果。杰出的作品总是更能深入到体现出这个本体,这个"树干",因此杰出的作品就包含着更丰富更多样更富有广泛的涵盖性的"果"。越是杰出的作品越含有一种深入本体的价值、一种无所不包的雄浑、一种触类旁通的广博、一种非常自由地变过来又变过去的灵通。所以,越是杰出的作品越容易与其他的(包括国外的与未来的)作品比较。第二,《红楼梦》确是中国传统小说的一大突破。它的写作方法与技巧是属于过去的——章回体、推背图式的谜语谶语、诗词歌赋的夹杂等,更是属于未来的。为什么有这个突破,有这个"未来"呢?关键在于作者对于宇宙—人生—艺术本体的深切体味与执着追求,这当然是大于先于一切传统积淀,也大于先于一切理论概括,更大于先于一切为突破而突破的"创新这条狗"本身的追逐的了。

五 《红楼梦》的语言与结构

《红楼梦》的语言

读《红楼梦》常有一种如闻其声、尽闻其声的感觉。什么欢声笑语、闲言碎语、快人快语、淫言浪语、酸言醋语、唇枪舌剑、情话痴语以及官方语言——元妃省亲时、宝玉见北静王时和带威胁性的管理者语言——王熙凤协理宁国府,还有"群众场面"语言——如宝玉挨打一场、粗村语言——刘姥姥乃至王熙凤都爱说这种话……都写了个绘声绘韵、淋漓尽致。读书时耳边一片吱喳喧哗,掩卷后余音在耳、拂之不去。却原来,《红楼梦》不但要用眼睛看、用心想,而且要竖起两只耳朵来听的。

为什么有这样的听觉效果呢?第一,《红楼梦》的人物语言是绝对生活化的口语,是响叮叮(不说"响当当",因为"当当"太铿锵了)的活人活话,绝对没有半文半白、半中半西的那种二手三手的"文学语言",那作家读书读多了读痴了造作出来的文词字话。可以说《红楼梦》众人物说的话并不"文学",有的也不合语法,然而行云流水,全系天成。再看看我们的某些同代同行,或"炼字"炼入魔道,或朦胧故作玄虚,或作者拿人物当传声筒,差之多矣!第二,《红楼梦》人物语言是高度性格化的,各有己腔,各有己调。王熙凤的快人快语只有晴雯可以与之相比,但晴雯的快语(如揭批袭人)只是任性、尖刻、大胆,王熙凤的快语后面则往往另有目的:或逗笑承欢讨好(当着贾

63

母时），或显示决断才干与追求高效率（处理"工作"时），或充满威胁和要求绝对服从（训斥赵姨娘贾环时）等。特别是人多嘴杂的场面，最见作者功力，硬是写了个"面面俱到"。第三，这些人物语言，不但有外在的生动、幽默、或俏皮或尖刻或憨厚或圆熟的色彩，更常常使人想到它们背后、它们深处的没有说明的东西，可以说是说话人的潜台词，可以说是一种"语势"，即说话人的全部思想感情的趋势，使读者在"如闻其声"的同时"如见其人""如见其状"，虽然作者在写人物对话时往往是一鼓作气，把言语的来来往往碰碰撞撞挑挑逗逗一气儿写下来，而很少像外国小说那样用大量的神情、姿态、动作、心理的描写把几句话的事儿加以分割扩大。

相对说来，《红楼梦》中较差的是作者的叙述语言，作者的叙述语言似乎没有完全摆脱开历来章回小说、话本小说、演义小说的套路，特别是那种职业的"说话人"讲"评书"的套路，作者常在叙述语言中用一些似文似白的四六套句、似散似骈的行文熟腔乃至一些陈词滥语。有的意思极好，但说得反显俗气。如写到几个人物的肖像、冠戴服饰，写到宝玉黛玉的心理等，常给人这种遗憾之感。

还有一个问题，《红楼梦》里的人物说的是哪儿的话？带哪个地域的方言味道？看来是北方方言系统而不是吴语粤语温州语……当无疑问。对此做出学术论断，非我所能。但据我的晚了二百多年的有限经验来看，有趣的是，《红楼梦》人物语言能"活"到今天的北京话中的较少，"活"到天津话或天津以南的河北省农村（如笔者的祖籍沧州地区）里的很多。如说一人不快为"恼了"，说任凭旁人议论为"由着人说"，说故意为"安心"（北京人则说"成心"），说服务为"服侍"（北京说"伺候"），说应验证实为"应了"，说埋怨责备为"嗔"，说"敢情"为"赶自"，说吵架为"拌嘴"，说扯闲话为"嚼蛆"，说丢脸为"打嘴"，说"反正"怎么怎么样为"横竖"怎么怎么样，说"显派"为"说嘴"，说"开支"为"花消"，说被请吃饭为"有扰"，说闭嘴为"抿嘴"，说不同意、不干为"不依"，说谦让为"尽（上声）让"，以及

"早不来晚不来偏偏这时候来了"之类的说法,等等等等,至今在天津话河北话中屡屡可见,而在北京话中却绝少与闻。不知道这里头可有点缘故没有?

也许正是因为这些语言如今已不大活在北京话中了,笔者对电视连续剧《红楼梦》的对话实在不满意。我们的年轻的演员用京腔京调念出来的对白,根本不像活人说的话,不像演员本身弄懂了、要说会说想说的话,而只不过是漠然地、隔膜地用今日的京腔来背词儿罢了。

(《红楼梦》剧里的人物,如用京剧花旦的京白来说话,效果也会好得多,但又太舞台化了。如"罢了"二字,剧中人常说的,但让人听起来十分生硬,还不如拉长了声说"罢 liǎo"呢!)

结构与疏漏

《红楼梦》这样一部长篇小说的结构应是写作中的最大难题。人物、事件、情感、语言、环境,作者是烂熟于心、烂熟于灵魂的。写一部长篇小说的首要课题,从某种意义上说来,在于结构。它千头万绪,千人万物,又是全方位地写生活、写平凡的事情、写人情,这就比以某个大事件为经纬、以某一个人物为中心(前者如《三国演义》《西游记》《水浒传》《双城记》《九三年》……后者如《安娜·卡列尼娜》《约翰·克利斯朵夫》《悲惨世界》……)要困难得多。但既然烂熟于心,作者就能写得疏密得宜、疾徐有致,不慌不忙,得心应手,只要静下心来,就能读得饶有兴味。

毕竟头绪太多了,难免有某些疏漏。例如作品对于年代、时间的交代并不充分。常用"忽这一日""这一日"起头,到底是哪一年哪一日,并不明确。从林黛玉丧母由贾雨村照顾陪同来到贾府,到与宝玉发生爱情、愈益深痴、缠绵而又无望,直到黛玉去世,其实是过了许多年的,如不细琢磨,则常常有点分辨不开。

有些次要事件，作者似乎是漏了写了或有意（无意？）地省略了、避开了。有的在此后的大事件中忽又提及。例如第三十二回，袭人托史湘云为宝玉做鞋，顺便追溯提到宝玉大小活计不要家里"活计上的人"去做，又在与宝钗的交流信息中追溯了"怪道上月我烦他（湘云）打十根蝴蝶结子"的事，并牵扯交代了湘云家境的不佳。再如第二十八回"蒋玉菡情赠茜香罗"以后，未写宝玉与琪官的过从来往，但到第三十三回宝玉挨打前忠顺府长史官前来要人，宝玉才被迫供出了蒋的行止，也暴露了他与蒋的关系。第三十四回，"错里错以错劝哥哥"，宝钗错怪薛蟠，薛蟠大怒，追溯到"那一回为他（宝玉）不好，姨爹（贾政）打了他两下子，过后老太太不知怎么知道了，说是珍大哥哥治的，好好的叫了去骂了一顿"。所有这些，前面都无正面交代，而是临时呼之即来的追溯。

说是疏漏也罢，由于千头万绪造成的无法避免的叙述上的困难也罢，反正这些地方也有另一面的特殊艺术效果。时间的模糊在某种程度上反映了"心理时间"的特色。作者开宗明义已经讲明，小说写的是一场梦幻，是破败后处于茅椽蓬牖的条件下写那富贵繁华之事，可以说写的都是追忆、都是幻觉，真实发生过的事变成了恍如隔世的记忆以后便会成为一团混沌。作为往事，二十年前的往事与三十年前的往事无大区别，二十五年前与二十六年前的往事更有可能贮存在同一个平面上。往事如烟，时间最"烟"，而种种音容笑貌却可能永远清晰，永远栩栩如生。时间上的模糊给人以种种情事既是即时的、明明白白地发生在读者眼前耳侧的，又是迢远的、早已成了记忆的这样一种感受。甚至于，作为往事，你可以认为发生在迢远的过去的一长段时间（例如十几年、几十年）的种种故事，不过只是一瞬间。一切都是一瞬间。过往的、现时的、未来的都是一瞬，不过现时的这一瞬显得更长更大些而已。这种效果，不也是奇妙的吗？

对某些次要事件的追溯也取得了超越时空、打破时空界限（目前这是很行时的）的效果。从容的有心的读者，自然会循踪溯迹，用自己的创造性的想象去补充、去参与作家的创造。匆忙的、不求甚解的读者,也尽可以只管读下去,同时留下一个"前因后果书内书外的故事还多着呢"的印象,一个辽阔长远的小说天地。

这样的结构只能来自生活,来自宇宙和人生的启迪。正因为作者对生活的执着,才写出了每个人物的言谈举止、每个人物的消长浮沉的全方位的展现,全方位的错综复杂的关系。这种丰满的结构体现着丰满的内容,方方面面,林林总总,剪不断,择不清,写出了很多很多,留下的空白同样很多很多。这是令古今中外作小说的人羡慕的啊!

大事件——宝玉挨打

第三十三回宝玉挨打是小说上半部的一大高潮。《红楼梦》没有写到战争革命造反镇压,没有写到暴力犯罪侦缉搜捕,没有写到地震洪水空难车祸,没有写到复仇刺杀间谍阴谋,这次挨打就算是够刺激的了。

挨打的表面原因是与琪官关系的败露及金钏之事。金钏投井,这本身就是一个极不祥的警号。前面写秦可卿之死也有所震动,但可卿不是宝玉圈子——阵营中人物,死得扑朔迷离,又早有病,她的死与丧事很重大,但未见很大的冲击波。金钏不同,其死明明白白地与宝玉、与宝玉的亲娘王夫人有关。当然,贾政大怒还是由于贾环的添油加醋"诬告"。曹雪芹写各种人物应该说是相当客观的,褒贬不形于色的,他的人物是"圆"的而不是扁的。从宝玉起,黛玉宝钗也罢,王熙凤也罢,晴雯袭人也罢,贾政也罢,写得都很立体,不搞那种简单化的善恶白黑处理,这也是《红楼梦》有别于其他中国传统小说的地方,它不对人物进行简单化的道德定性与道德裁决。唯独对于赵姨娘与贾环,笔到之处,充满厌恶。贾环作个谜语也是那等拙劣不通。贾环一有机会就用卑劣手段对乃兄下毒手,把蜡烛推倒烫伤宝玉之手,够恶劣的了,此次"诬告"更下作,真是个下流坏子。但这种写法总令人觉得有失公允,贾环这个人物失去了更多的深度和可评论性。这种写法不免使人怀疑曹雪芹心理上有一种刻骨的厌恨,说不定他自己有过这种与庶出兄弟的关系方面的极不愉快的经验。

贾政与宝玉的矛盾的焦点在于价值观念、人生道路的选择、正统与非正统,换句话说,是两种世界观两种价值取向两种文化思潮的斗争。贾政希望宝玉成材,光宗耀祖。宝玉偏偏拒绝成材。贾政要的是道德文章、仕途经济。宝玉要的是情场、是知己、是得乐且乐得过且过,反正最后化灰化烟。宝玉的思想里充满着颓废,而维护正统者是容不得颓废的。嵇康不造反也有罪,因为他颓废。第三十三回贾政一见宝玉那副灰溜溜的样子就来了气。颓废永远不是主流,不是正统,对国计民生家业不利,宝玉自知,所以不论何时一见贾政就如老鼠见了猫一样。这不仅是因为贾政是父亲,父为子纲,而且因为贾政是正统而宝玉是异端,是"顽劣""不肖""无能""狂痴"乃至"下流",在封建社会非正统不仅是观念问题,而且是生理健康与道德状况的可疑。

这样一种世界观冲突,最后演变为暴力冲突,贾政不仅用言语和态度,最后还要用"板子"来批判宝玉,这是必然的。因为二者不可调和。因为宝玉这只老鼠虽然怕猫,却顽固地坚持自己的鼠性,拒绝与猫认同。而且宝玉有贾母的护持,有众姐妹众丫头的好感。宝玉被打了个不亦乐乎,一个个女孩子来慰问,连宝钗都为他红了脸、咽住话,宝玉因之竟然"心中大畅","既是他们这样,我便一时死了……一生事业纵然尽付东流,亦无足叹息",然后,宝玉向黛玉宣告:"就便为这些人死了,也是情愿的"。他的选择,铁定了。

宝玉挨打是一个疾风暴雨的大场面,要写得急,才有气氛。第三十三回从宝玉撞到贾政怀里到挨打,迅雷不及掩耳,琪官事件、金钏事件,贾政不审不察,火气上来就揍,没有了程序。连作者在此也来不及细描。但整个过程又写得很有层次,很有区分,两个"插曲"最令人击节赞赏。一个是王夫人来了,从哭宝玉到哭起贾珠来,而一哭贾珠,贾珠的遗孀李纨也大哭起来。王夫人哭道:"若有你(贾珠)活着,便死一百个我也不管了!"这是以退为进,表面上是贬宝玉而褒贾珠,实际上是提醒丈夫,长子已夭,还要要次子的命吗?实际上突出了宝玉的独一无二、不可替代弥补的位置,使形势更为严峻,使贾政感情上也受到极大压力,迫使贾政不能不把对王夫人、对贾珠以至对李纨的情分与宝玉的命运联系起来。一是贾母来后制止了贾政的暴力行为,丫环媳妇等上来要搀宝玉,遭到凤姐训斥:"糊涂东西,也不睁开眼瞧瞧!打的这么个样,还要搀着走!还不快进去把那藤屉子春凳抬出来……"即使这样的混乱中,王熙凤仍然是透着干练和周到!有了这些陪衬,挨打种种就更加真实立体可信。

挨打的冲击波很多很多。贾政其实是失败了,孝的要求本身就包含着悖论,贾政要孝贾母就无法再要求宝玉孝自己。贾政可以向来劝的门客指出宝玉的问题会发展到"弑君杀父"的地步,是个生死攸关的问题,却不敢向贾母抬出这样的大帽子。贾政的虎头蛇尾使挨打一事带上了喜剧性色彩,虽然这一节几乎人人都哭了,哭得其实相当可笑。

宝玉通过这次挨打,他的独特的价值取向更加顽强了。宝钗这是第一次动了情,使泛爱博爱的宝玉大为满足。袭人说薛蟠说漏了嘴,宝钗一面处之泰然,一面回家找薛蟠算账,无怪乎薛蟠气急败坏,被迫揭露了宝钗的私心,打中要害。袭人通过发表批评宝玉的有远见有责任感的评论而取得了王夫人的感激涕零的信任。宝玉和黛玉的相互理解相互支持更加深化,宝玉送给黛玉旧手帕,黛玉在上面题诗:"眼空蓄泪泪空垂"……

当然,也有许多"空白点"。晴雯对宝玉挨打有何反应?贾环赵姨娘用谗成功,有何畅快?迎、探、惜"三春"态度若何?宁府有反应吗?甚至重要人物凤姐的反应亦不明晰,虽然她有精彩的技术性指挥,却没有倾向性评论。贾府太大,写不完的,空白处只能留给读者去琢磨猜测了。

挨打一场感人，还因为这一打，动了真情，是一次难得的感情交流。一百二十回《红楼梦》，哪一回见王夫人与贾政交流过感情？哪一回见"槁木死灰"般的李纨流露过感情？哪一回见宝钗流露过感情？哪一回见贾母、贾政这样激动过？打人的贾政的激动程度超过了挨打的宝玉。他说的话之决绝，亲自动手"掌板"与"气喘吁吁""泪如雨下"的样子，直到见母后的至诚至孝的大正人君子形象，怎不令读者泪下？看来贾政并不虚伪，他的正统是充满真诚和情感的，他律己与律自己的儿子都是严的。但为何这么好的一个人却听凭周围发生那么多卑污腐烂呢？难道只因为他清高？"不以俗务为念"？反正他的正统脱离了实际，对实际问题一筹莫展。而不联系实际的"正统"只能招致怀疑、嘲弄和厌恶。

再论贾宝玉

贾宝玉到底是个什么样的人？是封建贵族的叛逆？至少他无意为之。他无意向封建正统挑战，说几句抨击"国贼禄鬼"的言论，也是因为宝钗等人用正统理论来劝他逼得太紧。他是防御型的而不是进攻型的，实在算不上"造反派"。他是花花公子？说他是花花公子其实倒比说他是"叛逆"更贴切些。所不同的在于他不仅追求感官上的刺激与满足，而且追求心灵的契合与情感上甚至可以说是审美上的满足。他与"花花公子"的最大区别在于文化素质而不在于世界观、人生观。他具有某种文人性格？他有文才，有不低的智商，似乎也有一种文人的清高。正因为生活在仕途经济的圈子里面，所以他看透、厌恶与拒绝再去搞什么仕途经济——其实是蝇营狗苟。但仅仅文事也抓不住他，吸引不了他。他是性心理变态乃至色情狂？"吃人嘴上擦的胭脂"、爱红、爱女厌男等等，不能说没有这种迹象，但他毕竟有灵性，有灵气，有一个相当痛苦的灵魂。

挨打之后宝玉见到众女孩子为己而悲,他反而"大畅"。不久他向袭人表白,他反对"文死谏武死战",他只希望死后得到众女儿的泪水,"……哭我的眼泪流成大河,把我的尸首漂起来,送到那鸦雀不到的幽僻之处,随风化了,自此再不要托生为人,就是我死的得时了"。

这里谈到了人生观中关键的,应该说是激动人心的一部分——生死观。他的这段死得其所其时的价值取向端端是奇了,非儒非道非释非耶稣基督,非享乐主义非禁欲苦行献身主义,非理想非务实,非社会非政治非历史非道德,非高尚非下流,非成熟非天真,非正常亦非心理疾患,端端是前无古人后无来者,古今中外独一无二!

宝玉的这一段话里包含着几层意思:一、深深体味着人生的荒谬与痛苦,所以"再不要托生为人"。二、深深体味着人生的孤独,所以喜聚不喜散,所以期待着众女性的眼泪。三、深深地以自我为中心,不但活时希望众女性以他为中心,死时也要以他为中心。四、深深体味到宇宙万事万物及人生的短暂性、瞬时性,从而他不要求永恒、不朽,对长生不老或流芳百世都没有兴趣。相反,他深知化灰、化烟、"随风化了"是不可避免的,既如此就干脆化个彻底。五、深深体会到社会道德文化的虚伪性。人生本来可悲,后天造成的人文环境就更可厌。与这个充满虚伪与卑污的、戕害人的真性灵的文化化的世界相比,倒是一群天真烂漫的未婚少女组成的爱爱恼恼、哭哭笑笑的世界更纯洁也更可爱得多,可惜的是时而虚伪文化也污染到这天真的世界中来。六、由于短暂、孤独、荒谬、痛苦,能够安慰此生的只有爱情,只有众少女对自己的纯情,只有自己对于少女们的美丽的欣赏。七、他的爱情由三部分组成:一是专一的、灵肉一致的、知己型的深爱——与林黛玉。二是普泛的对一切女孩子的美丽与聪慧的欣赏即审美式的博爱,并从而希望对方也同样喜欢自己。也可称这种爱为普遍的喜悦。三是皮肉之爱,"初试"或"复试"云雨情式的爱。

由此可见,贾宝玉的性格特点是:非责任非使命非献身的自我中心的个人主义,非文化非社会非进取的性灵主义,天真的审美喜悦式的泛爱论与唯情论,充满了对死亡、分离、衰老等的预感、恐惧与逃避的颓废主义,善良、软弱,又对一切无能为力的消极人生态度。这样一个人对于文化、事业、名誉的负面的批评,有时是相当敏锐和有穿透力的。如他对于死谏死战的批评就又大胆又新鲜又成一家言。但是他的选择他的追求其实是非常贫弱的,可怜的。而且他的生活方式,他的境遇,他的"无事忙"本身就是负面意义的表征。最后,他遁入空门,做和尚,是必然的。做和尚是对人生也是对文化对社会的逃避。成天姐姐妹妹胭脂口红,不也是一种否定和逃避吗?

这是一种病态环境中的病态人物,如果生活在今天,送去劳动教养三至五年,或许有救的。

他又有几分人类本性自然而生的天真可爱。第三十五回"白玉钏亲尝莲叶羹,黄金莺巧结梅花络",宝玉对玉钏和莺儿的体贴喜悦,虽然不无公子哥儿式的风流,不也还有几分孩子气的纯真吗?三十六回立刻"识分定情悟梨香院",看到了龄官与贾蔷的感情方悟到少女们的感情非自己一人所能垄断独占,昏得出奇、痴得出奇、娇纵得出奇,却也率真得、本来面目得出奇。去掉了种种伪饰或教化之后,谁没有过这种幼稚和荒唐,这种痴迷和遗憾呢?

如此说来,又不算病态了。还要不要送他去劳动教养呢?

"挨打"后的升平景象与小说之道

文武之道,一张一弛,小说之道呢?在第三十三回宝玉挨打的一场混战后,经过第三十四、三十五、三十六回的过渡,从第三十七回到第四十二、四十三回,可说是"西线无战事",天下太平,团结安定。先是"秋爽斋偶结海棠社",久违的探春雅兴蓊然,闲心一片,竟在大观园内组织起文学团体来。然后作者似乎来了劲,一不做二不休,又是限韵咏海棠,又是不限韵咏菊,咏菊的时候增加了活跃人物史湘云一个,更形热闹。然后是津津有味地吃螃蟹,吃得融洽和谐,不亦乐乎,连主仆的界限似乎也没有了,平儿把蟹黄抹到了凤姐脸上,引起的只是一场欢笑。素日愁眉不展的李纨也是欢欢笑笑,而且妙语连珠,如说平儿是凤姐的"一把总钥匙"。然后刘姥姥又来了,偏她最走运,得到了贾母的青睐。"两宴大观园""三宣牙牌令",又是吃又是唱又是吟诗行令又是乘船下舫又是说笑话又是出洋相,除了变着法的享福还有变着法的取乐,大观园内剩下的是一片笑声。当刘姥姥有意凑趣,吃饭时出洋相说:"老刘老刘,食量大似牛,吃一个老母猪不抬头。"说罢鼓着腮不语。这时:

> 史湘云撑不住,一口饭都喷了出来。林黛玉笑岔了气,伏着桌子嗳哟。宝玉早滚到贾母怀里,贾母笑的搂着宝玉叫"心肝"。王夫人笑的用手指着凤姐儿,只说不出话来。薛姨妈也支撑不住,口里茶喷了探春一裙子。探春手里的饭碗都合在迎春身上。惜春离了座位,拉着他奶母叫揉一揉肠子。地下的无一个不弯腰曲背,也有躲出去蹲着笑去的,也有忍着笑上来替他姊妹换衣裳的,独有凤姐鸳鸯二人撑着……

简直是一幅百笑图!笑口常开,这不也是人生理想、人生境界么?空了半天苦了半天,不也还是笑啊笑啊的一阵子么?如果说人生要偿还泪的债,不也还要享用笑的趣味么?

为什么这样欢笑?因为贾政"出差",少了一大祸害,因为经过一场暴力冲突,宝玉胜了,反倒更无人敢管了。因为有一批才华横溢的年轻人,聚在一起便焕发出青春的光彩。(写他们做诗,固有作者借此炫耀自己的诗才诗学因素,但确也真切地写出了年轻人的聪慧和友谊亲爱。)因为贾府的一些人包括凤姐,既有为富不仁(吃螃蟹中还谈了凤姐放印子钱的事呢)的一面,也有且富且仁的一面。还因为,这里边有几个爱笑与凑趣的人。头一个是贾母,不要权,但是要地位要尊敬要物质与精神的享受。地位愈高,说话愈随意亲切,她对刘姥姥说自己"不过是个老废物",已经是信心十足的自嘲——而这是高境界的幽默了。第二个是凤姐,凤姐取得贾母的宠爱靠两条,一是能干,二是哄着贾母喜乐。看来幽默也是邀宠的良方,不可不察。要邀宠就不仅要为老板分忧解难,还要配合老板消闲解闷。古有《滑稽列传》,"滑稽"也是一种行业。第三个是刘姥姥,装疯卖傻,倚老卖老,发挥优势,以粗村而显新奇,以蠢笨而出笑料,别具一格,她的角色为贾府任何人包括最可贾母心意的鸳鸯所不能替代。最后还因为,生活本来就是这个样子,有哭有笑,有战有和,有散有聚,互相转化,互相衬托,一部长篇怎能一味地只写一面呢?

这几回写得相当密实。怎么做诗怎么结社,写一次不行连写三次——咏海棠、咏菊、咏蟹。一个吃蟹也写得着着实实,风雨不透,毫纤不漏。这是宏观地看的。微观地看甚至也可以责备作者这些个地方写得太满太炫耀,欠精练缺浓度,胡适对《红楼梦》就做过此类批评。

但从整体看,有这么几章,反而显得更加疏放和舒展。曹雪芹的一大气魄一大本领一大令人羡慕之处在于他敢于善于放开手脚写生活。这几回其实是放下了许多矛盾冲突,尽情地写一段快乐的日子。贾政和宝玉的矛盾激化以后,虎头蛇尾,没了下文。袭人打了小报告,向王夫人提出应将宝玉迁出大观园的重大建议后算是埋下了定时炸弹留下了重大隐患,但暂时没有消息。而宝玉在大观园中及时行乐,风华正茂。黛玉和宝玉经过"诉肺腑",经过"赠帕题诗",似乎也平息了误解和猜忌。其他主仆人等明争暗斗,生存竞争,纵横捭阖,似乎都暂告一段落,似乎进入了"无差别境界"。似乎把情节纠葛暂时丢在了一边,似乎忘记了人生的家族的种种苦恼。似乎忽然大观园内充溢了欢乐聚会的调子,而这种聚会,这种"派对"(party)又有一种今朝有酒今朝醉的模糊的不祥之感。直到全书结束,"落得个白茫茫大地"之时,犹令人怀念他们有过的欢乐今朝而歔欷不已。而从结构上说,这不是极大胆的间离,极大胆的欲擒还纵,极其大手笔的舍弃(情节的连贯性与紧迫性)与摭拾(生活的广阔性与真切性)吗?也正因如此,一部长篇小说才有了"长篇"的特点——丰满、立体、恢宏,正像世界本身、生活本身一样;可能过于满溢铺陈,却绝对不可能捉襟见肘。某一条线,某一个面的满溢,都恰恰是整体的"轮作",整体的缓冲生息。

宝玉挨打的暴风雨后,大观园变得晴朗和平。然而,一个矛盾也没有解决。这种晴和,只是密云欲雨、只是新的风暴的前奏罢了。

果然,一场闹剧式的混打发生了。贾琏、鲍二家的、凤姐、平儿,所谓"凤姐泼醋"的酒后之战,贾琏居然持剑赶来,赳赳然,惊动了贾母、邢夫人出来为凤姐做主。先是凤姐见到两个为贾琏放风的小丫头,凤姐扬手就是嘴巴,然后用簪子戳嘴,然后扬言烧红了烙铁去烙丫头的嘴。凤姐的豪迈果然不同,敢于动手才是有用之材,才不是腐儒酸文,而施用肉刑不过是家常便饭,不必假思索,也不必假专门设备的,到处有生活,到处有刑具,到处可以施威,凤姐就是可敬可畏!平儿混战中挨凤姐与贾琏的打,说明身为奴婢,不论多么贤良聪慧,八面玲珑,息事宁人,克己奉"公"(为了不使凤姐"不待见",宁可以"妾"的身份而拒绝贾琏的亲近),不论怎样成为凤姐的"总钥匙"好膀臂,不论在众主奴众姐妹中赢得了怎样崇高的威信,怎样在特定的情况下可以与主子们平起平坐、可以抹凤姐一脸蟹黄、可以顶撞凤姐以致使凤姐抱怨"这蹄子认真要降伏我"(第二十一回),一旦矛盾尖锐化,奴才仍然是奴才,仍然只有挨打的份儿,挨了打也有冤无处诉,挨了打只能去打比自己更弱更卑贱的"鲍二家的"。贾母听了此事,竟立刻骂平儿"怎么暗地里这么坏",幸有尤氏代为分说,贾母又立刻改口"我说那孩子倒不像那狐媚魇道的"。可怜的奴婢!爬到了平儿这种半个主子地位的而且极成功地处理着各种矛盾的奴婢,甚至比纯粹的奴婢更奴婢、更可悲!可叹的又高位又不了解情况又瞬间改口一百八十度的贾母!于是贾母叫琥珀带话安慰,平儿也因此有了"脸面",动辄失去又动辄复得脸面的奴婢,更加可怜可悲了!

瞎闹了一场,鲍二家的吊死,似乎是活该!凤姐听了先是一惊,立即收住"怯色",反倒更加强硬起来,越惊就越强硬,这就不仅是个性强悍,而且很有点政治胆识了!强硬之中,口头上说"不许给他钱",却又不拦阻贾琏"出去瞧瞧";明摆着贾琏出去不只是"瞧瞧"而是妥善处理姘头的后事的,这又说明了凤姐硬中有软,网开一面,给处理善后留一条小路,免得事情当真闹大——当真闹大了对他们并不利。这又显示了凤姐的回旋余地。

宝玉趁机插一腿,"喜出望外",为平儿理妆,增添了喜剧性。宝玉泛爱至此,可能合乎弗洛伊德理论,不过读来已觉可笑乃至多余可厌了。

最后以贾琏作揖赔礼道歉圆满结束,似乎是一种外交途径的解决,不但动了拳头而且挥舞了剑器,到头来还是一场不了了之的闹剧!

拉 赞 助

第四十五回,探春请凤姐参加诗社搞监察,凤姐立刻明白:"那里是请我做监社御史,分明是叫我做个进钱的铜商。"看来"拉赞助"的方法,也是古往今来,一脉相承的!

这次凤姐处理得真好

似乎是节外生枝,平地风波,其实是客观矛盾必然掀起的一个浪头,第四十六回,贾赦要讨鸳鸯为妾失败,讨了个没趣。

这里有性格矛盾,贾赦的昏庸下作无耻,邢氏的愚蠢而又死硬,鸳鸯的洁身自好与刚烈不阿,贾母的至高无上不容侵犯与素日不喜贾赦。这里更有荣府的派系斗争,贾母——贾政、王夫人——宝玉,这是主流派。贾赦、邢夫人——贾琏,这是非主流派。凤姐本是贾琏妻子,却是王夫人的内侄女,又是靠巴结贾母取宠,这个当权派更多地依靠与靠拢主流派,却又不能不可开罪非主流派,则是无疑的。

这次风波中表演最精彩的是凤姐。初则"顶",听邢氏说了讨鸳意向后当即指出:"明放着不中用,而且反招出没意思来。"不可谓谏之不直、不忠、不诚。继则"转",见邢氏又混又笨又横,根本不开窍,连忙改口,检讨自己是个"呆子",虚与委蛇,谏而不"死",你既然不听我的谏,我也就不再坚持。这也可以叫做"善者不辩,辩者不善"(《老子》)。对邢氏这种婆婆,恐怕只能如此。继则"防",明知邢氏要碰钉子,而凤姐既是贾母的宠臣又是邢氏的儿媳,这样的矛盾以不介入为好,防止自己成为婆婆"恼羞成怒"的对象。四而"躲",三十六计,走为上,以"不如太太先去,我脱了衣裳再来"为由,溜之大吉。不但自己躲了,而且周周到到地把平儿打发走,免得邢夫人当着平儿的面碰壁,更使矛盾激化。五而做伪,鸳鸯的嫂子当着平儿与袭人的面遭到鸳鸯的抢白,嫂子向邢夫人诉苦时躲躲闪闪提到平儿,凤姐立即作姿态去叫平儿,以示对婆婆的敬意歉意,及自己从严要求下属的"无私"态度。幸有丰儿在旁默契,来得快,以平儿被林黛玉请走为名,支吾过去。(林黛玉本来最与此类矛盾无涉,但动辄被当做金蝉脱壳的招子,一次宝钗扑蝶,为防小红的疑心,拉出了林黛玉,一次是这回。出污泥而不染,不亦难乎!)六而哄解,当鸳鸯发狠,贾母大怒迁怒之时,凤姐发挥了巧言令色、幽默滑稽的天才,使贾母立即转怒为喜。先是正面文章反面做,竟说要"派老太太的不是","谁教老太太会调理人,调理得水葱儿似的,怎么怨得人要"?还说自己如是男性,也要讨鸳鸯的。聪明亲昵的反话之中微含轻佻,听起来是何等受用!甚至令人想起现代马屁精:"我给首长提个意见,首长太不注意自己的身体了,这是对革命不负责任!"凤姐的说话比这个还高明,因为她还捎带捧了鸳鸯,令鸳鸯得到满足和脸面。这话传出去,甚至给贾赦与邢氏也铺了台阶,水葱儿一样的丫头,欲讨之后快,人之常情,固难免也。一话三雕,妙矣哉。贾母果然消气,顺势与凤姐开起带"荤"味儿的笑话来,说是不如给了贾琏,这可将了凤姐的军。谁承想凤姐以退为进,以自谦自嘲之词:"琏儿不配,就只配我和平儿这一对烧煳了的卷子和他混罢!"取得全胜,令贾母与众人捧腹,真真是荣府的"精英"也。

综观上述,凤姐在此事中应对进退,有理有利有节,举措得体,料事如神,无懈可击。鉴于她的尴尬处境,夹在邢夫人贾赦与鸳鸯贾母当中,本是极易陷于猪八戒照镜子——里外不是人的境地的,由于她处理得法,化险为夷,化凶为吉,令人佩服!或谓她应该死谏邢夫人到底,那就不但阻挡不成,而且冲上第一线使自己成为贾赦邢夫人的对立面、眼中钉,不但自取灭亡,而且提前把一切搞乱,又有什么用处?

鸳鸯也很精彩,她骂得痛快淋漓。无欲则刚,她对贾府的所有男人——不仅贾赦,也包括贾琏乃至宝玉,哪怕是"宝金宝银宝天王宝皇帝"——都不感兴趣,所以她站得稳说得硬,不留空子。(当然,这本身便付出了惨重代价。)其次,别看鸳鸯平时温柔文雅,急了也是一嘴的刁恶粗村之话。什么"王八脖子一缩""一家子都成了小老婆""快夹着屁嘴离了这里""嗓子里头长疔烂了出来,烂化成酱在这里",真真是骂了他个体无完肤。不这样不能出气,不这样也不能自卫。生活在这种环境中,特别是一个奴婢,即使单单是为了保护自己,没有"文""武"两手"黑""白"两种脸,没有撒泼耍赖的本事,行吗?

贾母生了气迁怒去骂王夫人,骂得薛姨妈、凤姐、宝玉都无法说话,幸而探春挺身而出,贾母又是立即改口。这种没有准星的怒火,这种摇来摆去的见解,一上火就骂人,刚骂完又改口,不知是年龄造成还是地位、个性造成的。反正写得实在生动。

诗在"红楼"

还有两起"支流"上的小浪头。一是薛蟠挨柳湘莲的打,一是贾琏挨贾赦的打。后者是通过平儿的口补叙的,近因是由于霸占石呆子的扇子事件,没出息如贾琏,居然也仗义说了句直言:"为这点子小事,弄得人坑家败业,也不算什么能为。"为此就挨了贾赦一顿揍。看来越是亏心,就越是要堵人的口的。而堵的结果其实是堵不住,平儿就把真情通报给宝钗了嘛。

平儿说这次贾赦动武的原因"还有几件小的(事),我也记不清",其实,未必其他原因就是小事。例如,欲讨鸳鸯而未到手,来一个大窝脖,贾赦能不憋气吗?能不嫉恨王熙凤吗?恨王熙凤能不找贾琏出气吗?

几件风波过去,又转而描写香菱学诗。写得正正经经,除了写实写人物写生活,显然作者也在通过黛玉香菱之口发表自己的"诗创作发凡"或者"写诗入门"。虽然无甚高论,但立论相当扎实,路子是对的,完全可以把这一段复印下来作为诗歌函授学校的教材,起码比现今一些"语不惊人死不休"的以刺激取胜的诗论高明。

第三十七回以降,做诗成了重要线索,先结海棠社,又赛菊花诗,吃着螃蟹也要吟诗,秋风秋雨之夕也要吟诗——只是自我表现,不拟发表公之于众,也没有竞争得奖或当理事的心理。然后香菱学诗,然后芦雪庵争联即景诗,把写诗与青春的欢乐联结在一起写,是大观园青年活动的一个高潮,也是写诗的一个高潮,应该说是"大观园诗歌节"或"大观园青年联欢节"纪盛了。这次文学活动的特点是:一、广泛性。除了大观园诗歌骨干宝玉、黛玉、宝钗、探春、湘云和积极分子李纨外,又增加了岫烟、宝琴、薛蝌、李绮、李纹。甚至连凤姐也参加进去,以"一夜北风紧"起了首。二、综合性。文学活动与观光(赏雪)活动相结合,与品尝鹿肉相结合,物质、精神,什么时候都是要两手抓的。三、竞赛性。联诗的竞赛更与各吟一首两首不同,如湘云所说,竟似"抢命"一般,才思是否敏捷,命句是否得当,是要当场出彩、容不得半点含糊的。这种自由接力的吟诗活动形式,恐怕也是唯我中华独有。那么,就不仅是诗的"联欢节",而且是诗的"奥林匹克"了。

如此已把青年人的吟诗写到极致了,但作者兴犹未尽——作者写做诗也如写吃饭写恋爱写吵架,写了又写,描了又描,已是淋漓饱满,依旧意兴盎然;已是山重水复,忽又柳暗花明;已是天高地远,偏能更上一层。这不是短篇小说所推崇的那种戛然而止的机趣,而是胸中有无限天地无限笔墨的巨大充实——作者这支如椽之笔,是写呀写呀也写不尽的。

联诗后又写咏梅诗。贾母也来了,诗歌节的"份儿"又高了一层。插上贾母与凤姐都有意做媒将宝琴"说"给宝玉一节,使宝玉的婚事形势更加扑朔迷离,使宝玉的泛爱处境加倍泛化,然后做灯谜,仍然是诗。此后第五十一回"薛小妹新编怀古诗",第六十四回"幽淑女悲题五美吟",第七十回"林黛玉重建桃花社,史湘云偶填柳絮词",七十八回"老学士闲征姽婳词,痴公子杜撰芙蓉诔",一直到八十九回"人亡物在公子填词",做诗,竟成为《红楼梦》人物特别是可爱的青年人物的重要的活动内容与行动线索,不可等闲视之。

这里有一个原因是中国注重诗歌注重韵文的悠久传统,不充分表现作者的诗才诗学就不能证明作者是一个合格的文人,就影响小说作品的"档次"。我们甚至可以感到作者生恐读者以为他不会做诗而只会做闲杂的小说。这些诗歌从情绪上、节奏上也起了很好的缓冲作用,从叙述上起了配合与换一个角度换一个文体的调剂口味的作用。

然而似乎还有更深刻的原因。见香菱苦学苦吟,宝玉的评论是:"这正是地灵人杰,老天生人再不虚赋情性的。我们成日叹说可惜这么个人竟俗了,谁知到底有今日,可见天地至公。"其实"天地至公"之说比不做诗更俗,说穿了仍是"血统论",香菱虽沦为婢妾,毕竟非寒贱出身,所以终于脱颖而出。

做诗就不俗了,俗与不俗的区别等于非诗与诗,这个观念倒也值得注意。就拿宝玉本身来说,他的行止,如果远远望去,很难与贾琏贾蓉秦钟乃至薛蟠之流分出轩轾:其无所事事,不务正业一,其只知享受、不知贡献、不负责任一,其男男女女、偷鸡摸狗一,其养尊处优、安富尊荣一。贾宝玉一脚踹到袭人心窝子里,其娇骄恣肆比他人有过之无不及。如此这般,为何读者心目中宝玉要高雅得多,可爱得多呢?原因有三,一是作者写宝玉是钻进人物肚皮里写的,侧重于写宝玉的内心世界,体贴着人物写,即使写到其行事之可恶(如闹书房),内心却不可恶。这是由于作者在宝玉身上更多地写进了自己,宝玉更能体现小说的自传色彩造成的。相反,琏、珍、蓉、钟等,作者是旁观着写的,只剩下了外表的丑恶的行为,看不到他们有什么隐衷,有什么痛苦,有什么深层的行为依据。二是由于宝玉对于女性的体贴态度,殷勤服务而且衷心赞美,这就与仅仅把女性看做泄欲工具的恶少们划出了一条界限。三则是由于诗。由于诗,宝玉的情,宝玉的欲,宝玉的悲哀向往,都可以升华到美的境界,都可以不那么鄙俗。与众女孩子在一起,宝玉做诗常常"落第",这更证明了女孩儿是水而男子是泥,也反衬了这一批女孩子的聪明灵秀。反过来与贾政及其清客们在一起,贾宝玉的文才就远胜于那些"浊物"了。诗才是一种才能,而才能也是一种美,一种修养,一种境界,一种提高与净化自己的心灵的努力。宝玉有这种诗才,所以宝玉可爱。顺便说一句,《红楼梦》中的"正面人物"(姑且用这个词),大多有诗才。或者更正确一点说,《红楼梦》中的诗人,都是正面人物。在《红楼梦》中有一个有趣的状况,年轻主子们的可爱程度与他们的诗才成正比。林黛玉最可爱,林黛玉的诗也最好。宝钗也不逊色。要写宝琴可爱,一出场就让她"诗"起来。李纨是正派人,虽然才具平平,做诗也还跟得上趟儿。凤姐虽恶但不讨嫌,虽无墨水却也起诗、赞助诗。薛蟠粗而直,他在行酒令时也有"绣房出了个大马猴"的名句。这些诗与诗歌活动穿插在《红楼梦》中,颇有点缀乃至点睛作用(如黛玉的葬花诗,是可以作为大段心理独白来读的)。

也还有一个"杀风景"的因素不妨一提,频频写吟诗,不也从另一面反映了这些公子小姐们生活的空虚和烦闷吗?如果说悲剧,活着而又无所事事才是真正的悲剧啊!

六　情与政

两个聚焦点

总的来说,《红楼梦》所描写的贾府生活有两个聚焦点:一个是"情",一个是"政"(指家政也指人际关系)。前者以宝玉为中心,以宝黛爱情为主轴,以宝钗黛三角关系为主要纠葛,辐射开去,涉及各色人物,包括秦可卿姐弟、湘云、袭人、晴雯直至金钏玉钏诸人。在这个情中,又分三个层次,诗的即审美的与性灵的层次;体贴即献殷勤的层次;单纯肉欲的层次。宝玉其实是贯穿这三个层次的。而贾琏是第三个层次的核心人物,作者虚写实写,他也够意思了。薛蟠也活动在这个层次,但薛蟠没有那样一个"阎王"式的老婆凤姐管束,所以薛蟠的肉欲活动显得很光明正大,很自然,很富游戏色彩,历来许多论者认为薛蟠不下流。而贾琏处境不同,自然就偷偷摸摸,带着下流坯子的阴暗色彩了。

另一个焦点是"政",核心人物是凤姐。顶端人物是贾母。也分三个层次。一个是"位"或"势",指的是地位、身份的优势,如贾母,如贾赦贾政,如邢夫人王夫人乃至李纨,都有一定的位。贾琏也有一定的位,所以如何给宝钗过生日凤姐要与贾琏商量,虽是假惺惺却也显示了贾琏的位。二是道或者德,指的是精神优势,首推贾政,言必称忠孝,身教胜于言教。次推李纨,守节云云便奠定了她的道德优势,谁敢不敬?凤姐是有名的辣子,平辈中却有李纨敢和她开玩笑,

83

派她的不是,凤姐打了平儿后她敢半开玩笑地贬凤褒平,甚至提出应把凤姐平儿的地位换一个个儿,道理在此。三推宝钗以及王夫人薛姨妈等,都是注意维护道德而言谈举止相当自律的。三是权,权全在凤姐手中,中间有一段探春曾经代理。凤姐的权术活动也分三部分,一是关系学,首先要经常向贾母致敬效忠、逗能解闷,得到贾母的专宠,这一点她是十分成功的。其次对王夫人薛姨妈,直到宝玉、诸姐妹以及一些所谓有头有脸的丫环,她也还是注意团结的。李纨要她赞助诗社,她虽然洞悉其真意,仍然唯唯,如她所说,如不从命,"不成了大观园的反叛了,还想在这里吃饭不成?"看来,凤姐还是谦虚谨慎,注意团结她认为需要团结的人的,尾巴翘得并不高。当然,见了赵姨娘贾环,她是绝对压倒的。二是管理学,包括人的管理与物的管理,书中写得很细。这些段落,特别是关于物的管理的段落,常被读者疏漏乃至厌烦,但从中可看出贾府管理任务之繁重,漏洞之多,王熙凤之一手遮天。有"位"有"道"的人都嫌烦,不去管理,无"位"无"道"只知享现成的人同样懒得去管理,这就给王熙凤胡作非为留下了大空子。三是"厚黑学",这是李宗吾发明而流行香港的一个说法,就是脸厚心黑之学,即以权谋私而全无顾忌之术也。

情的种种演变的结果是悲剧,有情人难成眷属,无情人互相折磨。最后,色即是空,空即是色,无限柔情,归于大荒。对于通灵宝玉来说,对于"石兄"来说,情不过是一段"污染"。

政的种种演变的结果是衰败,才自精明志自高,生于末世运偏消,再来十个贾政十个凤姐十个探春也不行,因为贾府从里头就腐烂了。腐烂是衰亡的根本原因。富贵又是腐烂的根本原因。哗啦啦大厦将倾,气数尽了!

在这种腐烂的过程中,情也变成了一种腐烂的因素。因为对于以守卫弘扬家业为目的的"政"来说,情不但是可有可无的,而且常常是一种奢侈,一种懒散的养尊处优的表现,一种心灵的非建设性的旁骛,一种对于纲纪道德的悄悄的破坏。当然,情又是对腐烂虚伪的、不近人情的德与烦琐的、弊病百出的管理的对抗因素。如果大家都忙于管家，不但生活了无乐趣，而且这个家只能更混乱更纷争，垮得更快。然而这种对抗不具建设性只有破坏性。宝玉的出现本身就是大厦将倾的征兆。化灰化烟一阵风吹散不但是情的结局也是政的结局。

从"政"的观点来看，这种情也是要不得的。所以要打宝玉，逐晴雯，抄检大观园搞抄家，但这些措施丝毫不能起延长贾府富贵寿命的作用。

凤姐的功过很难说清。第一百零五、一百零六回贾府事坏，被抄家，其中重利盘剥与包揽词讼两条罪状就是王熙凤搞出来的，所以第一百零六回的回目是"王熙凤致祸抱羞惭"。但贾家的衰败却是大势所趋，如果没有凤姐，这家政的机器就更无法运转，贾母、贾敬、贾赦、贾政、贾琏、贾珍、宝玉诸人，没有一个顶用的，唯有一个尽忠报主而且预见到这种危难并且痛切进谏的就是焦大，而焦大进谏的结果是被灌马粪——没有割声带，就算便宜了他呢。

两个焦点，两个主题，各有千秋。《红楼梦》是"风月宝鉴"，是"情僧录"，着眼在情。宝黛"爱情主线"说，也因着眼于情。而《红楼梦》是"理治小说"，是"兴衰史"乃至"阶级斗争史"，着眼于政。说"百科全书"，中心仍然是"政"。表现于《红楼梦》中的极丰富多样的人际关系，说到底也是"政"。两个焦点的解释都对，对两个焦点的把握却未必平衡。喜欢读爱情小说的年轻人未必对凤姐管人管钱管物及探春搞承包责任制感兴趣，越剧《红楼梦》也只是一出爱情悲剧。《黛玉葬花》《黛玉悲秋》《宝玉探晴雯》都是京韵大鼓段子，却很难编写演唱《凤姐协理宁府》或《探春理家》。毛主席说第四回是全书的总纲，侧重点当然在于兴衰理乱而不在于风月。"政"也有动情的地方，衰败抄家一节仍可使读者歆欷流涕。

政与情之上是一个统一的"命"，即命运。一切皆有定数，非人力所能挽回。一切如过眼烟云，色就是空，空就是色，同样，兴就是衰，衰就是兴，后者作者没有明说，但含义却有同等的空虚和悲凉。空虚悲凉了半天，却又提供了栩栩如生、实实在在的人生图画，令人感叹，更令人思考。

婚姻是情，更是政。在封建社会，婚姻与其说是男女二人的感情与生活的结合，不如说是双方家族的利益的结合与结盟。婚姻与爱情的分离，灵与肉的分离，以男子为中心、以女子为奴婢为玩物的情爱观，是《红楼梦》的情的悲剧的社会文化根源。韶华易逝、人事无常、泛爱与专爱的对立，越是相爱就越要求那几乎难以企及的沟通并痛感难以沟通，是《红楼梦》爱情悲剧的人性根源。

势与权与道的分离，则是"政"的悲剧根源。有势的人只知享福直至发展到歪魔邪道——如贾敬之追求修仙得道长生不老。有知识有道德的人在实际生活上一无所知乃至以这种无知来反证自己的清高，而听到一点什么动静便胡乱干预瞎指挥——如贾政之责打宝玉，王夫人之逐金钏、晴雯。更何况这种道德本身就带着反人性的特点。在荣府，有权也会掌权用权的人只有王熙凤，而王熙凤既无势也无道。她回答有势的人关于人、财、物状况的询问时的对答如流，既证明了她的聪敏也证明了她的一手遮天的便利。而缺少势和道，注定了她不可能高瞻远瞩、深谋远虑，注定了她搞的一套都是短期行为。可卿托梦以后她也没有采取任何重大的措施，更何况她本身就以权谋私。至于宁府，连一个凤姐这样的人都没有，更陷于坐吃山空从上烂到下的瘫痪状态。

很难判断是有意还是无意，我更愿意相信是无意。作者写一个家族的日常生活，写几对男女，却写出了盛世危言。作者通过一个家庭写出了整个社会乃至当时中国社会的整个体制、整个朝廷的危机四伏、终将败亡的命运。而且写得如此生动细腻深刻。这也是一种宇宙的整体性与统一性的表现。作者写好了一个细胞，人们得到的启示却是关于整体的思考，这种对于"细胞"的忠实而深刻的描写的价值，往往超过有意为之的借喻、影射、微言大义。后者易于流为图解、简单化、意念化。前者提供的却是分析的无尽的可能性。

大观园的封闭与开放

贾府的生活方式是封闭的,越是高位的人越没有出门旅行观光的愿望与实践。行路难的观念使人们更喜欢关上门享福。宝玉去袭人家,是偷着出去的。

当然,他们仍不可能与世隔绝。乌进孝要来交租,刘姥姥要来"打抽丰",薛宝琴要来做客。而宝琴不但游历过赤壁、交趾、钟山、淮阴、广陵、桃叶渡、青冢、马嵬、蒲东寺、梅花观而且八岁时曾"跟父亲到西海沿子上"买洋货。薛宝琴还向大观园年轻人介绍了真真国金发美人写的汉文五言诗。此诗受到称赞:"难为他,竟比中国人还强!"

当然,没有宝琴贾府里也不乏洋货。鼻烟盒里有进口的"汪恰烟",盒扇上有"西洋珐琅黄发赤身女子""长着肉翅",应是安琪儿的形象,但也包含了"人体艺术"。晴雯还用过西洋膏子药"依弗哪"。书里还几次提到"哦啰斯"……

看来这里的"开放"是沿着这样的方向来进行的:一、模模糊糊知道中国之外还有"西洋",还有外国,知道洋人头发金黄,此外不求甚解也无人谈论这一话题。二、以中国的尺度为尺度来谈论看待洋人。所以夸奖那位外国美人,是因为那人会做中国诗。对于"依弗哪"膏子药的描写,与中国狗皮膏药无异。三、欢迎外国消费品,但仍是不求甚解。如说"哦啰斯"产的孔雀毛捻线织就的衣裳,就很可疑,因为俄罗斯不是孔雀产地。

在"体面"的外表下面

第五十三、五十四回,祭宗祠,开夜宴,元宵之夜吃喝玩乐,表面上红红火火，实际上外强中干。一方面是穷奢极欲，一方面是入不敷出。从准备过年到过年，一直到正月十五，虽说是礼仪堂皇、娱乐升平，实际上穷极无聊，毫无新意。作者写繁华中的衰败，闹热中的悲凉，辉煌中的阴冷，令人觉得是写绝了，写尽了。

先是庄头乌进孝的贡物清单，令人咋舌。乌进孝与贾珍相互叫苦，贾府的财政危机物资危机已是十分严重。贾珍自述是"黄柏木做磬槌子，外头体面里头苦"，其实体面的形式下面必然包含着苦难的内容。没有苦的劳作，苦的盘剥，苦的争夺，苦的防不胜防的走漏，哪儿来的体面？

果然，紧接着贾珍晒着太阳看各子弟们来领取年物。贾芹前来混领，被贾珍骂走。贾珍说，这些年物是给闲着无事无进益的"小叔叔兄弟们"的。这本身就说明了贾府子弟的寄生性。整个贾府是寄生的，寄生的整体上又寄生了如此多的小蛆虫，这本身不就是破败的原因吗？然后贾珍揭露贾芹管理家庙后"你到了那里……没人敢违拗你。你手里又有了钱……夜夜招聚匪类赌钱，养老婆小子……"这就是有事干的非失业人员的行藏，更加是吸血鬼一样，得过且过，腐烂透顶。问题在这里，"管事""就业"的目的就在于中饱私囊与以权谋私。贾珍质问贾芹时指出"和尚的分例银子都从你手里过"，显然，雁过拔毛已经成为公开的秘密。而且，贾芹被发现被驱走只不过是他倒霉罢了，如果贾珍没看见他呢？如果贾珍虽看到他却因为某种原因予以纵容和默许呢？如果还有吃着一头抓着一头要着一头的无赖而未被贾珍发现呢？风气坏成这样，斥责一个贾芹又有何用？

祭祖、众人向贾母行礼（拜年），进宫朝贺，设宴，娱乐，年节活动当真是内容丰富（"一连忙了七八日才完了"）、礼仪庄严，设备齐全，行止体面，秩序井然，"左昭右穆，男东女西""花团锦簇，铿锵叮当"，可说是完满无缺。这里，体面确实是体面，而且体面显示着地位、尊严、特权、秩序，连一心修道成仙的贾敬这节骨眼儿上也要回来规规矩矩地行礼如仪。可见，体面的实质就是尊贵，就是地位，就是统治权。可惜的是当这些体面变成了礼仪、程序之后,形式逐渐脱离了内容,体面的背后已经不是尊严与秩序,不是统治者的责任与辛苦、统治术的高明与成就,而是力不从心的对架子的支撑,拆东墙补西墙的败政,各怀鬼胎的涣散,表里不一的虚与委蛇,下流无耻的道德堕落。这种祭祖礼仪越是堂皇,"功名贯天""百代仰盛""儿孙承福""勋业有光"之类的文字越是堆砌,就越是让人感到恶心。

到了元宵佳节,贾母摆出一副慷慨宽宏的"老祖宗"架势,摆出十来桌席,"差人去请众族中男女",有点门户大开,四面八方的意思。恰恰在这时,暴露了矛盾,暴露了贾府的缺乏凝聚力与吸引力。"或有年迈懒于热闹的;或有家内没有人不便来的;或有疾病淹缠,欲来竟不能来的;或有一等妒富愧贫不来的;甚至于有一等憎畏凤姐之为人而赌气不来的;或有羞口羞脚,不惯见人,不敢来的……"如此说来,族中男女岂不是分崩离析,七零八落了吗?

结果呢,基本上是老一套的人马,老一套的吃酒行令看戏。老一套的凤姐巧言令色地哄贾母开心。老一套的宝玉席间出去一趟,处处体贴照顾女孩子们的方便;丫环们也是连他解溲都要嘱咐"蹲下再解小衣,仔细风吹了肚子"。这种老一套的生活,富贵之中又透着多么乏味!

凤姐的无头无尾的故事

巧言令色、欢声笑语之中又似乎有那么点意味。贾母批判"书"里的佳人才子套子,是信口说,也是确实抓住了那些套子的弱点。贾母还对这一类的"书"的创作动机进行了分析:或是"妒人家富贵,编出来污秽人家"——恶毒攻击也;或是自己看书"看魔了,他也想一个佳人"——弗洛伊德的"补偿作用"也。这些分析虽不全面,倒也贴切。今之论者多谓这些话是向林黛玉发出警告。其实未必这样直接,这样具体。以贾母之阶级观念道德观念,她无法接受无法信服才子佳人私订终身那一套乃至驳难之批评之,是必然的。林黛玉的精神世界感情生活不能见容于贾府的阶级秩序与封建道德,也是必然的。一切无心的与习惯的言谈,都是对黛玉的警告,何必专门去警告呢?按照贾母的逻辑,林妹妹爱上宝哥哥,这从根子上就是不可思议的嘛!

凤姐的淡化情节的"先锋派"笑话亦是如此——也可算作超短篇的佳作了:

"一家子也是过正月半,合家赏灯吃酒……祖婆婆、太婆婆、婆婆、媳妇、孙子媳妇……嗳哟哟,真好热闹……"

贾母问:"底下怎么样?"

凤姐答:"底下就团团的坐了一屋子,吃了一夜酒就散了。"

这是什么?是禅?是凤姐的顿悟?是象征?是作者借凤姐的口,再次提醒读者不要忘记他们正在走向灭亡?

在众人追问下,凤姐答道:"好啰唆,到了第二日是十六日,年也完了,节也完了,我看着人忙着收东西还闹不清,那里还知道底下的事情了……"

以实对虚,以生活冲掉故事,是故意搪塞、天机不可泄漏?是凤姐冒着一说,本想讲个热闹故事(一再强调"热闹"二字),后来被尤氏"你要招我,我可撕你的嘴"的话打断,底下编不出来了?是凤姐忽然想到故事中有某个情节犯忌,说了两句赶紧中止了?

正由于这些闹不清,使这段一瞬即逝的故事有了深意,我宁愿相信它并无具体的深意,一段故事讲着讲着忽然发现没了词儿了(忘了词儿了,串了词儿了,找不着词儿了都可以),形成了一种特殊的存在物,就像一块太湖石,一截树根,一片水痕,而引起人们的诸多猜测,诸多联想,这不更好吗?这不比有意将话头咽下更自然些吗?

饱含深意、有意为之的言语与随意拈来、似有(似无)深意的言语相较,当然是后者更富有魅力。如果说是禅,无意无禅之禅,要比有意有禅之禅更高明。在这里,我宁愿相信曹雪芹与凤姐的随机性。

曹让凤说什么,不过是"跟着感觉走"罢了,而深意自出,情绪自出,慨叹自出,如此而已,岂有他哉!

刁奴的嘴脸

封建社会的尊卑长幼的秩序是严格的,犯上作乱是绝对不能允许的。但与此同时,上与下的关系并不是单向的我令你行,我令你从的关系。任何关系都是双向的,即使表面上只有单向露在外面。养尊处优,作威作福的长上在培养出孝子忠奴的同时也培养出各色逆子刁奴,后者比前者还要活跃,还善于阳奉阴违、两面三刀、欺瞒长上。王熙凤病中由探春等理事,吴新登媳妇就以请示为名来考探春的试,"彼时来回话者不少,都打听他二人办事如何;若办得妥当,大家则安个畏惧之心,若少有嫌隙不当之处,不但不畏伏,出二门还要编出许多笑话来取笑……"第五十五回回目中有"刁奴蓄险心"之句,可成一联,曰:"恶主无怜意,刁奴蓄险心",或曰:"恶主多诓计,刁奴蓄险心"……

凤姐避让探春

在探春的事上,也看出凤姐的眼光、气度、明智。本来书中是一再强调凤姐好强使性的个性的,但她对平儿说:"他(探春)虽是姑娘家,心里却事事明白,不过是言语谨慎,他又比我知书识字,更利害一层了……倘或他要驳我的事,你可别分辩,你只越恭敬,越说驳得是才好。"

看这心胸,看这姿态,比那些妒贤忌能的"浊物"可不是强多矣!特别是凤姐能积极评价"知书识字"的厉害,评价文化知识的作用,这对于一个没有多少文墨,靠经验、机智和意志进行统治的人来说,尤为难能可贵。当然,这里也有个底数,姑娘家迟早要嫁出去,终究是别人家的人,所以,探春构不成对凤姐的威胁,凤姐不如避其锋芒,添其礼遇,这才是正确的选择。

甄宝玉与"长廊效应"

少时读《红楼梦》,常感无趣,甚至感到是画蛇添足、是败笔的有关于甄宝玉的段落。早在第二回,贾雨村便谈到他教过的学生中有这么一位甄宝玉,性格与贾宝玉无异,其后偶尔提及,没出来人物也没出来瓜葛。到第五十六回,江南甄府遣人来送礼请安。甄府四个女人一见宝玉,立刻反映贾宝玉、甄宝玉模样性格均极相似。然后宝玉对着镜子睡觉,梦中见了甄宝玉。如此这般,甄宝玉的事迹又没了。直到后四十回高鹗续作中,第九十三回,甄家势败,"甄家仆投靠贾家门",第一百一十四回中,"甄应嘉蒙恩还玉阙",甄家的事又露了头。第一百一十五回,"证同类宝玉失相知",两个宝玉相见,甄宝玉已"改邪归正",大讲"文章经济""为忠为孝"了。除了一会儿与宝玉相似相同,一会儿与宝玉分道扬镳,起一个并无趣味的正衬反衬的作用以外,甄宝玉在书中完全不是个活生生的人物。甄宝玉的故事,完全不是一个生动有味,更不是一个真实可信的故事。

尽管如此,甄宝玉的故事还是令人思索揣摸。特别是第五十六回,写完探春、宝钗之治家有道(有道也是白费力气!)后,宝玉对着镜子睡去,梦中进了另一座大观园,见了另一批鸳鸯、袭人、平儿式的丫环,得知那里有另一个宝玉而自己在那里却变成了"臭小厮",然后又进了另一个"怡红院",看到了为另一个"妹妹"的病"胡愁乱叹"的"同样性情"的宝玉,而那个宝玉还说:"我才作了一个梦,竟梦中到了都中一个园子里头,遇见几个姐姐,都叫我臭小厮,不理我。好容易找到他房里头,偏他睡觉,空有皮囊,真性不知那去了。"这样的描写十分不寻常,读来令人悚然心动,甚至令人惊心动魄。

麝月后来评论说:"怪道老太太常嘱咐说小人屋里不可多有镜

子。小人魂不全,有镜子照多了,睡觉惊恐作胡梦"。认为镜子能反射或牵动一个人的灵魂,认为照相会摄走一部分人的灵魂,当然,这是由于对光学理论与光学应用技术材料的无知。但让我们设想一下,当人们第一次在镜中在照片上看到自己的清晰形象时,当是十分激动的。人为万物之灵,但是人不借助反射是看不到自己的形象的,人只能借助镜子或其他对于光的反射能力较强的物体(如水)来观看自己的虚像。人的自我观察的前提在于把自我的形象分离出去,独立出去或半独立出去,使自我的形象能成为自我主体的客观的对象,使自己能成为自己的客体,这是一个飞跃,这个飞跃实现于照镜子这一行动中。照镜子这一日常举动包含了巨大的意义,包含了深刻的触发与启迪,包含了惊心动魄的意义。除了人,没有什么别的动物能产生观察自己的愿望,能理解自己的形象的反射的意义。所以伊索寓言中的狮子见到河里的另一个"狮子"时,要跳下去与之搏斗。而民间故事中的猴子见到水中的月亮时,要一个与一个联结起来去捞月亮。由此可见,意识到自己的存在并企图客观地去观察他与了解他,实是人类的一大灵性。

  人为万物之灵,在于他的意识。意识的前提是主观与客观的分离,即客观大千世界成为意识的对象,而自我成为意识的主体。世界是客观的、无限的、永恒的、自在的,归根结底是没有意志愿望与情感的,主体的自我意识及与世界的分离意识是短暂的乃至脆弱的,但又是充满了灵性、感悟、欲望与思想智慧的万物之灵独有的本领与体验。他的肉体是非常有限的,所以他在有生之年常常为这种局限性而痛苦;然而他的心灵又是无限的与自由的,至少在理论上是不受限制的。以有限之身思无限之大,以有限之生命思无限之寂寥,这是万物之灵的独有的痛苦,也是万物之灵的独有的骄傲。

  如此说来,人的意识的基本矛盾,一是主观与客观的联结与分离,自我与世界的联结与分离。由此而生种种的哲学与科学。二是此岸与彼岸的联结与分离,生命的短暂与感悟的无限的联结与分离。

所谓人生不满百,常怀千岁忧。由是而生种种的宗教、哲学、艺术。三是灵魂与躯体的联结与分离。由是而生种种的喟叹,种种的艺术与宗教。而在这三大矛盾之中,自我是主体,这是不错的。但自我同样可以观察自我,省视自我,反思自我。这后面的三个"自我",便又变成了对象,变成了客体,变成了被一个超脱的、与无限的世界与灵魂契合的自我的怀着悲悯与智慧所面对的渺小的个体。这也就是说,人的意识不仅在于主观与客观的分离,而且在于主观与主观的分离;不仅在于自我与世界的分离,而且在于自我与自我的分离;不但有此岸与彼岸的分离,而且有此岸与此岸的分离;不但有灵魂与肉体的分离,而且有灵魂与灵魂的分离。能不能进入一个更高的境界来清醒地审视自我,这可以说是悟性的根本标志之一。因为说到底主观仍然是客观的一部分,自我是世界的一部分,此岸是彼岸的一部分(是序幕或者插曲或者变奏),灵魂是肉体的一部分(是能量或者升华或者特性)。反过来说,客观是主观的材料,世界是自我的舞台,彼岸是此岸的想象(或恐惧或向往),肉体是灵魂的暂时依托,自我和世界都是一分为二、互相观照而又自相观照的。所谓自我感觉,所谓自我意识,所谓自我批评,所谓自我陶醉……所有这些用"自我"加动词组成的短语都包含了自我的相互分离,包含了一个相对比较超脱比较客观比较冷静和富于思辨能力的自我与另一个相对比较现实比较主观比较热情和充满欲望情感的自我的分离的含意。

　　而这种分离的最直接最浅露的表现莫过于照镜子——自我观照。人生有一双眼睛,眼睛是人类的骄傲。借助于科学技术器械的帮助,我们的眼睛可以"看"到几十万光年外的星球,可以看到细胞膜细胞液的运动,可以看到机械的内部或人体内脏,当然,可以看到大千世界的颜颜色色与形形状状。然而可悲可叹的是,一个最切近最普通的对象他却看不到,那就是他自己的眼睛。人永远不可能用自己的双目直接看自己的双目与周围部分。为了看到自己的面容,人们只能求助于反射性能良好的材料,人们终于发明了用玻璃、水银等制作的镜子,比在井里"照镜子"当然要好,比中国古代的铜镜也要好得多。可以想象人们发明镜子或第一次使用现代高清晰高保真镜子时的兴奋乃至惊恐心情(所以有照镜侵魂之惧)。而看镜子里的自己实际上不是直接看到自己,那只是看到自己对光的反射在镜面上的再次反射,看到的只是自己的虚像而已。在照镜子的同时,最激动人心之处恰在于人们发现了另一个我,一个是照镜子的实我真我,一个是镜中映射出来的虚我假我,这不就是自我的分离吗? 如此说来,宝玉照镜而眠,梦到另一个宝玉,不就以"小儿科"的手段,表达了这样一个相当深邃动人的感悟吗?

扩而言之,我们每个人都是不发光或基本上不发光的。我们能被别人看见是因为我们都反射了自然光或灯光,在这个意义上,我们都是镜子。唯物论的反映论强调我们每个人的大脑都具有类似镜子的功能。现实主义的文学理论则喜欢谈论文学是一面镜子,在这面镜子中映射着社会与人生。在这样的意义上,我们可以说曹雪芹才是第一个真宝玉,大宝玉。在《红楼梦》的所有人物中,宝玉最富于作者的自传色彩。当曹雪芹写这部书的时候,当他怀想起少年时代的一切的时候,少年时代的曹雪芹——在很大程度上就是贾宝玉的原型——便是作家曹雪芹的脑海这面大镜子中反射出的第一个虚像,我们可以称之为"宝玉"。当把"宝玉"置于文学这面镜子的映照之下,予以发挥发展提炼引申之后,便成就了书中衔玉而生的贾宝玉,即"宝玉"了,这位"宝玉"仍在寻求对自我的审视,于是出现了甄宝玉,出现了"宝玉"。而甄宝玉在宝玉的梦中宣称在自己的梦中见到的那个宝玉,便是"宝玉"了。他们互为映象,互相观照,一个连着一个,一个派生一个,就像两面镜子对照,会照出无穷长远的无穷镜子来,就像放一件物品在两面对照的镜子中,会映出无穷系列的无穷物体来。这种光学反射上的"长廊效应",正是由曹雪芹而石,由石而玉,由玉而贾宝玉,由贾宝玉而甄宝玉的根源,也可以说,这是一种自我观照上的"长廊效应",自我意识中的"长廊效应"。

这里，作为书中人物，当然先有无生命的、自在的"石兄"——宝玉，再有贾宝玉。贾宝玉之所以假——贾，因为按作者于书首所讲的观点，人生本身就是一种虚幻。而对于人生之"真实"而言，文学之"真实"，文学之人物不过是真人生真人物之虚即假的"像"。贾宝玉的锦衣玉食，贾宝玉的多情多感，贾宝玉的没落衰微，其实都是一种幻化了的假象。除此而外，从封建正统的观点来看，作者也无法否定这位宝二爷的"不肖""无能""无事忙""顽劣""呆痴""下流""邪癖"，总之，你尽可以给他扣上许多贬词。贬来贬去，他又像一块宝玉一样的聪慧、洁净、通灵、有悟性。从他的自我评价来说，在一切的女性美（包括男性如秦钟的女性美）面前，他只感到自惭形秽，只感到自己是个"浊物"。这样，他当然只能是贾宝玉。而与他又相同又相异的另一个自我，另一个自我的参照物，便是甄——"真宝玉"了，可惜的是，这个甄宝玉没有写出什么名堂来，不知一百一十五回对甄宝玉的描写是否也是高鹗的不符曹氏原旨的拙劣多了的续作。我倒宁愿认为，世界上本来就是贾宝玉好找，而真宝玉难求的。从"假语村言"的小说家的眼光来看，从"色即是空"的过来人的眼光来看，不但宝玉是假，其他又如何不假？

这种自我的一分为二现象，搞得严重了，会不会成为精神分裂——精神病？例如一种妄想型的病人常常认定自己是另一个人或另一件物：例如认定自己是杀人犯或是一棵树。这样，贾宝玉的梦遇甄宝玉，完全可以作为一种异态（非常态）的心理活动来研究。贾宝玉与书中其他人物的一大区别在于他的精神病或准精神病病史。除了他与凤姐一起犯过疯病——书中解释为赵姨娘、马道婆的作祟——外，他的数次摔玉，他的错把袭人当成黛玉来表白爱情——第三十二回"诉肺腑心迷活宝玉"，他的吃胭脂之类的习惯，他的认真相信小丫头关于晴雯死后掌司芙蓉花的胡言，他的坐在山石上出神达"五六顿饭工夫""不觉滴下泪来"，确实有某种精神病态、精神异态的味道。由于人们在这种病态异态之中放松了有意识的自我的控制,常常会反映出更深层的精神活动、精神状态,至少能反映出精神生活中不为人知的另一些层次,通过写这种异态病态来深刻地写人,已成为一些现代作家常用的写人物的方法。无师自通,长廊效应,正因为曹雪芹对贾宝玉这个人物的心灵体会得太深太透了,他早已运用了这种方法。从写作技巧的观点来看,这也是令人赞叹不已的啊!

贾宝玉的"痴狂"

第五十七回"慧紫鹃情辞试忙玉",第五十八回"茜纱窗真情揆痴理",写宝玉的几近病态的痴诚和深情。这位不无轻薄的花花公子,偏偏一接触到爱情和类似爱情的情感就十二分地理解,十二分地珍惜,十二分地郑重。特别是对少女的情感世界,他更是体贴入微,爱惜备至。而当他面对的是林黛玉这样一位堪称知音的集美丽、聪慧、清高、深挚于一身的少女的时候,一种近乎崇拜和膜拜的倾心,更使他陷于严重的自惭形秽的自卑自悲。这位在感情生活中频频得手的公子哥儿,一而再地在黛玉面前变成了智力可疑(解不开极平常的事理)、尊严全无(不断地赔小心),而又十分偏执、狂乱、不能对外界的刺激做出正常反应的小傻瓜!而偏偏在他表现得最呆、最可笑、最无道理可讲的时候,也是他最为真性情流露,最能表达他的善良、真诚、单纯、执着,最能表达他的青春与生命的痛苦,因而也是他最可爱的时候。第五十七回中因为紫鹃不让他动手动脚并且告诉他:"姑娘(指黛玉)常常吩咐我们,不叫和你说笑。你近来瞧他远着你还恐远不及呢。"宝玉便呆坐在山石上出神滴泪,达五六顿饭的工夫——至少两小时。雪雁疑惑道:"……春天凡有残疾的人都犯病,敢是他犯了呆病了?"真是取笑了。但也恰在这时候,宝玉一扫其富贵气、骄纵气、娇宠气,而只剩下了一点痴诚,只剩下了一点认真,变得可爱起来。一个诚一个真加在一块儿,却变成了呆,变成了病态,这本身不就是可叹的吗?当我们评论某个人太傻、太迂、太认真、太不灵活、太不识时务的时候,这不等于从另一个角度来反衬我们已变得太聪明、太灵活、太不认真乃至太不诚实了吗?

　　紫鹃过来劝慰,宝玉解释说:"我想你们这样说,自然别人也是这样说,将来渐渐的都不理我了,我所以想着自己伤心。"看来问题并不在于对一句话的伤心,不在于宝玉缺乏幽默感,一句"顽话"也受不住,而在于他素有的一种忧虑,一种担心,一种恐惧。怕长大,怕离散,怕情感的淡泊与青年友伴的陌生化,这其实是一种很有代表性的"青春情结"。所谓韶光易逝,所谓"朝如青丝暮成雪",所谓"我的青春小鸟一样不回来"(新疆民歌),所谓"同干一杯吧/我的不幸的青春时代的好友/让我们用酒来浇愁"(普希金给奶娘的诗《冬天的夜晚》,此时读起来却并不会令我们联想到宝玉致李嬷嬷),所谓"青春……你的日子也像蜡一样,像雪一样地融化了,消失了"(屠格涅夫《初恋》),都是写了这样一种甜蜜而又悲哀的情结。不过贾宝玉在这方面更加敏感,更加富有幻灭感(与佛、道诸家的影响有关),而且,他这种惜青春的感情(恰如黛玉的惜花、葬花之情)与惜别的感情紧紧结合在一起,因而独具特色。所谓"此地一为别,良人罢远征",所谓"关山隔几重",所谓"梦为远别啼难唤"……中国人的送别、惜别、伤别之情与这种感情的诗化,在全世界的文学传统中可说是首屈一指的。生离死别,中国人对离别的体验是刻骨铭心的,中国旧诗文中写送别的比写悼亡的还要多。宝玉在对于青春的消逝的忧苦中加进对虚拟的却是必然铁定的各自东西再难聚首的前景的不幸预感,我们可以说,这是预支了的惜别情感,他的呆痴,果然又进了一层。

　　《红楼梦》颇写了几个冒傻气的人物。傻大姐之傻在于她的智商知识乃至生理成熟程度大大低于常人,以致捡了绣春囊而不知其为何物——道德上她反倒止于至善了。薛蟠之傻(见第四十七回"呆霸王调情遭苦打")在于他的粗鲁浅薄,在于他缺文化、缺教养、缺细腻的感情。一些老婆子之傻在于她们的不知自量——如芳官干娘抢宝玉之汤吹之而大出其丑。刘姥姥之傻其实是精,妙语解颐,讨好贾母,这一点与凤姐无异,与莎士比亚戏剧中的国王近侍弄臣无异。宝玉的傻、宝玉的呆却在于他的感情之深,思虑之深,悲哀之深,直觉与预感之深。如果他与琏、蓉之辈一样只追求感官享乐,他不会显出呆来。如果他接受袭人的规劝随俗去求功名利禄,他也不会被目为傻——偏偏他看透了功名利禄的空洞虚伪枯燥肮脏。如果他像贾母及多数贾府要员一样"管他呢,咱们且乐一乐"地今朝有酒今朝醉、安富尊荣,他也就不"呆"了——偏偏他对着猁狲思倒树,对着红颜思骷髅。如果他更多地游戏人生,梦幻人生,择如游戏者而游戏之,择如梦幻者而梦幻之,他也不会这样"傻"——偏偏他又撂不开自己的一片情,不单是对黛玉的情而且是对众女孩子的情,而且是对贾母贾政王夫人的情,对自己的阶级的情。他绝望于生活却又有情于生活。他绝望于家世阶级却又不能忘情于自己的家世阶级。他绝望于当时社会流行的价值观念却又无法创造出一套取而代之的自己的价值观念。他绝望于整个人生却又执着于人生中的知己、爱情、友谊乃至亲族感情。他预感到了全部悲剧的结局却并不准备抽身退步也缺少抽身退步的任何实际可能性。他生活在感情的世界中,而感情的世界容不下外交的机变与商业的策略,感情的世界承认和面对的是鲜红的心,从中无法进行转变妥协与狡兔三窟的经营。他预见了全部毁灭却又亲自一步又一步地走向毁灭——有进无退。他的呆傻实际上是他非流俗的表现,是他有一个超常的精神世界感情世界的表现,是他除黛玉外再不可能被任何人理解——虽然在表面上他被众人宠爱——的结果,是他的思虑的深刻性的表现。

　　呆、疯、痴、狂,可以与弱智联系在一起,可以与精神疾患联系在一起,也可以与心智的超常发展联系在一起。天才与疯子自古难以区分。以庸人的眼光看,许多艺术家发明家宗教家都有些狂痴。"常"与"反常"的界限本身就常变化常令人糊涂。智力发育不足与过分发达,道德上全无操守与过分真诚,事业上的一无可取与孜孜不倦都可以被目为反常。一个小偷与居里夫人都可以被目为狂痴。宝玉的悲剧在于他的狂痴,狂痴在于他的更多的悟性,在于他悟到的比别人多却不想不能去做任何事,他的悟性是消极的、无建设性的。如果说他的狂痴带有某种批判性叛逆性,也是既不开花更不结果的批判性,而这种消极的批判性本身,也是应当批判的啊!

这里的另一个问题是,不论是在反社会、反价值的倾向方面,还是在"青春情结"——叹人生之无常、惜韶华之易逝惜花葬花等以及孤独感寂寞感荒谬感(对玉、锁、麒麟的荒谬感)——方面都与宝玉深深共鸣的黛玉,虽有促狭、小性儿之讥,却无呆傻狂痴之嘲。这是因为,第一,当时的社会与家族舆论对男子的行动性积极性的要求要比对女子的要求高得多。女子天天哭天抹泪,感情来感情去则可,男子则不可。第二,黛玉是处境加性别的弱者,她的痛苦表现为哭,而哭既是有节制的又是有发泄的。黛玉之哭是哭得好的,不哭,她更说不出表不出,她更活不下去,哭了,也就不去干更极端更激烈更不能被容许的事。这样,除了"心细""小性儿"以外,"大节"上黛玉却没有多大差池。她虽然不可能像宝钗那样得宠,却也没有招致世俗意义上的大祸。而宝玉肆无忌惮,他又哭又摔又闹又发呆。他发狂时可以摔玉,可以下令把姓林的打出去,可以下令今后除林妹妹外谁也不许姓林。看,他发狂时仍然充满娇骄二气,仍然很明白自己的身份。当然,别人也不会忘记他的身份,以他的身份应具有的形象做参照系来衡量,就更确认他的呆痴。

贾宝玉的呆痴时而表现为一种不顾一切的坦诚,这是最令人感动之处。当紫鹃以"你妹妹回苏州家去"的"顽话",将宝玉吓得患了"急痛攻心"的"痰迷"之症以后,宝玉的表现与其说是更痴更呆不如说是更真更切。他索性道出了自己的心愿,永远不与黛玉分离,永远与黛玉在一起,他痛恨、他恐惧于一切可能暗示黛玉离他而去的东西。薛姨妈说:"宝玉本来心实……这会子热剌剌的说一个去,别说他是个实心的傻孩子,便是冷心肠的大人也要伤心……"病了,更显出实心眼来了,或者用贾母的话,显出宝玉的"呆根子"来了。把这个等式倒转来读,心太实,便是呆,便是精神病了。直言不讳,哪怕以一种乖戾的方式表达自己的实心,而不怕嘲笑讥讽反对,这是一个精神病人的特权(而精神正常的人是无权这样实心眼的),也是一个病态的社会、一种病态的文化下的精神病人的特征。这能够不令人慨叹吗?这能够不吸引文学描写的笔触吗?

这次是宝玉精神病史上最严重的一页记录。还有一次是遇祟,遇祟那次只喊头痛,没有心理活动的迹象。"有时宝玉睡去,必从梦中惊醒,不是哭了说黛玉已去,便是说有人来接。每一惊时必得紫鹃安慰一番方罢"。宝玉的精神是太脆弱了,能够成为他的精神寄托、灵魂寄托的事情太少了,他的感情又确实是太深挚了——他既能泛爱又能专爱,既能普遍审美又能专向一心,既能潇洒游戏又能以命相托——他变得更可爱些了。而一个这样的人能屡屡患痰迷——精神病,能在病中装疯卖傻而又真疯真傻地闹一顿,这也是一种不得已,一种没有办法的办法,甚至似乎又有些令人羡慕了呢。

果然,逐渐痊愈后,"宝玉心下明白,因恐紫鹃回去,故有时或作佯狂之态"。什么叫狂?什么叫佯狂?实也难分。依笔者的愚见,佯狂也是一种狂。一点不狂的话,又何必佯狂?而狂中也难免佯的因素。否则,宝玉病时,怎么不喊把黛玉"打出去"而只喊把接黛玉走的人"打出去"?叫做:

佯狂本亦狂,痴狂亦须佯,
不佯又不狂,如何哭悲凉?
如何诉荒唐?

贾宝玉的唯情主义

说宝玉"实心""呆根子",但宝玉又非常富有想象力和体贴入微的对于人特别是对女性的感情世界的理解。第五十八回宝玉见了杏花全落,"绿叶成荫子满枝",便联想到韶光之易逝,"不免伤心""流泪叹息"。这时有一雀儿落在枝上乱啼,宝玉竟认定"这雀儿必定是杏花开时他曾来过……这声韵必是啼哭之声……但不知明年再发时,这个雀儿可还记得飞到这里与杏花一会了?"既有点病态的想入非非,又想得深情细腻,可谓以情眼观之,无物不情,以灵眼观之,无物不灵。贾宝玉的眼睛,给了万物以生命。

然后巧遇藕官烧纸钱,他保护一番。及至了解到藕官是为演戏时曾扮演自己的妻子的药官的夭折而烧纸时,他不以为痴,不以为狂,反而大为感动,大为称赞,一直联想到"天既生这样人,又何用我这须眉浊物玷辱世界"。宝玉的"唯情论""唯女孩儿论"真够突出了。

大观园的"窝里斗"

《红楼梦》全书进行到一半,到了中腰处,第五十八、五十九、六十、六十一共四回中,相当详细地描写了大观园中众奴婢婆子的纠纷。第六十二回以后,又详细地描写了以王熙凤为中心的主子间的纠纷,特别是凤姐与贾琏、尤二姐,凤姐与邢夫人间的纠纷。所有这些,为第七十四回抄检大观园做了铺垫,而由邢夫人发起的意在查抄淫秽物品的窝主、维护风化的抄检大观园,又为第一百零五回锦衣军查抄宁国府做了铺垫。这里,下人间的争风吃醋、争权夺利、争宠斗计以及欺上瞒下、挑拨离间、结党营私……本身就是贾氏家族败落过程的一个有机组成部分,或者可以说这些事也是败落的一个根源,却又是败落的一个结果。

在中国的封建社会,依靠官职、身份和辈分维持着封建人际关系。这里,一方面是长幼有别,尊卑有序,通过对于平等观念的否定来达到人间秩序的稳定。每个人都有自己的地位,每个人都应认识自己的地位并恪守由这种地位规定的伦理化了的社会义务,因而这种秩序似乎是很牢靠的。另一方面,由于上层、由于在这个秩序的链条中居于高位的那些人的腐烂,也由于生活在这个链条上的人们缺乏公平竞争上进的机会,除了靠与生俱来的门第以外只能靠主子的青睐、靠主子的神经纤维的无规律运作来为自己争取更好的前程,此外没有上进之路。这样,下人们的风气之坏,下人们的难于团结合作,完全不亚于主子们。而由于下人们文化素质低,他们的这种"窝里斗"的天性,就更加粗鄙不堪。

第五十八回,因宫中一位老太妃死去,贾母、邢、王、尤诸婆媳祖孙等皆每日入朝随祭。荣宁两府主人"不暇",执事人等"各各忙乱""两处下人无了正经头绪,也都偷安,或乘隙结党,与权暂执事者窃弄威福……或赚骗无节,或呈告无据,或举荐无因,种种不善,在在生事……"第五十九回平儿说:"这三四日工夫,一共出来了大小八九件(事件)了,你这里是极小的……还有大的可气可笑之事。"这些描写说明,当上层主子们的统治一旦削弱,秩序就会瓦解,"邪气"就会上升,各种矛盾就会公开化尖锐化,呈现出一种全面混乱的景象。

首先是"秩序"本身所具有的自相矛盾之点。探春搞了"承包",把大观园的植物、水域资源包给婆子们经营。这种承包的基础是"利",因为除完成种种上缴任务外结余归己,受到人们的欢迎,叫做"家人欢声鼎沸"。但这种赤裸裸的利害关系与封建家庭的情面关系、尊卑长幼不可平等的阶级(辈分)服从关系及超经济的特权观念是相矛盾的。要搞好"承包"就得重合同、轻情面,重制度、轻特权,这在贾府如何行得通?作者的同情显然也不在探春倡导的承包制方面。探春太冷静,太一丝不苟地维护秩序而缺少浪漫气息与人情味。而封建秩序又重"人治",一牵扯到活人就会有各种弹性、各种随机性乃至或浪漫温情或专横残酷的色彩。温情与残暴其实都是对秩序的破坏,都是将意志置于秩序之上。第五十九回"柳叶渚边嗔莺咤燕",莺儿雨后"伸手挽翠披金,采了许多嫩(柳)条……随路见花便采一二枝,编出一个玲珑过梁的篮子",连黛玉也夸赞莺儿手巧,"这顽意儿却也别致"。孤立地看,这是何等诗意,何等可人!但她这样毁坏柳条,却损害了承包者的利益。而承包的婆子,如春燕所说:"一得了这地方,比得了永远基业还厉害,每日早起晚睡……生恐有人糟踏……老姑嫂两个照顾得谨谨慎慎,一根草也不许人动……"这种关于"承包"后的积极性的描写,即真实又感人。"比得了永远基业还厉害",那是因为拥有"永远基业"者活得太容易,又要撑面子讲人情,不像毫无"基业"而好不容易包上一块"地方"的人那样认真管理。果然,春燕娘、春燕姑妈与莺儿、春燕之间爆发了一场大冲突,连宝玉、平儿、袭人等也卷入了。到第六十一回,柳家的也参加抨击"承包"制,说"承包"后"……把这些东西分给了众奶奶了。一个个的不像抓破了脸似的,人打树底下一过,两眼就像那鹥鸡似的……"这段描写使人想起当代张炜的小说《一潭清水》。承包制毁坏了小孩子"瓜魔"与老瓜匠的友谊。小说与经济学,显然也可以各有侧重。

其次,长与幼相比,长在上而幼在下。如此说来,许多丫环应该听她们的娘、姨、姑婆子们的话。主与奴相比,主当然在上,奴应该听主子的话。这两条原则在贾府又互相矛盾起来了。因为贾家主子们喜欢年轻丫环而不喜欢婆子,能够获得在主子身边工作的殊荣的是年轻貌美的丫环而不是资深的婆子们。婆子们如何能不嫉妒、不闹气?李嬷嬷与袭人已经闹过。芳官的干娘与芳官大闹一场,闹的当中还掺杂了对"文艺工作者"的鄙视。五十八回中,芳官干娘骂道:"怪不得人人说戏子没一个好缠的。凭你什么好人,入了这一行,都弄坏了。"本来此婆子骂的话符合将"优""娼"等同的封建正统观念的,偏偏却不符合贾府主子特别是宝玉大少爷的意志。然后发展成嗔莺咤燕之争,宝玉和他的"大丫头"们全出了马,并盗以平儿的名义,给婆子们以严重打击。事情至此并未结束,虽然看起来少女们已大获全胜,而婆子们狼狈出丑,但窝里斗并没有斗完,而是方兴未艾。

于是夏婆子挑唆了赵姨娘去打芳官。众戏子丫头大闹赵姨娘。探春批评赵姨娘。艾官向探春报告夏婆子所起的恶劣作用。探春的小丫环蝉姐儿却是夏婆的外孙女,站在外婆一边,立刻送去情报。也是"我中有你,你中有我"——都是"内争"嘛。接着在厨房中芳官以骄娇姿态向蝉姐儿挑衅,发生了"热糕事件",青、老女人之争变成了"青青"之争,得宠的芳官与未得宠的蝉姐儿之争。厨房中柳家的因女儿五儿的姿色,通过芳官走后门为女儿求职,柳氏母女便也站到了主流派一队。玫瑰露、茯苓霜,从后门得到的好处几乎酿成了一起冤案,叫做弄巧成拙。平儿的处理固然显示了平儿的为人与处世哲学,焉知不因为平儿也是主流派的重要人物,她自觉不自觉地要维护主流派的利益与颜面。探春是独立大队,义正词严,不站在凤姐一边也不站在邢夫人一边,不站在赵姨娘夏婆子一边也不站在芳官柳家的一边,连凤姐也要避让她三分。这种独立性是她的政治资本却也是她缺少政治实力的表现。她统治有"术"却毕竟没有多少"权"与"力"。这中间插入了司棋对厨房进行打砸抢事件,反映了另一领域的青青之争,非主流派与主流派之争。司棋是迎春的头号大丫环,位与袭人相等,势却远远落后。她与对芳官都要拍溜的柳家的之争当非偶然。由于迎春软弱,依靠无望,她只好自己跳出来耍光棍。看来这种打砸抢的"政治"也是源远流长。秦显家的趁柳家的之危夺权半天的描写极简短却意味深长,入木三分。一接管厨房先办两件事,一是否定前任:"查出许多亏空来"。二是给小帮派人员送礼:"打点送林之孝家的礼……又打点送帐房的礼";又预备几样菜蔬请几位同事的人,说:"我来了,全仗列位扶持。自今以后都是一家人了……"又打又拉,很有点"有权不用,过期作废"("文化大革命"中一些造反派的语言)的意思。正乱着,忽得通知,柳嫂子"官"复原职,她得卷铺盖滚蛋了。"秦显家的听了,轰去魂魄,垂头丧气,登时掩(疑为偃之误)旗息鼓,卷包而出。送人之物白丢了许多,自己倒要折变了赔补亏空。"这些描写如此精彩,如此被传诵,却似仍不能被"秦显家的"的后裔们所重视,秦显家的子孙们似仍不准备从中汲取点教训,仍时时做着伸手夺权的梦。无他,见利忘义,见眼前小利而忘长远利益,亦人之常也。

那么,回过头来说,玫瑰露、茯苓霜,到底是不是什么大事?芳官利用她在宝玉处的得宠,经宝玉允许拿出玫瑰露给了柳五儿。柳家的转送给自己娘家哥哥,五儿其实是不愿意的。小小这么一件事,柳家母女也是有矛盾的。柳家的哥哥报之以茯苓霜——是"粤东的官儿来拜"时除给主子们贡献外又"余外给了门上人一篓作门礼"的。芳官给五儿玫瑰露,五儿舅舅给五儿茯苓霜,其实都是合法的。只因凑上彩云为贾环偷了王夫人的玫瑰露偏又引起玉钏儿的干系,才把事情复杂化了的。这样,一场"露霜"之争直到把五儿看管起来,派秦显家的夺柳家的权,都带有虚惊一场乃至庸人自扰的性质。说了归齐,事情本身不大,相互之间矛盾大,故把小事也闹大了。这样,平儿的大事化小、小事化无,"方是兴旺之家"论就是正确的与必要的了。王熙凤这样一个"鹰派",确实需要平儿这样一个"鸽派"来帮衬。

另一方面,"合法"走漏霜露的同时也反映了许多积弊。奴仆与主子们的内部矛盾随时处于一触即发的状态。粤东官儿们不但要给贾府主子送礼而且要给"门上人"送门礼,如此雁过拔毛、层层分利的风气何其腐烂。过量的消费品必然引起对消费品管理不善的后果,王夫人房中少了玫瑰露,这个发现带有很大的偶然性,此外还不知道少了多少东西没有被发现呢。消费的膨胀必然引起管理的粗疏,因为享乐本身与加强管理有矛盾。加强管理是很辛苦的,而享乐需要坐享其成,不问政务。消费膨胀本身就是崩坏松弛到处留空隙的根源。凤姐上拉关系下压奴仆,以势来管理。探春兴利除弊,以制与术来管理。平儿起平衡缓解掩饰矛盾的作用。宝钗袭人在各自有限的范围内也起这种作用,宝钗则更注重明哲保身与自我保护。王夫人、李纨起一些陪同执政的偶像作用或橡皮图章作用。关键时刻王夫人直接管理——往往事情变得更糟。邢夫人伺机介入或干预一下管理,既自私又浅薄又带着情绪,因此她的介入干预也往往把管理搞得更糟,其余的主子则只知消费享乐。而且,除了贾政一人之外,没有人注意对园中诸人进行伦理道德的教育与约束,而贾政的教育既不受欢迎又毫无实效。王夫人只知保护宝玉不受污染,却偏听偏信指挥无度。邢夫人借维护风化之大旗来达到一己的目的——打击主流派,夺回一点权势。如此之各怀苟且,如此之素质低下,如此之目光如豆,怎么能不令人慨叹大厦将倾、回天乏术呢!

薛宝钗的精明与节制

无论人们从浪漫的、性情的乃至"路线斗争"的观点出发对宝钗如何贬抑,宝钗的清醒与明哲保身之高人一等仍是常常令人叹服。六十二回宝钗对宝玉说:"你只知道玫瑰露和茯苓霜两件,乃因人而及物。若非因人,你连这两件还不知道呢……"旁观者清,对于贾府中的种种事端,宝钗是一清二楚的。从这句话中,也留给读者以想象叹息的余地,究竟霜、露以外,还出了些什么怪事纠纷呢?《红楼梦》貌似什么事都写得那么实、那么细,却仍然略去了许多过节,留下了空白。宝钗清楚一切却绝不介入,而是要把自己的角门牢牢锁上,用"关门主义"来求得自身的清白与太平——"纵有了事,就赖不着这边的人了"。保持界限,保持距离,乃是自我保护的良方。说是完全不介入吧,却又把一些情况告诉了宝玉和平儿:"你也是不管事的人,我才告诉你。平儿是个明白人,我前儿也告诉了他,皆因他奶奶不在外头,所以使他明白了。若不犯出来(指事发——笔者注),大家乐得丢开手。若犯出来,他心里已有了稿子,自有头绪……"这样,宝钗就既没有闲置自己的聪明与信息灵通,也没有因自己的信息传播而挑起新的事端、伤害或得罪更多的人,更没有卷入陷入什么纷争,而是实际上与平儿这位善搞平衡、颇有人望的人物结盟,实际上充当了平儿的顾问或者老师,在贾府的诸种冲突中起了她所能起的"健康"作用,而不起她不能起或不应起的作用。由她告诉平儿,说明此外再无其他主子或半主子掌握情况,在获得信息方面,宝钗是独占鳌头。(为什么?因为她留意?因为她有线民、耳目?)在行动方面,她极有限。知之不厌其多,行之不厌其少,高!知止而后有定。行于所当行,止于所不可不止,自然就镇定自若。看来在掌握信息方面她是贪婪的,在运用信息方面,她是吝啬的,慎重有加的。在掌握信息方面她处于攻势——否则,既锁上门,又管门外的事做甚?在行动上,她处于守势,以守为攻。不论有意无意,她是在取得人心,用摩登的话来说就是拉选票。也可以说她无意于拉选票,无心为此。无意就更厉害,更高级,无为而无不为。除了平儿她告诉了宝玉,表面上她说是因为宝玉"是不管事的",也因为宝玉问她为什么要锁门,实际上这也是和宝玉的结盟,显示自己的高尚的操守与清明如镜的头脑,也显示自己对宝玉的信任与亲昵。做人做事能达到这个档次,仅用心术、城府是解释不了的。不能否认否定宝钗对众人的善意,对自己的节制,出污泥而不染的清高,息事宁人的处世哲学。当然,即使都像宝钗这样,也同样无力制止贾府的衰败走向,无法挽救贾府的使命,这不是宝钗所应该担负所能够完成的,我们无法以此来要求并责备宝钗。但从另一方面想,如果更多的人采取宝钗的这种健全的防守式的生活态度,抵制腐烂,抵制窝里斗,抵制可能有的乘隙而入的谗言,大家都"御敌于国门之外",都管好自己,每个人的门前雪都扫得清清爽爽,贾府还会那样无可挽回地衰败下去吗?再反过来说,贾府的一些人专喜好腐烂奢华,又喜欢听谗言小汇报,又专门反别人的腐烂、反别人的嚼舌头,专门查别人攻别人——例如艾官向探春汇报检举夏婆,例如翠墨向夏婆的外孙女蝉姐儿通风检举艾官,例如王夫人听了袭人的汇报就信服了并酝酿了一套措施,例如邢夫人抓住绣春囊事件将王夫人的军——

不是越搞越乱,越搞越没有救了吗?

贾宝玉的生日与史湘云的醉卧

乐极生悲,悲极生乐;情极生政,政极生情;俗极生雅,雅极生欲;喜极生怒,怒极生喜……这是《红楼梦》叙述结构中惯用的相反相接的手法。《红楼梦》两大部分,一部分偏重写情,写宝玉和十二钗,写青春写智慧写生活情趣写自然风光写内心世界,笔触是抒情的、细腻的、有时是浪漫的与理想的。一部分偏重写政,写王熙凤、探春、其他主子、奴婢间的纵横捭阖亲疏仇爱,笔触是纪实的、细致的、深刻准确到了入木三分的程度的。一些喜欢"情"的青年读者,往往看到连篇累牍地描写各种家政家事勾心斗角时耐不住心而将书页翻转过去。而成人之后,人们又会乐于分析这些春秋战国式的人际关系,而视宝玉的感情故事为荒唐幼稚无意义。

一连几回写由于上层管理放松后奴婢中勾心斗角的激化以后,作者笔锋一转又写起青年们、少女少妇们围绕宝玉的生日开展的活动来。为什么宝玉生日又拉扯出宝琴和平儿,三个人竟是同一天生日,而又说黛玉与袭人也是同一天生日?这事交代得怪突然,令读者不解。也许只是"事实"(或实际生活中的原型人物的事实)如此,并无深意?也许这又表现了曹雪芹喜欢捉对、喜欢把一个人与他人拉扯在一块通过联系对比来更深刻地展示人物的命运与性格的创作路数?于是有了贾宝玉还有甄宝玉,有了金锁还有金麒麟,有了黛玉掣出的签是芙蓉还有晴雯死后"管"芙蓉;于是连人物的生日也是集束起来表现了?

吃酒行令写了不知凡几,居然每次写得津津有味,不仅作为文学描写人物描写写得好,作为酒令集锦、酒令大全也够精彩的了。向大观园学学怎样吃酒吧,比现时一些人的酒态酒令高级得多呢。

大观园里生活的公子小姐们的天地是很小的。他们不可能想象

"广阔天地炼红心"或"经风雨、见世面"。他们与大自然实际是隔绝的,这实在是他们的悲哀。

因此,"憨湘云醉眠芍药裀"一回,就特别令人难忘。湘云痛饮后倒在山子后头青板石凳上睡着,四面芍药花飞了一身,手中扇子落到地上,半被落花埋起,一群蜂蝶闹嚷嚷围着她飞,又用鲛帕包了一包芍药花瓣做枕头……真是全大观园唯一的至纯至美的自然之子的形象!光明的青春之神的形象!自由与欢乐的形象!它成为《红楼梦》全书的一个明亮的光斑,令人羡赏,令人欣然。而这样一个美善光明的形象,既是由天真爽快的史湘云完成的,又是由大观园的山、石、花、蜂、蝶以及天光水色完成的。读了这一段,真像是一股清泉,清洗掉了贾珍的荒淫、贾蓉的下作、贾琏的龌龊、凤姐的恶毒,大观园的奴才们的各怀鬼胎、战云密布,也清洗掉了宝黛爱情中的无限忧愁悲苦,你甚至想不到《红楼梦》中竟有这等人物这等场面!这就比那种写悲就一悲到底,写讽就字字带刺,要执着就句句皱紧眉头,要深刻就行行绞尽脑汁的写法要高明、阔大、自如得多!

紧接着香菱等四五个人坐在花草堆中斗草,也颇有天趣。与人事相比,还是自然草木更可爱些。

"天机"及其泄露

第六十三回"寿怡红群芳开夜宴",引起了学者对研究该宴的座次的兴趣,不知道这属不属于数学范畴,序与量,按说都是数的范畴。作为又一种酒令的掣签,则又成为一次占卜、预言、猜谜的游戏。迷信的占卜,诚然是愚弄人的把戏。从心理学角度看,对自己的与他人的未来试图有所预计、猜测、估计都是人之常情,而作家至少在某种文学观念中,确是自己的书中人物的上帝,他塑造了这些人物并深知这些人物的命运。他是不是有权力给自己的人物以种种灵验的预告呢?他是不是有权力拉上读者一起猜测揣摩自己塑造的人物的命运呢？而汉字的象形性、隐喻性、更丰富的符号性与多义性（不像拼音文字只是音的符号，汉字是"义"的符号）不是更适合成为卦辞，成为不可泄露却又终于多少泄露出来的"天机"吗？作者既然没有选取用大的起伏、大的情节悬念来吊读者胃口的路子，那么，为何不用这些文文雅雅的小趣味小神秘小花头来增加读者的阅读趣味呢？

此外，作为一个对于红学考证知之甚少的读者，我还有一个直觉判断。曹雪芹深知他写得太庞杂、太细致了，愈写，愈陷到生活的大海里，感情的大海里，越写就越是左右逢源，天花乱坠。这是一个作家的最大幸福，这也给了作家以极大的心理压力：他有可能越写越多、越滚越大，变成自己无力背负的重担。第一，他有可能写不到终篇，越写越无边无沿，看不到尽头。第二，他可能在记忆与想象，经验与超验的大海中迷了路，枝枝杈杈，无法再理出头绪来。第三，最重要的人物即金陵十二钗，他可能无力、无心乃或不忍——写出她们的预定的结局。因此，他必须边写边为自己竖指路牌，就像在长途驾驶时行进一段就拿出地图来对照着看看路标一样。看地图找路标才能认清自己到了哪里，走向哪里，看地图路标也才能让乘坐自己的车的客人放心，弄明方向，不致产生急躁不耐烦的情绪。而《红楼梦》中的这些暗示人物命运的诗、曲、谜、卦，就是这样的地图上的标志或这样的长途中的路标。没有它们，作者和读者说不定会沉没到小说所描写的生活的大海里。

甚至于我们可以说，这些带有预言占卜性的曲词、判语、谜语、谶语、酒令、戏文，正是准备着后四十回的佚散，准备着高鹗续作的种种公案，准备着一代又一代的"红学"研讨。如果后四十回没有佚散，如果每段预言式的文字都能在后四十回中找到贴切的验证。如果每一桩公案都已了如指掌，这些预言又何劳一顾、有什么可研究可争论的呢？这些预言又有什么珍贵什么神秘什么吸引力呢？反过来说，如果没有这些预言预兆性的文字，丢了的四十回（即使又找到一些断简残编）谁能续得上？谁有办法研究作者意图中的结局？《战争

111

与和平》凡四卷,丢了第四卷,有办法续吗?(哪怕续得不太理想。)

后四十回究竟是丢了还是压根儿就没完成,甚至压根儿曹雪芹就没想把它完成呢?我不知道史家和考证家是怎么说的。反正作为读者和作家,我更愿意想象是后者。这种"未完成交响乐",引起了多少回响!实在比完成了,比完好无缺强得多呢!

芳官与芳官的称谓

芳官也是一个重要人物,作者正面写她并不多,特别是没有从人物自身的角度写过她"心想"如何,"正欲"如何,"不料"如何,没有写过她的感觉,她的情绪,她的动机,却写出了她给旁人的感觉,引起了的旁人的情绪。就是说,并没有把她作为一个"主体"来写。第六十回写芳官与赵姨娘的冲突,她能顶能撞,泼哭泼闹,是个不吃亏的。后来她去到厨房中,掰碎热糕"掷着打雀儿顽",一副任性得宠样子,气得蝉姐儿咒她。芳官帮五儿走后门,显示了她一进怡红院就取得了相当的地位。第六十三回"寿怡红群芳开夜宴"中,主子与婢仆平等作乐,天赋人权,玩得十分开心,此中最突出的人物是芳官。此回简单描写了宝玉的穿戴,却详细而且富有色彩与活力地描写了芳官的穿戴。众人评道:"他两个倒像是双生的弟兄两个",芳官从外形上成了宝玉第二——又一个甄宝玉了。芳官即席唱了《赏花时》,宝玉"听了这曲子,眼看着芳官不语"。芳官唱得如何,歌喉表情风姿如何,没有写,雅妙的曲词与宝玉的反应却烘托出她演唱的成功。宝玉的无语不语比击节赞赏更美妙隽永,真个是好话是银子而沉默是金子了。酒后芳官与宝玉同榻而眠,优宠何加!之后宝玉一会儿把芳官扮成男孩,一会儿给她起个少数民族的"胡语"名字"耶律雄奴",一会儿给她起了个法语名字"温都里纳"——金星玻璃,真是爱芳官爱得不知怎么好了。此书前面部分我们知道,在宝玉房中一个丫环求得些"体面"是颇不容易的,小红侍候了一下宝玉就受到秋纹等人的抢白,最后她只得改换门庭,投奔了凤姐,投奔凤姐后无善可陈,悄然淹没。但芳官作为原来并无地位的戏子,一"转业"来至宝玉处就后来居上,荣宠交加,居然没有引起资深的大丫头袭人、晴雯、麝月、秋纹、碧痕等的嫉妒排挤,可见她一是确有真才实貌,有相当的本钱,不可等闲视之;二是她的性格确有某种魅力,或做人确有某种道行,能讨人喜欢,能化解或征服敌意。看来主要是前者,并非有意为之。好个小芳官,也算个人才了。

改名改装引起了连锁反应。湘云宝琴等亦把侍候自己的葵官改成大英,荳官改成荳童,全是女扮男装。中国封建社会男尊女卑,女扮男装反映了女性对男性的趋迎心理,也反映了性别变化的幻想,使人联想到现代的变性人、变性手术。湘云宝琴无缘用男童当差,便以假代真,虚拟现实,心理补偿。宝玉爱芳官并希望突破男女界限,使芳官能更充分更方便地陪伴他,也需要某些时候把她男性化一下,何况芳官原是演员,可以演这个也可以演那个,可以是男,可以是女,可以是中原人、"胡人",也可以是"福朗思牙"——法兰西人。这正是演员本人及演员这个职业的魅力。他是他本人,他又是他人,不是他本人。A就是A,A不是非A,A不能又是B又不是B,形式逻辑的同一律、否定律与排中律限制不了人们突破自己的(或别人的)确定性与局限性的想象和实践,限制不了演员的生涯与艺术。芳官是芳官,是女,又是宝玉的孪生兄弟,是小厮,又是胡人耶律雄奴,又是法兰西人温都里纳。这样的芳官,一身而二任三任,何等可贵!何等丰富!这样写人,何等自由,何等洒脱!

好景不长,抄检大观园,清洗大观园,芳官等戏子与晴雯是重点清理对象,到第七十七回,"美优伶斩情归水月",芳官藕官蕊官,寻死觅活地要剪了头发去做尼姑,王夫人听了骂道:"胡说!那里由得他们胡来……每人打一顿给他们,看还闹不闹了……"而水月庵的智通、圆心"巴不得又拐两个女孩子去做活使唤",王夫人听了"两个拐子的话",最后同意了三人出家——作者写得清白,名为进"佛门",实际被"拐子"拐骗走了。

芳官的美在于天真,在于一切率性而为,在于身为奴婢而毫无奴相奴气。她的表现充分说明了她在心底认为自己是和宝玉一样的人。没有奴相奴气的奴婢是宝玉认为可爱的,却不是王夫人和她所代表的封建秩序所能爱能容的。没有奴相奴气的奴婢仍然是奴婢,越没有奴相奴气越不能逃脱奴婢的被宰割被践踏被任意揉搓的命运。奴婢面前只留下一条路,便是加强奴婢意识,处处以忠顺的奴婢自居,像袭人(还有平儿)那样,庶几才能消灾免祸,才能保个脑袋与屁股的完整。悲夫!

七　关于"红楼二尤"

一个插曲与变奏

第六十四回后半至第六十九回，集中写了"红楼二尤"的故事，可以算一个插曲，一个变奏，颇具特殊性。二尤是从外面的广阔得多的社会中来的，她们虽是贾珍之妻尤氏的亲戚，却更具平民性。尤老娘本身就再嫁过，二尤都有"淫"方面的记录，说明封建正统道德观念对她们的钳制并不那么严格。第六十三回写贾蓉一面办着爷爷贾敬的丧事，一面与二尤打情骂俏，撕嘴舔砂仁，无所不至其极。如此看来，说二尤更加"开放"许多，乃至说她们身上有某些流里流气亦不过分。这种流气化的女性为正统观念所不容，却为贾珍贾琏贾蓉等所需要——在这里，非道德化乃是对于假招子的却又是枯燥乏味的伪道德的补充。当然，二尤又与"鲍二家的"之流的那种单纯生理机能式的人化器官不同。尤二姐尤三姐颇有性格与聪明，颇有可悲可叹乃至可敬的遭遇。特别是尤三姐身上的光辉（带点邪光也罢）甚至是"气压群芳"，即使与十二钗相比也不逊色，她是独树一帜，独具一格。反过来，又与十二钗等园内小姐、奶奶、丫环等封闭天地中的封闭人物互为对比衬托。

封建道德观念对女子们的约束实在是太多了，从个性解放的角度来看大观园中的众女性，几乎人人是畸形的、扭曲了的。要想解放一点，那时的女子们是没有别的精神仗持与精神武器的，除非是"自甘堕落",除非是厚颜无耻,除非是向非道德向流氓意识流氓习气认同。这样说来,二尤的表现也是一种人性的扭曲。看,当尤三姐一旦说破了自己的心事,明确了自己的追求——"思嫁柳二郎",她立即变成了另一个人,与流里流气的旧日相比,她实现了脱胎换骨,立地成佛!二尤以半流氓的姿态向封建正统观念挑一点战,宝玉以痴狂娇纵的姿态挑一点战,黛玉晴雯以任性的小姐脾气(晴雯是"小姐脾气丫环命"啊)挑一点战,芳官以天真无邪的姿态而惜春妙玉以冷面冷心的姿态(其实妙玉并不冷)挑一点战,说明在强大的封建道德观念面前,对立面可以进行挑战与寻求突破的思想力量是何等贫弱!这客观上倒也是对崭新的意识形态的呼唤了。

少时读《红楼梦》,至二尤处往往只是匆匆翻过。一是由于道德的洁癖,二是由于对多妻制的生理厌恶。什么"妾"呀,"二房"呀,这些词令人作呕。三是由于大观园内众人物的事已经够吸引人的了,谁料又凭空杀出二尤来!四是由于二尤的戏剧性故事与全书的生活化描写不甚谐调。及长,方知二尤故事的重要与精彩。这里别有角落,别有甘苦,别有寒热血性!呜呼,不论道德上的观念上的还是阅读顺序上的洁癖,都是不利于文学阅读的。当然,追腥逐臭的阅读就更要不得。

《红楼梦》人物的性格与性格化手法

性格化是写实的要求。人物性格本身就是现实,是现实主义文学目光的聚焦点。但写起性格来难免有所过滤、夸张,渲染勾勒的结果终将更文学更小说而更不写实。《红楼梦》中王熙凤写得最像活人,几面都写到了,既写到了她的左右逢源、无往而不胜,又写到了她的四面楚歌、危机四伏。贾母也写得好,声气栩栩。写宝钗似乎太强调了她的城府。少年老成和永远正确绝对正确,使人产生不相信她是个十几岁的女孩子的感觉,甚至使人毛骨悚然。宝钗太"净化"

了。袭人同类性格,由于"初试云雨情",由于被李嬷嬷痛骂,由于挨了宝玉一个"窝心脚",由于常被晴雯嘲弄挖苦,就显得真实得多。她后来改嫁蒋玉菡自然不足为病,一些文人以此来贬斥她实在是本身的观念陈腐冬烘,她的丑陋主要在于给王夫人打小报告,这个小报告颠倒黑白、贼喊捉贼,从舆论上思想上将王夫人推向砍杀晴雯芳官司棋的位置,将黛玉同样推向了岌岌可危与不名誉的处境。或者可以说,袭人的汇报,为抄检大观园做了思想铺垫,而她因此得了便宜,得了残羹剩饭、旧衣裳与特殊补助费二两银子一吊钱——厌袭人者或讥之为特务活动经费。其实很难说袭人是有意做特务,这种无意的特务活动,这种随着这个家族的观念、习惯、运转机制而自然而然地出现的特务行为与特务人才,确实比有意的特务任命与特务安排更可怕。

其他人物性格描写之绝妙,不可胜数。唯赵姨娘、贾环、贾赦、邢夫人、王善保等嫌脸谱化或简单化,几个人物一出现就尴尬,一出现就丢丑,而且一出现就失败。显然作者不待见她们,倾向性过于明显。如贾环制个灯谜也搞得不通,这种带偏见的描写甚至使读者觉得作者是有意糟践他。连看电视剧时我都同情可怜巴巴的贾环。

尤三姐的性格描写则是另一种情况,泼辣刚烈,痛快淋漓,一扫大观园的酸文假醋,慵懒委靡。大开大合,大闹大悲,大转大变,她的个性与遭遇极富戏剧性,作为"红楼戏","二尤"或"尤三姐"很适合搬上戏曲舞台。也许正是这种突出的戏剧性,这种表现上的戏剧性夸张,使尤三姐的性格的可信性受到一些影响。尤三姐开始出场时是个巾帼豪杰,也不妨说是个女流氓。第六十五回写尤三姐"无耻老辣","竟真是她嫖了男人,并非男人淫了她",令人咋舌。在男女关系问题上,一切以男性为中心的占有、玩弄、欺凌、糟践观念占统治地位的时候,三姐能掌握主动,以攻为守,也着实火辣辣地来劲,男可以嫖女女也可以嫖男,这种性观念其实是进了一步。"思嫁柳二郎"并说破了以后,她立刻变成了另一个人,一百八十度的转变,既很有性格又令人觉终是经过作者处理分明的结果。一个小说人物前后判若两人,可与比类的似乎只有《悲惨世界》中的冉阿让与《复活》中的聂赫留道夫。但这两个人物的"恶"的描写不过虚虚带过,作家雨果与托尔斯泰下功夫的还是写他们忏悔后的至善至圣,仍然不像尤三姐前后对比是如此之泾渭分明。以三姐的性格能够在对柳湘莲的爱情的净化下立地成佛么?不太可信。柳二郎悔婚也未必就是冷面冷心。从他与薛蟠的关系上,我们已经晓得,柳湘莲是相当洁身自好的。

  尤三姐之死也很戏剧化。"揉碎桃花红满地,玉山倾倒再难扶",这种语言富有传统戏曲的间离审美效果,实在不是现实主义更不是体验入微的"斯坦尼斯拉夫斯基"。只见尤三姐"连忙摘下剑来,将一股雌锋隐在肘内……左手将剑并鞘送与湘莲,右手回肘只往项上一横……"这几句三姐自刎的细节描写也嫌粗略失真,甚至让人觉着写得太轻巧艳丽,缺少与现实主义不可分的人道主义的分量。细节上似也不尽可信:在两个男人近前自杀会是那么容易,那么干脆利索的吗?贾琏、湘莲竟然连拦阻的意图也没表示,是他们不想拦还是三姐剑法如电呢?顺手一抹,就能断气?此剑莫非是干将莫邪,如此"吹毛断玉,削铁如泥"?柳湘莲毕竟不是刺客不是武官不是《水浒传》中人物,佩戴实战性能如此出色的武器做什么?又如何将这样的武器作为订婚的信物?如果用实战用的剑做订婚信物,不等于现今用装好子弹的冲锋枪做婚姻礼物吗?尤三姐这么会用剑吗?她这样熟悉解剖学能迅雷不及掩耳般地一下割断动脉吗?割断动脉一下子会喷出多少血来,贾琏尤二姐湘莲还能那样冷静地讨论责任问题吗?即使一下割断动脉,也不会马上变成死寂的僵尸,自杀者的四肢、身体乃至声音语言还会有种种弥留之际的蠕动活动响动,怎么一个字都没写呢?再对比一下曹雪芹写服装写吃喝写做诗等场面的细致入微,不能不令人怀疑尤三姐的结局与其说是出自作者的见闻,不如说是出自作者的想象了。

在写作手法乃至创作方法上,《红楼梦》既自成一体又不拘一格:写人物或虚(秦可卿)或实(王熙凤),或浓(尤三姐)或淡(尤二姐),或庄(贾政、王夫人、元春)或谐(薛蟠、贾蓉、茗烟),或客观地旁观地写(宝钗)或钻到人物心里写(宝玉、黛玉),或正面写(晴雯、袭人)或侧面写(芳官、香菱),或立体地写全面地写,或只写几点(司棋乃至探春),或收(紫鹃、鸳鸯)或纵(几个婆子)……都能为我所用,形成杂多的统一,却也相当不统一不平衡。研究一下尤三姐的性格描写,确有令人不能甚解的地方。

兴儿也"演说荣国府"

自第二回"冷子兴演说荣国府"以后,第三回以林黛玉的眼光写了荣国府的外观气象与一些人物的音容笑貌。第六回、第三十九回两次写刘姥姥眼中的大观园,以致"刘姥姥进大观园"成了一句俗话,进入到我国人民的语汇中。到第六十五回,贾琏的心腹小厮向尤二姐介绍荣府人物,篇幅不大(约三千字),但很精彩,堪称是"兴儿演说荣国府"。兴儿与冷子兴不同,他没有冷子兴的身份,又与刘姥姥不同,他是知情者,不像刘姥姥那样眼花缭乱、目不暇给,他的介绍的特点是通俗、形象、生动、知底细,限于"水平"未必能做出正确的概括与分析判断,有他的下人的角度和局限性。尤二姐说兴儿:"你背着他(指凤姐)这等说他,将来你又不知怎么说我呢。"尤三姐说:"主子宽了,你们又这样。严了,又抱怨。可知难缠。"这些当场揭露,都是对的。但兴儿的介绍仍然提供了重要的乃至全新的信息。兴儿介绍得最多最透最带总结性的是凤姐。他说:"我们共是两班……共是八个,这八个人有几个是奶奶的心腹,有几个是爷的心腹,奶奶的心腹我们不敢惹,爷的心腹奶奶就敢惹。"就在这样一个小小的细胞里,夫妻二位主子也要抓人搞圈子拉帮结派,实是病入膏肓!而这两位主子并非势均力敌。兴儿作为"爷"这边线上的,又是当着尤二姐,当然更要贬低王熙凤。"如今合家大小除了老太太、太太两个人,没有不恨他的……"兴儿就这样介绍了凤姐倚宠伤众的危险处境,埋伏了不美妙的后话。"估着有好事……他先抓尖儿;或有不好事或他自己错了,他便一缩头推到别人身上来……"这段评论有新意,因为到这一回为止,凤姐的这种揽功诿过的特点似无具体描写,不知兴儿此话是一种正面描写的补充还是反映了兴儿与贾琏的"同仇敌忾"。"如今连他正经婆婆大太太都嫌了他……若不是老太太在头里,早叫过他去了。"这也是重要情报,指明了凤姐脚下地雷丛中的地雷。可惜凤姐只看到尤二姐对她的威胁这个小地雷,在这个小地雷阵中大逞威风智谋,大获全胜,其实是目光短浅的短期行为——毕竟是"妇人之见",却没有看到邢夫人的不满与伺机寻隙——这是个更有威胁性的大地雷。否则,她本应让步,团结住贾琏,夫妻结盟稳住阵脚共同顶住邢夫人的。

兴儿对凤姐的介绍"嘴甜心苦,两面三刀;上头一脸笑,脚下使绊子;明是一把火,暗是一把刀……"充分运用了体现民间智慧的民间语言,脍炙人口。尤其重要的是,通过兴儿之口介绍了平儿的由来、地位、特点与凤平的特殊关系,解答了读者的疑问。一部长篇小说中,艺术描写当然是重要的,某些概括性的叙述介绍也是不可无的。有前者才有近景。有后者才有中景远景。

兴儿对李纨与迎、探、惜春的介绍无新意,但运用了生动的大众语言。说李纨是"大菩萨",迎春是"二木头",探春是"玫瑰花"等。尤其是说自己见了黛玉和宝钗不敢出气,"生怕这气大了,吹倒了姓林的,气暖了,吹化了姓薛的",更是精彩至极!顺便说一下,曹雪芹看来非常健谈,他笔下的人物说正话说反话,说雅话说俗话说粗话,说阴话说损话说笑话说奉承话,说情话说冷话说针锋相对的话说体己话说安慰话说调情话说骂人话说起誓的话……乃至官话道学话,几乎是个个能说,人人会道,几乎把各种话说尽了,说绝了!

兴儿对宝玉的介绍最平淡,但介绍了宝玉的"平等"态度:"我们坐着卧着,见了他也不理,他也不责备。"这还是重要的。

在一部小说中,以不同的眼光写同一对象,既写出了对象的不同侧面、写出了对象的立体性,又写出了不同的观察与体验、评论者的不同特点,写出他们之间的异同、和谐或纷争、写出这些不同的人之间的相通或难以相通。这基本上是一种"结构现实主义"的写法,也是现代拉美文学的一个重要流派。《红楼梦》对荣国府的整体描写暗合了这种手法,但未普遍强调使用。杰作比流派理论与流派方法更强!

尤二姐的厄运与王熙凤

尤二姐的悲剧是最能暴露王熙凤的。王熙凤所以能运筹帷幄,粉碎对立面(贾琏、贾蓉、尤氏、二姐等)的抵抗,使对立面完全落入自己的掌心,并非偶然。第一凤姐占了理,占了法,挑动张华告贾琏"国孝家孝之中,背旨瞒亲,仗财倚势,强逼退亲,停妻再娶"。这一串罪名原是成立的,虽说是被凤姐用来拉大旗做虎皮镇唬对方,但首先应该批判的不是凤姐而是贾琏。人们读六十八回"苦尤娘赚入大观园,酸凤姐大闹宁国府"时往往因凤姐的刁、泼、阴、伪而忽略贾琏过失在先,责凤不责琏,其实是倒果为因,并不公正——这与作者不能摆脱男子中心主义、多妻合法不容侵犯(甚至不容吃醋)观念有关。第二凤姐采用了一切阴谋家惯用的煽风点火,借剑杀人,挑动一方斗一方的手段,使对立面狼狈不堪,自己却高高在上充好人、坐收渔利,处处主动、万无一失。她一手挑起张华告状,并要张华打出要人不要钱的毒牌,"拼着一身剐,敢把皇帝拉下马",流氓姿态,咄咄逼人,一面拿了三百银子,打点察院,控制事态发展,以免弄假成真。她一面导演了张华与旺儿的对口相声,咬出贾蓉,一面做出受害者姿态,说什么"官场中都知道我利害吃醋,如今指名提我,要休我"。一面大闹宁国府,寻死撞头,把尤氏揉搓成"一个面团",一面"胳膊折

121

了往袖子里藏""先把这官司按下去才好",而且立刻虚报账目,把三百两银子打点说成五百两,净赚二百两。一面挑动张华闹而优则富,净得"百金",一面又坐张华诬告不实,劝了张华"惧罪逃走",甚至吩咐旺儿"务将张华治死,方斩草除根"……如此等等,简直像一场游戏,得心应手,八面来风,最后所有的对立面包括尤二姐,只剩了感激她的份儿!简直是艺术!

当然,感激未必是真的,一时感激也有醒过来滋味的那一天,特别是贾琏,更是又牢牢地记了凤姐一笔新账。

平儿扮演了什么角色

值得一提的是平儿在尤二姐事件中扮演的角色。首先向凤姐举报此事的是平儿,凤姐审问旺儿兴儿时平儿陪审,凤姐边审边与平儿交流:"咱们都是死人哪,你听听!"凤姐的对策与平儿商量过,可见战略上平儿是完全忠于凤姐,站在凤姐一边的,确如李纨所说,平儿是驮凤姐这个"唐僧"去取经的"白马"。但战术上平儿却又忠厚有余,心怀不忍,注意平衡。平儿照顾尤二姐的"汤水",被凤姐骂为"人家养猫拿耗子,我的猫儿倒咬鸡",意指平儿吃里扒外。平儿背着凤姐为尤二姐"排解"(劝慰)。尤二姐处境愈益险恶,平儿不禁滴泪说道:"想来都是我坑了你。"尤二姐反过来安慰平儿,意谓即使平儿不报,早晚也会走漏消息。话虽如此说,毕竟平儿"说的在先",难逃其咎。尤二姐吞金自尽后凤姐在丧葬上克扣死者,又是平儿帮助贾琏,偷出二百两碎银子,办了丧事。

我们可以说平儿生性善良,办事周到,她举报二姐之事乃不得已,她本人的战略归属非由她本人定,实乃身不由己。我们可以说平儿自相矛盾,人格分裂,是凤姐的得力助手,助凤姐拾遗补阙,又恨凤姐之残暴苛刻,时不时向凤姐进言,充当凤姐打击别人时的缓冲橡胶垫。我们甚至可以说平儿是大奸若忠,大恶若善,凤姐害了人挨骂,平儿帮了凤姐又争取到了选票。偷出碎银二百两云云,若与凤姐没有特殊关系,谁能虎口拔牙?怎么同床共枕的贾琏都偷不出来?我们却也可以说平儿是大仁若伪,大善若巧,与宝钗相比,她更少心计也更多情义,以她的处境,苛求的空论又算什么呢?

宝钗却过分了一点。三姐自杀柳郎出家,宝钗全不在意,这比对金钏之死的冷漠态度还令人难以理解。柳湘莲已救过薛蟠的命,与薛蟠拜了把兄弟啊!宝钗不管尤柳死活,只知建议薛蟠宴请酬谢经商的众伙计。次日,薛蟠请客,酒席描写极平淡乏味,根本不能与荣府中一次又一次的吃饭相比。但席中提起柳湘莲之事,薛蟠长吁短叹,伙计们见状"不便久坐,不过随便喝了几杯酒……散了"。薛蟠与众伙计的人情味与宝钗的冷酷成为对比。原来薛蟠设宴一场只是为了反衬宝钗之冷、之自私。小小年纪,连对一件人命关天的事的好奇心都没有,这有点离谱。宝钗果真是这样的无人性之人吗?宝钗的修养已达到这样的视众人如草芥的"高等"境界了吗?还是作者写到这儿夸张了点?"都道是金玉良缘,俺只念木石前盟……"这是宝玉的积愫,也是作者的倾向啊!或者这些地方也是"假作真时真亦假,无为有处有还无"?

尤二姐到底死于谁手?秋桐之事怎样解释?多妻制纳妾制使凤姐"心中一刺未除,又平空添了一刺",秋桐之恶劣与辱骂尤二姐,能由凤姐负主要责任吗?贾琏喜新厌旧,见秋桐而忘二姐,这样的人给二姐的打击不是更大吗?贾琏之流不过拿女性当做泄欲的玩物,搞得被他玩弄的女性们相互间咬斗不止,能说是凤姐一手造成的吗?

最后一点,依前几回书,尤二姐并不窝囊。第六十三回二姐吐了贾蓉一脸砂仁,语言举止都非善良百姓。为何入大观园后只有束手待毙,连一点反抗挣扎哪怕是绝望的哭闹都没有呢?这里,叙写上有无些许的疏漏?

八 《红楼梦》的结构与贾府的末日

交错缠绕的两个主题

如果说《红楼梦》是一部交响乐,它的两个主题——诗的、悲哀的、青春的与深情的第一主题与争斗的、紧张的、险恶的与错综复杂的第二主题是轮番出现、再现、发展和变奏的。在第一主题中,我们听到嘹亮的小号,宁静的双簧管,呜咽的大提琴,扣人心弦、令人心碎、上天入地无所依傍的小提琴的疯狂、寻觅和失落。在第二主题中,我们时而听到急促的锣鼓,时而听到诡巧的乐器弹拨与木琴、扬琴的敲打,时而听到各种乐器任意发声的不谐和音以及乐器与非乐器一同震响的噪音。这两个主题纠缠反复,互相牴牾而又互相补充,显示了人生的种种色彩与情绪,显示了大观园生活的全景与贾宝玉的全部体验与遐思。两个主题的反复同样还起着调剂欣赏心态的作用:情意绵绵,沉迷失度,或嫌滥于柔弱;唇枪舌剑,勾心斗角,或嫌失于鄙俗。二者结合,二者交替,才收到相反相成、相得益彰的阅读效果。

鸿篇巨制的《红楼梦》,前四十回首先是介绍环境,介绍人物,形成各种人与事的大致格局,勾出人物性格的大致轮廓,除贾宝玉挨打外,没有什么大冲突,另有元妃省亲与可卿出殡两个大场面,场面虽大,侧重铺陈,斗争并不激烈。中间四十回大为发展,宝玉黛玉的爱情关系已经明确和肯定,众青年"赶紧生活",吟诗行令,争先恐后,比较充分地表现着各自。王熙凤左奔右突,日益成为矛盾的中心。大家庭分崩离析,似乎各个角落都在酝酿着阴谋,各个地方准备好了火药桶。"变生不测凤姐泼醋",凤姐、贾琏、平儿、鲍二家的一番混战。"鸳鸯女誓绝鸳鸯偶",鸳鸯、贾母挫败贾赦、邢夫人的伸手,而在此过程中王熙凤阳奉阴违,闪转腾挪,鸳鸯的哥嫂扮演了不光彩的角色,遭到痛斥。"呆霸王调情遭苦打",柳湘莲教训薛蟠。"辱亲女愚妾争闲气",探春批判赵姨娘。"柳叶渚边嗔莺咤燕","茉莉粉""玫瑰露"事件,婆子、丫环、下人派系之争。直到红楼二尤,一场大战。第一主题与第二主题完全结合在一块儿。这一串冲突中,间以栊翠庵品茶,惜春作画,"风雨夕闷制风雨词",香菱学诗,赏雪联诗,晴雯补裘,"慧紫鹃情辞试宝玉"——宝玉发疯,假凤泣虚凰,湘云醉眠,"寿怡红群芳开夜宴",芳官得宠诸节,错错落落,斑斑斓斓,满满堂堂,令人应接不暇。

　　红楼二尤之后的大冲突大爆发当然是抄检大观园,然而,二者之间加上了"林黛玉重建桃花社,史湘云偶填柳絮词",又雅起来了。雅中有俗,有热闹天真,在于此回结束时描写的放风筝,一番春日的快乐游玩,及时行乐景象,也是一幅很好的民俗画。

　　承上启下,"嫌隙人有心生嫌隙",第七十一回写了邢夫人羞辱王熙凤的事,为此前兴儿"演说荣国府"时对凤邢关系的介绍做了注脚,为此后大抄检做了铺垫。按说这是一件小事,正值贾母八十大寿,两个婆子对东府尤氏尊敬不够,得罪了尤氏的小丫头,小丫头向尤氏告状,使尤氏不悦。此事被袭人的一个丫头传出,周瑞家的借机献殷勤,到凤姐那儿报告,并提出"若不戒饬,大奶奶(尤氏)脸上过不去"。凤姐的指示是记下名字,过了贾母做寿这几日,把两个婆子捆起送东府尤氏发落。周瑞家的加码,叫林之孝家的进来见尤氏并传人立即捆了二婆子。由此可见,周瑞家的这种唯恐天下不乱,公报私仇,趁机献殷勤的人物,看来"积极",实是败事有余。

　　林之孝家的见尤氏,尤氏火已发过,反认为"不大的事,已经撒开手了"。所谓"阎王好惹，小鬼难缠"，除了小鬼可恶外也因为阎王主动，想火就火，想撒手就撒手，而小鬼可没有这样机动，为阎王办事，不可不察。

林之孝家的碰到赵姨娘，又受到赵姨娘的另一番影响。这样，她自己不出面，却指路给被捆的婆子的女儿，叫她去找邢夫人的陪房费大娘，因费大娘与一婆子有亲家关系。问题进一步复杂化，因为大观园里的亲上套亲的人事关系本来就复杂——到处都有绊马索和陷阱，活扣和死扣，而上下人等都利用这种关系学谋私利，打击异己。

费婆子再从另一角度加码，捅给了早就对凤姐等主流派不满的邢夫人——上上下下都搞利用矛盾，见缝下蛆。于是当晚邢夫人当着众人的面赔笑向凤姐求情——这位"正经太太"以阴柔取胜，以自己的低声下气反衬凤姐的刁恶强梁。她求完情就上车走掉，把凤姐晾在那里，使凤姐憋了个大红脸。凤姐解释，尤氏不领情而且认为不必要。(是尤氏太软弱肉头吗？是故意报复凤姐的"大闹宁国府"吗？)结果，正人君子而又不了解情况不知就里的王夫人也批评了凤姐，使凤姐又气又愧，大丢了威风，回到房中偷泣。

邢夫人是王夫人的嫂子，是凤姐的"正经太太"，她批评凤姐，抓住了正值贾母寿诞的良机，说出了"不看我的脸，权且看老太太……"的居心险恶，既拉贾母大旗，又坐定了凤姐不敬自己这位真正的婆婆的罪名的话。这样，邢夫人就立于不败之地，与前此要鸳鸯给贾赦做妾时的位置形势大不相同。王夫人自然不能站在凤姐一边，以示讲理讲礼，以示自己的方正严明，以示自己不包庇娘家人凤姐。凤姐得宠除个人条件外与凤姐是王家人是有关系的，贾母偏爱贾政王夫人一房而厌恶贾赦邢夫人一房。但侍候好王夫人也不容易，越是嫡系越容易被苛责或开刀做样子，这大概是有后台的人的苦恼，这种苦恼大概无后台的人体会不到。朝里有人好做官，都知道。朝里有人难做官，人们知道吗？

开篇以来,凤姐几乎是无往而不胜,说闲话说笑话她也是语言压群芳,独占贾母的优宠。如此吃瘪,这是第一次,可以把这一回看做凤姐盛极而衰的转捩点。细想起来凤姐的处理问题无可指责,实是积极的周瑞家的帮了倒忙。

只有贾母了解此事后完全理解与同情凤姐。鸳鸯侍候贾母,她为凤姐说的那些好话,应该说是代表了老太太的观点。

从这件事情上可以看出:一、大观园、贾府上上下下组成了亲亲疏疏、利利害害、荣荣损损的关系网。贾母——王夫人——凤姐是一条主线,佐以平儿、鸳鸯、周瑞家的、来旺等人。邢夫人——费大娘,这是一条副线。然后主主奴奴之间充满错综复杂的、无法解决的矛盾。二、矛盾的表现似是无聊小事,但实质问题是贾母信赖谁,把权交给谁的问题。三、贾母的信赖当然重要,但仍不能解决一切问题。其他每个人都有自己的活动与发挥作用的范围,有帮助一个人或拆一个人的台的选择的可能性。三、各种矛盾都会有人去利用的,互相利用矛盾的结果往往是矛盾的复杂化、尖锐化、恶化。利用矛盾的人各自怀着自私的目的,他们惯于添油加醋帮倒忙。他们惯于用帮助矛盾的一方打击另一方的办法行打击与自己对立的一方之实。四、除了关系网外,也还要就事论事,一旦事上输了理,关系也未必能帮得上忙。

这是一个警号,但凤姐不为所动,退步抽身趁早之类的箴言对凤姐不起作用。因为她自恃有贾母的支持,因为权势与利益好像迷魂药,吃了就不要想醒。凤姐不能离开争宠弄权贪利,离开这些凤姐的"自我"就不能实现乃至不再存在。再说她已得罪了那么多人,处境那么可危,除了硬着头皮顶住没有退路。第七十二回"王熙凤恃强羞说病,来旺妇倚势霸成亲"就说明了这一点,说明王熙凤在大势已去的路上执迷不悟。

末日将到——抄检大观园

善写日常生活诸事、写得津津有味的《红楼梦》中有两次"世界大战"——混战,一是贾宝玉挨打,一是抄检大观园。大战的性质都在于卫道,前者目的在于促使宝玉走"正道",后者在于维护风化,骨子里还有邢夫人不平争权将王夫人的军的意思。前者以父子之争开始,以母子之争结束,实际上是卫道的失败,并拉扯上了贾环、薛蟠、宝钗、王夫人、李纨诸人。后者的主角是王夫人,敌手是谁却不清楚,只是如临大敌地发现了绣春囊,便与看不见的假想的绣春囊主开展了一场大战,抓出了撵走了一批并非绣春囊主的丫头——司棋、晴雯、芳官、四儿等。后一场大战牵扯的面要大得多,矛盾要复杂深刻得多,贾母、王夫人、邢夫人、凤姐、探春、迎春、惜春、平儿、尤氏、王善保家的、周瑞家的、林之孝家的、柳家的、司棋、晴雯、侍书、入画、绣橘、王住儿媳妇、迎春奶妈,直到宝玉、贾琏,都牵动了。人情世故,春秋纵横,里里外外,干干系系,可算是写绝了——简直应该作为关系学、摩擦学、窝里斗学的基本教材来读。

矛盾摩擦起于青萍之末,而又是一环套一环,难分难解。凤姐再次弄权为旺儿的儿子说亲。被说的彩霞不愿,找赵姨娘帮忙。与彩霞关系好的赵姨娘为儿子贾环讨彩霞,找了贾政,从贾环说到了宝玉身上——所谓"宝玉已有了二年",当然指的是袭人,赵姨娘并未汇报假情况。赵姨娘的小丫头小鹊又把这一情况通报给了宝玉——到处都有间谍,都有无意识的业余自愿间谍癖,奈何?宝玉怕老子审问,连夜临阵磨枪地温习功课——讨"屋里人"的事却要联系到功课上来,这种整体观念、相互联系观念倒也惊人。只靠一夜自然温习不好,恰逢有贼(?)人跳墙出声,晴雯便出主意令宝玉诡称被吓病了。吓病本是假的,是借口,却使贾母生了气。贾母过问管理问题这还是第一次。众人不语——有点英明,偏偏探春逞能,汇报出因凤姐健原因,管理松懈,园内下人聚赌抽头、争斗相打之事。就事论事,探春的汇报无可指责,而且,青年中似乎只有探春还有些责任感。贾母就此把文章做大,认为既可聚赌耍钱,就可衍生出"藏贼引奸引盗,何等事做不出来"。就是说,贾母用发展的眼光,把事情上了纲,既有了 A 就会有 B,既是 A 就一定是 B,这种根本不符合起码的逻辑规则的推导逻辑在我国过去却有相当的市场,并进而发展为"一不做,二不休"的行为逻辑。这样,由捉跳墙人发展到查赌,把林之孝家的亲家、柳家的姨妹、迎春的乳母全揪了出来。山雨欲来风满楼,大观园已不是消闲行乐的乐园,而是查饬整肃的战场了:空气中带了杀机。

搬起石头砸自己的脚,这是哲学?是老庄——因为此话含有自慰之意,别人搬石头砸你你不必还击,他会砸自己的脚的——的消极态度?还是朴素的事实写照?反正《红楼梦》中不乏这等记述。王善保家的借机生事逞威风,不但挨了探春一个嘴巴又受到从凤姐到周瑞家的四人的嘲笑,是搬石自砸。林之孝家的也是如此。上次玫瑰露茯苓霜事件时林之孝家的就有审案癖,查饬癖,此次她又大查其赌,第一个查出的却是她的亲家。就连晴雯这次也砸了自己。她给宝玉出主意假装被唬病了倒好,竟掀起这么大风浪,而自己也淹没在这风浪里。当然,不能怨这几个人,首先还是大观园的风云已经变幻得极其险恶了。

抄检大观园是一出闹剧,又是一出悲剧,它不但吞噬了好几个富有活力的少女,而且使各种矛盾益发激化恶化,不可收拾,使大观园中存在的某种无政府状态更加无政府,王夫人的铁腕只能加剧混乱而不是减少混乱。王夫人是抄检中的核心人物,凤姐退为跟着跑的执行者、"催巴儿",结果更糟。王夫人拿起绣春囊,泪如雨下,颤声说话;肮脏淫乱之极的贾府中王夫人的这种道德激情,确是虚伪得令人作呕。贾府主子们什么坏事都可以干,贾珍贾琏贾蓉这三个极下流的种子的流氓行径从不使王夫人含泪,一个香袋子却使她吓破了胆,这本身就极其虚伪。她维护了半天,其实不过是维护了自欺欺人的面子！

　　王夫人的特点是主观片面,一切凭印象、凭情绪、凭感觉、凭她的连形式逻辑的起码规则都不懂也不符合的推论办事。王善保家的从邢夫人那里领命给王夫人送来绣春囊——这本身就是"将军",王夫人立即断定绣春囊是凤姐的,冤案竟一直搞到了王熙凤头上。凤姐的分辩言之成理,她才转了念。然后听了王善保家的告的黑状,又立即断定晴雯是坏人。她早就对晴雯印象不好,她讨厌美女而喜欢显得"笨笨的"袭人麝月,这里既有弗洛伊德的心理变态又有择劣汰优的人事选拔原则,说不定还反映了王夫人的更年期妄动综合症。那个时代卫生保健条件差,更年期来得早。所以书上说王夫人"原是天真烂漫之人,喜怒出于心臆",语词虽不难听,却勾出了王夫人喜怒任性、跟着感觉走、缺乏头脑、没有分析判断能力而又自以为是、不肯调查研究与听取意见、情况不明决心大、水平不高指示多的嘴脸。王善保家的建议抄检大观园,把一个美美的园子变成办案查赃的现场,理由是:"想来谁有这个,断不单只有这个……翻出别的东西来,自然这个也是他的。"按演绎逻辑的三段论法,王善保家的的论断是:

　　大前提——有 A 必有 B,有 B 必有 A。
　　小前提——某某人有 B。
　　结　论——某某人必是 A 的属主。
　　如此演绎,大前提本身就不能成立,小前提则是假设预计,根本尚未成为事实,其结论焉能可靠？这种假想逻辑,捕风捉影的侦探术,却深合王夫人的智商水平。王夫人拍板决定按王善保家的高主意办,连王熙凤也不问一声。把根本不能成立的前提与子虚乌有的推断当成板上钉钉的铁案来办,靠威风定案,靠定案逞威风。凤姐明知不妥,碍于王、邢二位太太,只好理解的执行,不理解的也执行了。

　　端庄正经的王夫人,在扼杀大观园的生机方面起着元凶的作用,关键时刻表现出的凶狠刚愎,令人咋舌。正常情况下,王熙凤是何等威风干练、游刃有余,平儿是何等平稳妥当、左右逢源,宝玉是何等宠爱有加、要星星不敢给月亮。但王夫人盛怒之下,他们全都傻了眼。王夫人一进凤姐房间便喝道:"平儿出去!"一句话不但把平儿也把王熙凤震慑住了。平儿慌忙退出,并且主动警卫,不准闲杂人等擅入。她已经感到,发生了特殊大事,不是讲礼貌讲和气讲仁义讲中庸的时候了。王夫人断言香袋是凤姐所有后,凤姐跪在炕沿上,紫涨了脸皮,含泪申诉。幸亏凤姐能言善辩,思路清晰,提出香袋不属于自己的道理凡五,才幸免于冤案。所有这些描写,都强调出事物发展已经进入了非常阶段。而在非常情况下,正常情况下的运行机制——即以王熙凤为主的管理体制立即停了摆。正常情况下的调节机制——以平儿某些时候还有李纨等人为主的平衡作用立即成了零。表面上看,抄检大观园直接打击的不过是几个丫头戏子,实际上,受打击最大的是王熙凤和她代表的管理体制;这样,以整饬纲纪为目标的抄检,客观上更加削弱了大观园的管理权威,使大观园更加混乱而且无法收拾。

为了小小一个香袋,竟这样大张旗鼓,首先是由于客观生活与道德戒律的矛盾。王夫人的基本出发点是,宝玉年龄渐大,宝玉是最纯洁最高尚最珍贵的公子,可不能叫他被晴雯一类妖精勾引坏了!为捍卫宝玉的纯洁性而抄检大观园,为捍卫宝玉的纯洁性而毒化正常的生活气氛,打击一大片——连宝钗也在抄检后不久以薛姨妈的健康原因为托词搬出了园子,这是何等因小失大,因近失远,顾头不顾尾的愚蠢行为!其实,客观上宝玉早已不那么"纯洁"了,他的成长成熟是客观规律,任何人也挡不住的,而且他生活在一个这样不纯洁的环境中。一方面通过整个的环境促使着宝玉的成熟早熟,给宝玉提供无限的情欲活动的可能性,一方面又如临大敌如丧考妣般地企图"御情欲于园门之外",这本身不就是自相矛盾的吗?不就是注定要失败的吗?幸亏宝玉还"灵秀",否则不早就变成贾蓉一类阿飞了吗,何用晴雯"勾引"?王夫人独具慧眼青睐的袭人以及高贵的秦可卿,不是早已经"勾引"过他了吗？王夫人所采取的类似防止春天花开防止夏天落雨的大规模抄检清洗行动,不是十分可笑的吗？

在先是贾母生气、后是王夫人震怒后所发生的事,打破了日常秩序,比日常凤姐专权时发生的种种黑暗还要严重和具有破坏性。当然,反过来说,正是由于凤姐专权时大观园已经纲纪松垮、分崩离析,才导致了抄检行动。小香袋被傻大姐从而被邢夫人发现,是偶然的,但这样一个大事件的发生却是必然的、无法抗拒的。

在整个抄检活动中,所向披靡的一干人,首先受到了晴雯的情绪抵抗,她"挽着头发闯进来,豁一声将箱子掀开,两手提着底子,朝天往地下尽情一倒……王善保家的也觉得没趣"。王善保家的查后无获,要走,凤姐反说"你们可要仔细看看"。凤姐的角色是可悲的,却也是狡猾的,通过这一句话显示了她的隔岸观火、形"左"实右的态度。

敢于对抄检行动正面抗议并对之进行声泪俱下的批评的唯一人物是探春。这次不但暴露了她探春与邢夫人的矛盾,而且暴露了她与凤姐的矛盾。早在迎春那里,探春句句带刺的话就向平儿发出了黄牌警告,提出了"是谁主使他(另一恶仆)如此,先把二姐姐制伏,然后就要治我和四姑娘了"的"三春一体"的严重问题,使平儿为之一惊。抄检中她的话句句如刀,尖利刻毒无比。她给王善保家的那一个响亮的耳光,痛快淋漓,响声铿锵,余音绕梁,三百三千年不绝!而且独有她指出了"大族人家,若从外头杀来,一时是杀不死的……必须先从家里自杀自灭起来,才能一败涂地",指出了这次小题大做的行动的自杀性质。这话实际批评了王夫人。即使此前几回中探春的冷酷使人冒凉气,看了这一回,读者岂能不佩服探春的胆识!可惜探春的清醒而又愤怒的声音,竟达不到"太太""老太太"那里!

惜春则是消极自保的形式,她的句句话也是尖利的批判与自我批判,除了洁身自好,主动从精神上感情上脱离这个没落的封建大家族外,她还能选择什么呢？

迎春的懦弱受欺乃至失宠（贾母之宠）是使邢夫人生嫌隙的根由之一，是使邢夫人痛恨探春的原因之一。探春却同仇敌忾地去主动帮助迎春，两人态度对比，自然是有利于探春而不利于邢夫人的。

这次大搜查中三春的描写又精彩又充分。《红楼梦》的作者写作这部长篇小说就像指挥三军作战一样，不断地变换着战地、战役、打法和中心人物，胸有成竹，不疾不徐，谁占据前台主要表演区，皆有定案，写来纷繁而不凌乱，交替突出而又各具特色。

黛玉对抄检竟无丝毫反应，不可理解。何况王善保家的还审问了紫鹃，因紫鹃箱中有宝玉赠物。宝钗迁出，也是抗议，虽然她就抄检未说一字——不着一字，亦得风流。

抄检后的悲凉

抄检后又是赏月又是联诗。贾珍与尤氏迎中秋夜宴，听到"有人长叹"，叫做"异兆发悲音"。贾母赏月闻笛，悲从中来。黛玉湘云联诗，又晶莹又聪慧又寂寞，情景交融。《红楼梦》的笔触从生活转入人物的内心，从形而下的争斗转入形而上的"异兆"。这个中秋的描写令人欷歔感叹，难以忘怀，只觉夜凉如水，月泻如银，而青春、美丽、繁荣正在离人而去。

中秋过后王夫人大砍大杀，被她大砍大杀的人竟无一件事与最初的绣春囊有什么关系。绣春囊事件造成了清洗？还是清洗的需要诞生了绣春囊事件？倒令读者看不明晰了。

就事论事地看，反正搜查清洗的效果是零。贾母生气，探春汇报，林之孝家的带头，查赌禁赌，这本是师出有名的正义之举。此举收效如何呢？第七十五回就通过尤氏的眼睛，描写了不耐居丧寂寞的贾珍放头开局夜赌的情景。贾珍、薛蟠、邢夫人的胞弟邢德全——傻大舅、娈童，丑态百出，言行堕落。又通过背后议论暴露出重要矛盾——如傻大舅与其姐邢夫人的矛盾……有这样的主子，采取严厉手段对待下人又有何用？

王熙凤其人虽然没有高水平的战略眼光，个人品德上也颇可非议，但她的精明强悍机变却使她成为能够胜任贾府的日常管理的唯一的、无可替换的人物。抄检大观园由邢、王二位夫人发起并直接指挥，由王善保家的这种成事不足败事有余的蠢材打先锋，王熙凤被迫居于守势，实际是受审查、自辩、靠边站、当"催巴儿"。她受到邢夫人的打击，受到王夫人的怀疑与不满，受到王善保家的示威，而又因为她不能不当"催巴儿"而受到探春的讥刺，她也太难了！当然，探春的给王善保家的一个嘴巴，她也快意。但这种快意岂不反映出她自己的处境的可怜，她竟无力表达自己的喜怒而在赔笑违心行事之中借助探春的手多少出一点恶气！如果王熙凤都落到了这一步，贾府不彻底瓦解解体，还能有什么救呢？

第七十九回写宝玉因抄检大观园所带来之种种不愉快而致疾，贾母命宝玉休息一百天，此时限内不得出门行走。宝玉憋闷，"和那些丫头们无所不至，恣意耍笑作戏""暂同这些丫环们厮闹释闷……只不曾拆毁了怡红院，和这些丫头们无法无天，凡世上所无之事，都顽耍出来，如今且不消细说"。这里的"世上所无之事""不消细说"之事，又岂是王夫人能知道能制止得了的？

她们为什么愿意当奴隶？

从理论上说奴隶的主要敌人是奴隶主，奴隶的主要痛苦是没有自己的人身自由，奴隶的主要要求——斯巴达克思等不惜用生命和鲜血去换取的是自由，叫做"不自由，毋宁死"。

可惜在贾府中，事情却不是这样。花袭人的哥嫂要赎回袭人，竟使袭人哭肿了眼睛。王夫人盛怒之下，对她所视为"妖精""狐狸"的丫环所采取的断然措施其实是"撵出去""不要身价""把他的东西还给他"，即无条件地还她们以自由。而这些丫环们，恰恰把这种自由当做最可怕的事情,有的宁可自杀,有的则是去做尼姑,也不肯去做自由民。莫非"不自由,毋宁死"的口号已被贾府的丫环们改为"不奴隶,毋宁死"了吗?

令人深思。可能是因为这些丫环,特别是主子的贴身丫环,已经终能多少分享主子们的体面、权势、物质享用。她们多少已介入了见识了喜爱了主子们的社会上层、社会"精英"的生活环境和生活方式。而所有这些环境与方式,这些体面、权势与享用,都是处在下层的小民们所无缘尝试、无法想象的,不管有多少"自由"也不能望其项背的。在主子身边,得到主子的宠爱信赖,做主子的姨太太,这样一个前景远远比离开主子,回到"干娘"身边,或"配个小子"的前景更诱人得多。后一种前景所能给予她们的自由只能是受穷受累受苦的自由,不做主子的奴隶而做干娘或"小子"的奴隶的自由。给一个终生劳苦贫困的女孩子讲一讲大观园的故事,她不羡慕这些丫环才怪!所以小红要千方百计地钻营"上进",五儿也要走后门去取得做奴隶的资格。而赖大的儿子,居然可以凭借主子的权势加以个人奋斗最后自己也做了官。高层次生活并且有"上进"前途的奴隶,不是比永远在低层辗转的自由民更令人羡慕吗?

而且,在那样一个社会里,自由民也是不可能自由的。张华自由了吗?妙玉自由了吗?跟着"干妈"能自由吗?配了"小子"能自由吗?"奴使奴,累死奴",与其给干妈小子当奴隶,还不如给大爷二爷当奴隶呢!

九　话说《红楼梦》后四十回

以什么为标准批评后四十回

《红楼梦》后四十回并非雪芹原作,续作许多的情节与原作者的原意不符,这些情况的论证构成了阅读后四十回的极大心理障碍。少时多次阅读《红楼梦》,但每每至后四十回便匆匆翻过,既是"伪作",何必看它!

后四十回连前八十回即一百二十回《红楼梦》的被接受却是事实。后四十回到底写得怎么样?作为一般的文学阅读与小说赏析(即不是专门的版本考证),到底应该以什么样的价值标准、价值观念来判析后四十回的得失优劣?

以"原作""原意"为标准吗?困难恰恰在于原作找不到了。而且,原作究竟是完成后又丢失了,还是压根就没有完成呢?谁知道?如果有原作可以判断依据,又何必续书?

以前八十回中透露的消息,特别是以宝玉神游太虚幻境时所见判词、曲词及书中的其他谶语、谜语再加上脂批为依据吗?这种依据的权威性到底有多大?一部如此宏大的长篇小说,作者能在卷首例如刚刚第五回就设计清楚每个人物的结局乃至发展过程吗?即使笔下人物都有实有的模特儿,这样写起来是比较容易做到心中有数的,但实有的结局写到小说里一定能顺当,尤其是一定能精彩感人吗?写小说的人都有这个经验,有时越是拘泥于原型事实越显得假呢!

读者批评你写得"假"的地方,有时恰恰是实录呢!可见小说的真假不能以有无事实根据为判断标准。什么叫小说结局?结局不是一个审案的判决而是一个过程,是一个生活过程,是一个艺术过程,是一个人物的发展过程也是一个作者吟咏摹写的过程。读小说读的是这个过程而不是结论。需要使读者信服、使读者感动、使读者击节赞赏的首先是这个过程而不是结局结论。如此说来,把"太虚幻境"的判词曲词看成《红楼梦》的宪法,不是按照小说文本去体会或修改这些判词曲词而是要求按照判词等去修改文本,岂不是本末倒置?或如第一百二十回所云,叫做"刻舟求剑""胶柱鼓瑟"了?

也许我们还可以设想,《红楼梦》这样一部包罗万象,像生活本身一样无始无终、无涯无际的长篇小说,结束它是太困难了。小说起始部分作者如创世造物的上帝,"他"创造了石头和玉,创造了荣宁二府,创造了贾母、王熙凤、黛玉、宝钗、贾政、袭人等人物,创造了太虚幻境与风月宝鉴,又创造了贾雨村、甄士隐、刘姥姥等旁观者。作者给我们展示了一个陌生的、奇异诱人的天地,展示了一上来就非同寻常的宝黛性格和爱情。笔触是清新的,场景是生动的,"上帝"的创世是出色的。中间四十回,这些人物活跃起来冲突起来大闹小闹起来,危机四伏,摩擦百出,破绽千种,头绪万端,作者由"上帝"的角色变成"导演"或"指挥"的角色了,时而铙钹齐鸣,时而管弦呜咽,时而剑拔弩张,时而生离死别,笔触是热烈、活泼、特别多彩多姿多变化的。此时小说进入了高潮,读之如行山阴道上,两岸风光,令人应接不暇。到了这一步,再往下写就难了。再往下写,作者就从造物的上帝、戏剧的导演转而需要扮演类似超度灵魂的和尚、道士、神甫的角色了。这第三种角色比前两种更难当,人物越鲜明,性格越突出,就越难写出这些人物进一步的发展变化。事件越丰富,情节越奇诡,就越难收场归结。环境与场面越独特越生动就越是先入为主、既成事实,难以再翻出新景新意。前八十回书写得越是感人、可信,接着写下去就越会产生情节未尽灵气尽、故事没完情趣完、人物未终发展终、全书未结文气结的困难。而且，越是在长篇小说的开始胸有成竹地、明确地计划好了每个人物（至少是主要人物）的命运与每个事件（至少是几件大事）的结局，就越会在写作中感到这些结尾结束的设想正在或已经被汹涌澎湃的小说本体，被汹涌澎湃的作者的思想、感情、经验、智慧、想象、才情所冲破，所淹没吞没。尤其是，前八十回小说的内容还处于"造谜"的阶段，许多风波正在形成，许多人和事渐露端倪，许多消息在一点一点地透露出来。"造谜"确是容易讨好的，而结束时就要破谜，而破谜往往就费力不讨好了。推理小说的这一特点尤为明显，往往一开始十分抓人，看到最后却令人感到"不过如此"。虽然《红楼梦》不是推理小说，"造谜"与"破谜"的道理却有相通之处。精彩的谜语之令人感到精彩，往往是在未亮出谜底之前。这样，《红楼梦》前八十回之伟大自然使我们为后四十回之佚散而长叹，同样，前八十回之伟大也完全可能成为后四十回写不下去，写不完，写出来了也大不如前的根本原因。作家作家，作家的最大障碍便是他自己，最难超越的也是他自己。小说小说，小说结尾的最大困难正是它前半部分中间部分的特别成功。小说的最大障碍也正是小说本身。古今中外，杰出的长篇小说的结束部分写得成功的何其少也。《西游记》《水浒传》《三国演义》都是越往后看越没意思，《战争与和平》《复活》的结尾都不理想，《安娜·卡列尼娜》的结尾好一些，因为作者全力以赴地写好了安娜卧轨自杀一节，但整个后面几章对于渥伦斯基、列文、吉提、斯捷潘的描写远不如开始几章动人。狄更斯的长篇小说以情节见长，结尾常带戏剧性，读多了也给人以人为地收住苦难扭转败局的感觉乃至雷同的感觉。屠格涅夫的长篇一般篇幅不算巨大，容易收得住，他的小说结尾写得一般很美，但更多是散文的美而不是小说的美……呜呼，一部长篇小说在它的发生和发展过程中，有许多人和事是读者弄不大明白的，其实也是作者还没有弄明白的。这样的状况是有魅力的。而在结束时，（特别是中国的传统长篇小说）作者却要充当全知全能全了然的角色、强不知以为知的角色,他能够不感到困难吗?连《圣经》也是这样,试看创世时,上帝何等有章法!创完了世呢?他还主宰得了吗?

如此说来,我们就不能肯定:一、曹雪芹确已完成了小说后面部分;二、即使完成了,后面部分一定能达到前八十回的水平;三、后面部分的佚散是一大损失。

《红楼梦》是我国文人与读者的一个永远的话题。后四十回的佚散与续作的真伪得失,则是话题上的话题。一部文学作品不但成为欣赏的对象而且成为议论、考证、猜测(推理)、慨叹,也成为做学问的对象,成为理智的对象亦成为情感的对象,成为形而下的历史、民俗、社会学科对象也成为形而上的哲学、宗教、占卜的对象。作为对象的广泛适用性,《红楼梦》是无与伦比并且是独一无二的。后四十回这一公案,正如小说本事一样,令人充满遗憾与遐思,使小说的版本与流传与小说本事一样充满神秘的魅力——我们失掉了什么,又得到了什么呢?《红楼梦》这部书稿的命运,不是和贾府的命运、宝黛的命运一样有始无终,令人牵肠挂肚吗?或者我们可以进一步说,有始无终,不正是今天我们能够体验的世界、人生乃至许多事业的一个大大的特点吗?怎么过去我们竟没有好好地思考过这一命题呢?古往今来的多少历史事件、历史人物、历史现象、历史运动是"有始无终"的啊!整个历史,不论地球史还是文学史,宗教史还是战争史,不也可以说有"有始无终"的吗?

怎样才算"白茫茫大地真干净"

例如被普遍诟病的是续作改变了"白茫茫大地真干净"的结局,搞了什么"兰桂齐芳",赏还家产,恢复世职,"沐皇恩贾家延世泽"等等庸俗的东西,破坏了《红楼梦》的结局的悲剧性。

其实,如果不是"刻舟求剑",如果不是只注意情节交代反而不去注意整体的阅读效果,如果更多地考虑实际的艺术描写与艺术感受而不是拘泥于似明似暗的雪芹原意,便会看到,这方面的问题远远没有那么严重。因为,所有这些皇恩、世泽、齐芳等等,写得都很虚,很简略,很干巴。相反,"锦衣军查抄宁国府""苦绛珠魂归离恨天""史太君寿终归地府,王凤姐力诎失人心",以致宝玉痴迷、宝玉出家、妙玉被劫、惜春出家、鸳鸯自缢……各种家破人亡、妻离子散的惨状写得都很实、很细致,也比较动人。即使兰桂齐芳,也并不会使读者(包括作者)得到多少安慰,而只能反衬出宝、黛、钗等的下场的寂寞悲凉。贾赦贾珍这两个本来就不令读者待见的"行子"的被赦,无论如何也抵消不了贾母在家败后死去所留下的空白。探春不回来,也许惜春、迎春的命运还缺少一个见证人、嗟叹人,贾琏的归来与巧姐的嫁给乡下财主少爷,不是更加衬托出失去王熙凤的悲哀与落寞吗?"文妙真人"的封号,又怎能弥补宝玉出家带给贾政、王夫人、宝钗乃至袭人,带给黛玉晴雯的芳魂,带给整个大观园,带给历代读者的心灵上的冲击?宝玉的失落不就是生命的失落、爱情的失落、青春的失落与一切的荣华富贵的失落吗?贾兰乃至贾赦贾珍贾琏的幸存,不正是红楼一梦的失落的对比和见证吗?如果一定要求续作写出谁也不剩谁也不存的"白茫茫"大地来,不等于写出"世界末日"来了吗?不是太干净——干净得连悲哀都没有了吗?

不能说现在续作的结尾就一定好,但也不能胶柱鼓瑟地认为写人死净家败光才一定好。色即是空,空即是色。色离不开空,空离不开色。以色视空,以空视色,才有悲剧喜剧。有色才有空,无色何谓空?如果最后只剩了空空空,空对空,舞台上一个人不剩一个景不留一个灯不打,还悲什么呢?

而且我们不能不考虑到作品写作与流传的环境。如果一味地写贾家如何被治罪如何败落痛苦绝望,会不会被认为是对于善恶报应这一具有劝善惩恶的教化功能的原则的否定,乃至被认为是借闲书发泄对朝廷的不满呢?如果这么大一部书,全文都是骇世嫉俗的东西却没有一点从俗所以未免"庸俗"的东西,会不会更加被认为是一部危险之作、大逆不道之作、与社会的既定价值观念和秩序"对着干"之作,乃至谋反之作呢?相反,写一点天恩浩荡,写一点家道复初,写一点"高魁贵子",避开了文字狱,利于作品的传抄流行,又无伤作品的整体,连这也要批评,倒有点"站着说话不腰疼了"啊!

又或谓,宝玉早说过黛玉死了他就出家,续作却写他和宝钗过了很长一段日子,宝钗怀了孕,他又中了举,最后才出了家。或分析这反映了高鹗观念上的更多的局限性,"不孝有三,无后为大",出家也罢,却要先完成传宗接代的历史使命;金榜题名,光宗耀祖,也是少不得的。这样一个分析显然是对的,加上香菱扶正、"老学究讲义警顽心",甚至连黛玉也开始奉劝宝玉要上进之类的描写,续作四十回比前八十回从观念上说确是保守得多,俗浊得多。但作为小说读,也不能只从观念上分类。"林妹妹"一死宝玉立即出家固然是一种写法,让林妹妹先死,宝玉经历了婚姻生活、科举考试、抄家败家、贾母凤姐迎春的相继去世及探春远嫁、妙玉被劫……之后才出家,即既历尽荣华富贵,也饱享其他一切凡夫俗子梦寐以求的"幸福"之后再出家,也未必不高明。一块石头,自始至终存在于渺茫迢远的大荒山无稽崖青埂峰,就不是宝玉,就虽有石头而无事可记,就没有"石头记"也就没有《红楼梦》。一块石头,变成通灵宝玉,再到那温柔富贵乡、花柳繁华地经验一番,翻几个筋斗,再回到大荒山无稽崖青埂峰,这才是宝玉,才是《红楼梦》。宝玉经历了繁荣,经历了争斗和危机,经历了常人难于经历的种种"男女私情"特别是与黛玉的刻骨铭心的爱情的炼火,为什么就不应该再经历一下婚姻生活、科举试第、家败人亡,就是说,在已经翻了几个筋斗以后再翻他个筋斗呢?这样,宝玉虽在青年时期,却差不多经历了那个社会那个阶级的人所能经历的一切,之后,再看透一切,舍弃一切,决绝出家这样处理有何不可呢?说老实话,仅仅在情人死亡、失去精神支柱、失去"宝玉"的情况下出家,这其实是常人都能做得到的。在失去了红尘的幸福以后看破红尘,这有什么稀奇?有什么悲哀?这样的人在中外寺院里、精神病院里有的是。柳湘莲不就是这样的吗？芳官亦是如此。而惜春则是由于一种近乎先验的对于红尘污浊的恐惧，一种相当自私的洁身自好（例如，失窃后她并不关心家庭受到的损失而只关心自己的面子）而出家的。宝玉不是柳湘莲、芳官、惜春，宝玉是在失去了许多亦复得到了许多东西之后，是在寻找失去的东西而不可得，连与林妹妹梦中一会的愿望也实现不了，却又得到了许多按常人观点仍极令人羡慕的东西而不珍贵不留恋，在"任是无情也动人"的宝钗再也不能打动自己的情况下决绝而去的，难道这不包含着更多的内容吗？宝玉唯一真正爱的是黛玉，这是无可怀疑的。但宝玉对宝钗对袭人贾母贾政王夫人王熙凤绝非没有感情，绝非黛玉一死他便可以立即割舍一切。写他与宝钗的诀别也经历了一个过程，还是合乎情理的。

这里还有一个叙述上、结构上、技术上的问题。林黛玉到底应该死在什么时候？黛玉、贾母、王熙凤这三个最重要的人物之死必须适当岔开，再加上没有这么重要的香菱、鸳鸯、迎春之死，如果挤在一起像被命运的机枪扫射一样一个紧跟一个地死去，那实在会是小说的败笔，实在会是人为的死亡堆积，没有哪个小说家会这样作小说的。如果贾母熙凤先死而黛玉不死，这也难以想象。贾母熙凤是贾府的支柱，家运的象征，也是家庭权力的人格化；贾母熙凤一死，贾府也就垮了，宝黛钗的三角悲剧的地基也就没了。贾母熙凤一死，谁还可能用"金玉良缘"去扫荡"木石前盟"？贾母熙凤一死，贾家一败落，锦衣军一查抄，不但要依制服丧，而且全家的主要矛盾变成了"救亡"，宝玉黛玉的爱情还有什么动人，宝黛钗三位谁还能耿耿于爱情婚姻？这么说，贾母熙凤先死行不通。只有一条选择，黛玉先死，而且不能离贾母熙凤之死及全书结束太近。黛玉死了，宝玉立即出家也是不可以的。宝玉者宝玉也石头也《石头记》之主人公也，宝玉出了家，全书不完，再拖拖拉拉写抄家写贾母写鸳鸯写巧姐写妙玉成何道理？什么叫"白茫茫大地真干净"，死了黛玉走了宝玉又死了贾母凤姐，这也就干净了。贾兰辈再有一百个中举也影响不了"真干净"的空旷寂寞啊!

那么,应该怎样看后四十回呢?前提是:一、是续作不是原作。二、是续作不是创作。三、是被读者接受了的一百二十回本《红楼梦》的一部分。

所以,我们读此续作时,既考虑到它与前八十回的连续性、统一性,又考虑到它的独立性、特殊性,从文本出发,进行文学的评析,仍是必要的与可能的。至于从考证的观点来分析续作哪些符合哪些不符合曹雪芹的原稿原意,那是另一套参照系另一套学问,与对续作的文学评析互相不能取代。

接续、收拢与温习

续作的意义首先在于它是前八十回的一个接续、收拢与温习。精彩绝伦的前八十回留下那么多伏笔、线头、人物与情节的发展契机。续作努力地顺藤生瓜,顺水而下。许多前八十回已露端倪的人和事在后四十回得到了交代,而这是很能满足读者的需要的。赵姨娘与马道婆用邪术暗害凤姐宝玉,贾芸向倪二借钱买冰片"孝敬"凤姐,贾芹掌管水月庵,晴雯死前怡红院的一株海棠突然枯死,贾雨村与甄士隐的交谊,王熙凤放高利贷及"包揽词讼",惜春与尤氏、鸳鸯与邢夫人、凤姐与邢夫人的过节,柳五儿走后门想进大观园,刘姥姥与凤姐的交谊,贾环与主流派的积怨,所有这一切在前八十回撒了种结了蕾的人和事都在后四十回开花结果了。不论续作者是高鹗或不是高鹗,也不论续作有多少缺陷,仅此一点也已经难能可贵了。续作语言基本上与前八十回风格一致,情节大致上"无一字无出处,无一字无来历",续作者是下了大功夫死功夫的。按常理,能达到这一步也是不可能的。除了曹雪芹的《红楼梦》之外,托尔斯泰的《战争与和平》、巴尔扎克的《欧也妮·葛朗台》、雨果的《悲惨世界》、狄更斯的《大卫·科波菲尔》,请问,谁敢谁能为之续上不是四十回而是四

143

个页码？

所以，我宁愿设想后四十回是高鹗或某人在雪芹的未完成的原稿上编辑加工的结果，我觉得完全由另一人续作，是不可能的，是没有任何先例或后例的，是不可思议的。

后四十回还有一些章节，虽与前面无必然的因果关系，即不是前面的契机发展的结果，却更像是前八十回的内容的重复、再现、温习。像一部交响乐，某些动机和乐段不断地再现与变奏是不可避免的，是加深印象和感染的重要手段，是打动人心的艺术语言，是提醒也是纠缠，循环往复，无解无休以至于无穷。例如"奉严词两番入家塾"令人想起茗烟闹书房，"薛文起复惹流放刑"令人想起全书开始部分薛蟠为抢夺香菱打死冯家公子，"人亡物在公子填词"当然令人想起痴公子的"杜撰芙蓉诔"，"失绵衣贫女耐嗷嘈"令人想起岫烟的当票，"布疑阵宝玉妄谈禅"令人想起"听曲文宝玉悟禅机"，"强欢笑蘅芜庆生辰"令人想起"寿怡红群芳开夜宴"，只是气氛截然相反。包勇故事令人想起宁府焦大，更不要说宝玉丢玉、犯病等，几乎是第二十五回丢玉患病一节的扩大重演。

续作还有一些描写，从横的方面补充了前八十回的不足。作为一部百科全书式的长篇小说，《红楼梦》前八十回写了园林、建筑、服饰、烹调、医药、吟诗、作赋、酒令、灯谜、婚丧、省亲、上学、治家、炼丹、尼僧、戏曲、狎妓、收租、诉讼、作画、品茗以及春夏秋冬、风雨晨昏，实是应有尽有。续作四十回在此基础上横向发展，写了操琴（音乐）、钓鱼、读经、为文（八股）、求签、驱妖、测字、扶乩……倒也要得。

或问，求签驱妖测字扶乩等等，是不是写得太无聊，流于宣扬无知迷信了呢？

是的，这些东西写多了确实给人以乌烟瘴气之感，与此相反，续作四十回确实缺乏至情的、灵秀的、突破世俗观念的有力的文学描写。但整个说来，续作者的头脑还是清醒的，并无宣扬迷信之意。续作通过贾蓉之口嘲笑法师驱妖说："我打量拿着妖怪给我们瞧瞧到底是些什么东西,那里知道是这样收罗……"还有一个小子笑道:"……明明是个大公野鸡飞过去了……我们都替他圆了个谎……倒瞧了个很热闹的坛场"。第一百零九回,宝玉欲与黛玉的魂魄相会,宝钗对他进行无神论教育说:"……并不是生前那样个人死后还是这样。活人虽有痴心,死的竟不知道……只是人自己疑心,所以招些邪魔外祟来缠扰了。"宝钗讲得极是,只是更显冷酷。

种种乌烟瘴气的出现,确实也是贾府败落的一个表现。国之将亡,必有妖孽。伊斯兰教讲,到了世界末日,就会出现"艾居居米居居"之类的妖孽。从这个意义上看,续作写这些不无必要,不无道理。

与前八十回相较,续作写贾政的官场生活要细一些也实一些。此前只是在贾雨村身上写了一点官场腐败、"护身符"之类。第九十九回"守官箴恶奴同破例,阅邸报老舅自担惊"写官衙腐败之不可救治,以及第八十六回"受私贿老官翻案牍"写受贿官员如何颠倒黑白徇私枉法,都写得很合情理,很有认识价值。这方面的描写,对全书也有补充作用。

后四十回中的贾母

续作中更富于创造性、即另行生发铺陈的情节有"贾珍鞭悍仆",以此而发展为一场内外勾结、里应外合的盗窃。不但是内外勾结,也是上下夹攻。仅仅由锦衣军自上而下地抄家还不彻底,再加上盗贼光顾,贾府算完了。

人物中最于续作中见精神的我以为是贾母。前八十回中,除了宠爱凤姐宝玉,不喜贾赦邢夫人,干预了贾政教子,保护了鸳鸯不受贾赦骚扰之外,贾母是个成天乐呵呵、说笑话、享清福、不管事的"老废物"——贾母对刘姥姥说的自谦之语。恰恰在后四十回,在锦衣军抄家之后,贾母显示了她作为贾府的首脑、灵魂与支柱的作用。第一百零六回"贾太君祷天消祸患",表达了贾母在"皇天菩萨"(中国化的综合神)面前承担责任的决心和气魄,在"皇天菩萨"面前有个交代、站住脚跟,底下的事才好办。第一百零七回"散余资贾母明大义",关键时刻贾母拿出自己个人的银钱接济各方,独撑大厦,共体时艰,使真正的废物贾政想道:"老太太实在真真是理家的人,都是我们这些不长进的闹坏了。"贾母还说:"你们别打量我是享得富贵受不得贫穷的人哪,不过这几年看着你们轰轰烈烈,我落得都不管,说说笑笑养身子罢了……如今借此正好收敛,守住这个门头……"说得好!第一,贾母能享福也能受苦,毕竟她是老一辈人,是第一代创业的荣国公长子贾代善之妻,创业维艰,贾母身上还沾染一点创业者的艰苦奋斗的传统,与下几代人从一出生就养尊处优、衣来伸手、饭来张口乃至习以为常地穷奢极欲不同。第二,该享福时能放手享福,养身子,想得开,撒得开,这也值得肯定。第三,懂得坏事变好事的道理,抄了家,正好借此收缩清理,去做那些平日做不得或难做的事情。就这三条,她已经比贾赦贾政、王夫人王熙凤——更不要说贾珍宝玉之流了——强上十倍。贾母又去安慰凤姐,说:"……就是你的东西被人拿去,这也算不了什么呀。我带了好些东西给你,任你自便。"这是何等豁达。而且愈在多事之秋,愈注意抚慰团结"部属",自比贾政王夫人平日既不管事又瞎干涉,遇事则把管事的凤姐贾琏埋怨一番要高明得多。第一百零八回"强欢笑蘅芜庆生辰",贾母说:"大凡一个人,有也罢没也罢,总要受得富贵耐得贫贱才好……"又说:"凤丫头也见过些事,很不该略见些风波就没了样子,他若这样没见识,也就是小器了。"这些,则是更有概括性的金玉良言,甚至有了大将风度,政治家风度。续作还有贾母以此观点批评黛玉之处,则是混淆了不同性质的问题,用治外伤的药去治内感去了。黛玉的"小性儿",是寄人篱下、不能自主、难觅知音的出自内心的感情痛苦,而凤姐此时碰到的是抄家、是高利贷、词讼等事的败露,是政治经济身外之物之事上的失败。完全可以设想,设若黛玉在世,看到贾家势败财失,她不会计较的,甚至她会为宝玉的地位进一步与她靠拢而感到欣慰。至于宝钗之被贾母夸奖:"你宝姐姐是个大方的人……宝玉待他好,他也是那样安顿;一时待他不好,不见他有什么烦恼……"也正是被读者诟病之处。薛宝钗竟把感情的东西,内心世界的东西政治化、礼仪化、外在化了,她似乎没有了内心世界,而只有永远正确一贯正确的举止言行。这种道行确实非凡人所能修成!这种境界确实令人不寒而栗!

"庆生辰"的效果不佳,强欢强笑的结果只能是比哭还难看的苦笑。"形势比人强",即使有伟大的能上能下能屈能伸的贾母与宝钗,被险恶的形势所压迫,被凡夫俗子所包围,她们的稳住阵脚的努力亦没有能够成功。

正因为续作四十回以新的高度塑造了贾母,赋予贾母以新的精神品质精神内容,贾母之死便给人以真正的大厦崩颓之感。贾母死也死得很大气,"我到你们家已经六十多年了",她清醒大度地简单总结。"福也享尽了",她对人生并无怨言,并不觉得老天或是谁谁欠着她账。"儿子孙子也都算是好的了",鸣哀言善,态度宽厚。"我的儿,你要上进才好",以此教育宝玉。"将来成了人,也叫你母亲风光风光",对贾兰的话反映了贾母内心深处对李纨的同情理解悲悯。"你是太聪明了,将来修修福罢……"对凤姐爱之深看之亦清的。"脸变笑容,竟是去了",贾母的死也高出旁人一筹。比较一下可卿的不明不白的死,黛玉的悲怨的死,凤姐的冷落的死,尤二姐尤三姐的非命的死,赵姨娘的丑恶的死,便可以知道,贾母是死得何等有福气了。

王熙凤的"英雄末路"

续作写贾府的败落大致不差,有气氛,合情理,多线条,可信可叹。一部小说,不仅要写出败落的原委与多方面的表现,更要写出败落的形象、征兆、气氛、人们的感受。感受可以是分析型的，也可以是直觉型乃至混乱型的。第八十三回"元妃染恙"。第八十七回妙玉"走火入邪魔"。第八十八回写"门上闹的翻江搅海""鲍二和周瑞的干儿子打架""正家法贾珍鞭悍仆"，又写凤姐处小丫头子胆怯怕鬼受到申斥，但夜间醒来，凤姐自己也"发起渗（按，应为瘆）来"。第九十三回"水月庵掀翻风月案"，匿名者用大（或小）字报形式揭发贾芹在水月庵的胡作非为。第九十四回写花妖和丢玉。第九十五回元妃死，宝玉疯。第九十七、九十八回黛玉死，宝钗调包出嫁——这种冒名顶替又是用来治病冲喜的婚姻也给人以不祥之感。第九十九回"恶奴"操纵贾政，薛蟠事很不顺利。第一百回探春远嫁。第一百零一回凤姐在大观园被狗惊吓，求签"惊异兆"。第一百零二回大观园驱妖。第一百零四回"醉金刚"倪二准备串联一些人闹一闹，整整贾府，可见即使在封建社会也有自下而上抓辫子闹垮"上面"的余地，可以说世上没有绝对的民主，也没有绝对的专制。如此这般，到第一百零五回锦衣军抄家，已经铺垫足了。

　　而这个过程中最重要最核心的是写"王凤姐力诎失人心"——第一百一十回。前四十回凤姐是那样得宠、能干、专权、游刃有余，协理宁国府，弄权铁槛寺，施恩并取笑刘姥姥，实是活力、精力、权力乃至一种独有的才智魅力的象征。中间四十回，王熙凤已陷入矛盾之中。第四十四回"凤姐泼醋"，虽然取胜但已得罪了贾琏，逼死了鲍二家的。第五十五回凤姐健康状况开始不佳，探春代理一段家政，凤姐反要让几分，失去了当年一花独秀的优势。第六十一回为玫瑰露茯苓霜事件凤姐提出"把太太屋里的丫头都拿来……只叫他们垫着磁瓦子跪在太阳地下，茶饭也别给吃……"意欲搞逼供，被平儿否定，开始露出了她强梁太过，因而说话反而不算，说了也难以接受执行的颓势。这也应该叫做"物极必反"。到第六十几回尤二姐事件，凤姐的表演达到极致，到了撒泼的程度，却已是她的"英雄末路"。最后手段使出来，后力也就不继了，杀手锏用完，法宝也就尽了，高八度唱出,嗓音也就嘶竭了,哪里能与前面谈笑定乾坤时相比?果然,接着就为两个婆子得罪尤氏这一事件受到邢夫人的公开侮辱,又受到王夫人的责备。到抄检大观园时,凤姐已失去了驾驭局势的能力,而不得不去做违心的事,实际是充当傀儡了。

前八十回结束,王熙凤走下坡路的趋势已十分明显。但她不甘心自动退出历史舞台家族舞台,还要勉力挣扎,还要逆大趋势而奋斗,自是可叹。第一百零八回"强欢笑蘅芜庆生辰"写凤姐"虽勉强说了几句有兴的话,终不似先前爽利,招人发笑"。其实未必是凤姐的幽默感与口才的不爽利,事虽小,却显出了气候已经不对,叫做"正是晦气的时候",凤姐得意招摇的时代已经一去不复返了。

到贾母死后,凤姐办丧事之时,她已失势、失财、失威、失宠、失权(处处有邢、王夫人掣肘),又失去了自己的健康精力,怎能不"力诎失人心"呢?而内外人等,不可能细查事物的多方面制约因素,他们只知凤姐能干,只知凤姐过去办丧事很有成功纪录(如办秦可卿的后事),便无法不要求凤姐像过去一样办好这次丧事,包括鸳鸯在内,也认为有理由要求凤姐办得更风光更好——鸳鸯是从贾母的地位及贾母对凤姐有恩宠这个角度来考虑问题的,她认为丧事办得怎样事在人为,事在王熙凤之"为",而全然不理解不体谅大势已去,此一时也,彼一时也。她能对此次凤姐操办的丧事满意吗?其他人等自然也是以成败论英雄,认为一切不如意之处均应由凤姐负责,凤姐本人也有口难辩,既不能把这个实际上已无法好好完成的任务推给别人,又不能把真实情况通报给大家,她的失人心是铁定的。续作中的这些描写合情合理,有骨有肉,与前面接续得十分自然。

在一个没落的家族中,逞能、得势、施威……最终只是悲剧。亡国之君越是主观上"励精图治",越是亡得更快,有什么办法呢?最终凤姐死得何等凄凉,连自己唯一的小女儿也保护不了。

秦可卿的亡魂劝凤姐趁早抽身退步,又谈何容易?得意时抽不出来,退不出来,也感觉不到抽身退步的必要,甚至视抽身退步为怯懦的过虑,失意时又抽、退到哪里去?第一百零六回"王熙凤致祸抱羞惭",公平说来,王熙凤究竟给贾府立的功多还是招的祸多呢?从全书来看,王熙凤越失势贾府越混乱败落,贾府越混乱败落王熙凤越失势而邢、王夫人越管事。这里,是人坏了形势,还是时势坏了人呢?如果贾府的"天恩祖德"不尽,王熙凤即使苛刻狠毒,以她的才能,她不也是佼佼者吗?

掉包婚姻与黛玉之死

续作费了很大的力气来写宝玉与黛玉爱情的悲剧结局。续作相当善于描写人的下意识活动,变态的精神现象。第八十二回"病潇湘痴魂惊恶梦"写黛玉的梦境和"心病":贾母不管不问,父亲续弦,没有亲娘的苦处,宝玉的亲亲疏疏、热热冷冷的不稳定性——梦里的宝玉一会儿说"你既有了人家儿,咱们各自干各自的了",一会儿又说"你原是许了我的,所以你才到我们这里来,我待你是怎么样的,你也想想"——最后宝玉用刀割开自己的胸膛,拿出心来让黛玉瞧……实是动情发狠,实是绝望的爱情。

第八十九回"蛇影杯弓颦卿绝粒"写黛玉听到一个谎信儿——宝玉已与张家小姐定了亲,她便奄奄一息,后知并非如此后,她又活过来了。和生命缠绕难分的爱情!使人死、使人生的爱情!真是"生命诚可贵,爱情价更高"!这一段也是一个预演,是林黛玉终于因情尽泪枯而死的前奏。

第九十七回"焚稿断痴情",第九十八回"魂归离恨天",写黛玉之死十分令人悲痛。没有回应的爱情,没有回应的才华,没有回应的眼泪和怨懑——这是一个没有回应的生命!爱情是什么?爱情是从爱自己的人身上获得自己的存在的证明。正是在爱情的镜子里,人们感知了自己最青春、最美好的形象。不能获得证明的存在未必是真实的更不是有意义的存在。失去了对自己的青春和美好的感知亦即失去了美好与青春。不真实与无意义的存在又要它做甚？林黛玉"只求速死"，此外她还能怎么样呢？

不论专家学者对续作有些什么批评，这几段还是打动了世世代代万万千千的读者。第九十六回"颦儿迷本性"，写黛玉听到宝玉即将与宝钗成亲后去找宝玉，"两个人也不问好，也不说话，也无推让，只管对着脸傻笑起来……忽然听着黛玉说道：'宝玉，你为什么病了？'宝玉笑道：'我为林姑娘病了。'"呜呼，这是怎样真诚的痴呆，这是怎样真实的交流！到这个时候，世界已不复存在，社会已不复存在，环境的桎梏镣铐已不复存在，只剩下两颗滴血的心，交相映照，交相勉力支持，交相释放出无尽的苦水，交相浸泡！这就是一个没有爱情、不允许爱情（贾母说，这女孩儿"心病"也是不可以有的）的环境中的真正的爱情，真正的婚礼！他们这样对坐了，傻笑了，表白了，他们的爱情已经成功了！薛宝钗即使当一百年的二奶奶，与宝玉生下二十个大儿子来，她也不可能得到一秒钟这样的心贴心，心哭心，心换心的刻骨铭心的境界和体验！究竟是谁可怜？

续作确是相当善于写这种精神状态的异常化。其中第九十八回写宝玉得知黛玉的死信后昏死过去，第一百一十六回写宝玉因麝月的一句话而"魂魄出窍"，都能入扣可信，给人留下印象。

"凤姐设奇谋"的掉包计，是否符合雪芹原意实难判断。但续作的这种处理确也煞费苦心。这里，黛玉是被抛弃的，宝玉是被欺骗的。宝钗是用来进行欺骗和顶替的。归根结底也是被欺骗的。宝钗明明知道宝玉想娶以为娶的是黛玉而绝非自己竟能一无反应，"脸不变色心不跳"地充当一场并非自己的意愿的骗局的主角，也算写绝了。宝钗能胜任这样的尴尬角色，确也令人五体投地——"服"了！如果不用这种"奇谋"，不这样"出奇制胜"，就无法写出这样的结果来。尤其无法写出宝玉如何能弃黛而娶钗来。如果是黛玉先死而后宝玉娶钗，如果黛玉未死而宝玉同意（哪怕是被迫同意）取钗，都不合理。只有用奇谋把宝玉蒙在鼓里，才有这个可能性。而对于奇谋的策划者组织者,即对于贾母、王夫人、凤姐来说,也必须写出他们采取奇谋的合理性,甚至是不得已。所以写了失玉后宝玉的病重,写宝玉病重一箭双雕,一是宝玉从而更易上当,二是结婚冲喜要紧,使平日难于想象难于解释的掉包婚姻的出现有了一定的依据。同时,这种掉包婚姻"奇谋",表现出的封建道德与封建家长制的专横、强梁、残酷、荒唐;表现出的那种扼杀青春、扼杀美、扼杀一切美好与真诚的情愫的封建秩序的反人性的特质——而这种欺人太甚的霸道又是彻里彻外地出自为宝玉好的良善动机——确令读者发指,令读者扼腕叹息、欲哭无泪。这样的婚姻,确也是世界婚姻史上的奇迹,是文学宝库中人类的一种崭新经验的记录,也是爱情悲剧中的一个奇闻。

宝玉者宝玉也

续作用了很多篇幅写通灵宝玉的失去,随着这块玉的失去贾宝玉的痴呆,和尚送玉回来,宝玉梦境中追和尚,和尚又来,宝玉欲还玉,宝钗袭人"佳人双护玉"……不能说这些描写有多少新意。其中和尚来了,要一万两银子,又不见了,又来了要银子,又不要了,这种处理给人不乏"脱裤子放屁"自找麻烦之感。显然续作并不很会处理这块玉。

但续作在这块玉上做文章还是对的,是重要的。曹雪芹一上来就在石头——一块通灵宝玉上做文章嘛。第一百二十回"甄士隐详说太虚情"道:"宝玉者,即宝玉也。"这当然不仅是文字游戏。希望在物的世界中为自己寻找到对应体,希望在物的世界、大自然中寻找到另一个自我,这也是一种人类的共同心理。从出生到死亡,生命是充满了灵性、充满了感觉和思想,有明确的自我意识即自我与世界、人类与物的自然的分离意识的。但生命又是脆弱的、转瞬即逝的、不自主与不自由的。个体生命出生的时候面对的是一个坚硬的、不依自我的意志为转移的、先验的、无始无终的永恒的世界。人珍重自己的灵性,又羡慕物的坚固与永恒。"日月经天,江河贯地",形容人的伟大时人们要援引自然。"天行健""天若有情天亦老",形容大自然的恢宏久远的时候人们要把自然人格化。人希望在自然中找到自己的对应,在这个对应物中体现出大自然的坚固与永恒。由此而产生了人类的许多遐思——包括文学、哲学和宗教观念。例如其中中外最普遍的一种观念是把一个人的生命与天上的一颗星星联系起来。《三国演义》中的诸葛亮等人夜观天象便可知道某人生病、某人死亡,乃至预知自己的死日。安徒生的《卖火柴的小女孩》中的女孩子弥留之际看到了一颗星的陨落。这种人与星的联系对应的观念已经被许多人接受。我们甚至可以推测当人们第一次发现并确认天上的某颗星星便是自己的另一个我的时候,他们将感到相当的安慰。在广漠的宇宙之中,仅仅具有一副无革无甲的七尺之躯,一段不满百年的生命历程,而且对这样一个历程中会遭遇到什么,人们常常是一无所知一无所能。认识和承认这一点将给人自身带来何等的压迫感!而当人们把自己的生命把自我延伸到浩渺的星空中去,当人们设想七尺之躯不满百年的我不过是我的一种形式、一种比较渺小与短暂的痛苦的存在形式,而另一种形式是星,是天空的一体、宇宙的一体,它的命运是事先注定的。而七尺之躯不满百年的我无能为力也无庸操劳的时候,这种对自然的认同、对物的认同,不是给七尺之躯不满百年的我以极大的安慰吗?不是对现实的我的渺小与局限的一个想象的突破吗?不是一种悠畅的神游吗?

  而在《红楼梦》中,一破窠臼,贾宝玉的对应物、贾宝玉的一个更坚固也更永恒的存在是大荒山的一块石头,是这块石头修炼而成的一块通灵宝玉。既是宝玉,又是顽石,这是石头二重性。既是聪慧多情公子,又是无赖不肖的不可救药的痴呆者,这是贾宝玉的二重性。既经历了感情生活物质生活的种种旖旎风光与疾风暴雨又最终什么也没有得到,无喜无悲,既圆润又麻木恰如一块石头,这是贾宝玉并且是曹雪芹的内心体验的二重性。无疑,在贾宝玉身上最多最深地体现了曹雪芹的自况,对贾宝玉的真诚与善良、不合时宜与悲哀、无奈与荒唐,曹雪芹体会得最为彻骨。所以他终于为宝玉、为自己的书、为自己找到了这块女娲补天不得入选的石头的对应形象,这是千古唯一的象征和寄托,叫它与贾宝玉同时孕育,同时降生,同经悲欢离合喜怒哀乐,又同归于大荒山。大荒者,没有人化文化的大自然也,它是出发点,也是归宿。神游大荒,漫游人生,这样想起来,在不乏悲凉感受的同时不是也会产生一种雄浑豁达、无首无尾、无始无终的开阔感受吗?

　　人与石头的认同,石头与玉与大荒与女娲的转化,这本来是一种形而上的思辨,一种诗的想象。如今,要把它化成小说情节,不是梦境,而是融入现实,这确实会带来阅读的奇趣妙思,也确实会带来许多困难,使读者觉得这些地方写得做作、生硬、不伦不类、不合情理。本来,自然,物质的世界是形而下的,而人的出现为世界增添了浪漫、神秘、形而上的内容,人对自然物的认同,没有增加人的物质性与现实性,反而增加了人与世界的交合的神秘性,增加了诗情与哲理。曹雪芹的《红楼梦》的困难在于他的想象是自由的与形而上的,这才有顽石——宝玉及"宝玉者宝玉也"的构思。但他的创作方法基本上是写实的,他还不可能完全解放自己的笔,还没有更尽其精妙地写好这块石头这块通灵宝玉。何况续作者乎?续作中关于丢玉送玉护玉的具体描写是平凡或拙劣的,整个关于玉的失而复得得而复失的描写却是必要的、富有启悟性的、令人难以忘怀的。这不也很有特色,很有味道吗?

后四十回缺少艺术灵气

　　续作的最大缺陷与其说在于情节安排的偏颇不如说是在于艺术描写的缺乏。显然安排失当的情节也是有的,如夏金桂害人害己死后,家人来闹,随即被制止,然后又写香菱被扶正而且言语推让,不久香菱又因难产而亡,这几段写得极为"小儿科",没有质量也没有逻辑。宝蟾怎么可能一下子站在香菱与薛姨妈一边彻底揭露金桂而不站在夏家一边讹诈薛家呢?探春远嫁又回京虽有道理却写得干巴巴。此外像宝玉对贾兰的称赞——第八十八回"博庭欢宝玉赞孤儿",以及所有关于贾兰的小道学的描写,关于宝玉给巧姐讲《孝女经》的描写,都是既陈腐又枯燥。但更多的情况是,情节安排不无道理,至少是有得有失,难以臧否,但写得缺少一种艺术生命,缺少贯注的生气、独到的发现、奇妙的细节、别致的处理、令人边读边欲跳起来的那种紧张的艺术激情、艺术才华、艺术想象的喷薄。在前八十回,这样的描写比比皆是。写凤姐的出场,写宝玉与黛玉的会见,写贾芸与小红的钻营,写秦可卿的卧房与她的死,写刘姥姥的来访,写黛玉宝玉的春思,写宝钗的反唇相讥,写宝玉挨打,写玫瑰露茯苓霜事件,写凤姐协理宁国府与探春兴利除弊,写龄官画蔷,写芦雪亭联诗,写众少女为宝玉做寿,写晴雯撕扇晴雯补裘宝玉探晴雯,写红楼二尤,写抄检大观园……所有这些都充满一种内在的艺术张力。就是说,每个细节、每个动作、每句说笑都写得那么准确、精到、透彻、鲜活,每个字都绘声绘色,带形带响,每个段落都成了精,都立了起来凸了起来活跃了起来,整个篇章构成了一个独特的、奇妙的、充满纵横捭阖,浸满血泪欢笑的世界,一读便把你吸引住,再读更爱不释手,任意打开一节就可以读下去,任意合上书就忘不了,活在你的心里,活在你的眼前,咀嚼不完,回味不完,评论不完,感叹不完……这里面有那么大的信息量,有那么多的切身的经验体验,有那么浓聚的情感、想象、热烈的拥抱与清冷的超脱,这种达到了极致的艺术生命力,到了续作之中,是怎样的悄然失去了啊!司棋与潘又安的殉情,在续作中写得何等干巴,直如报账一般。黛玉之死引起的波澜,又是怎样地被"淡化"了!强颜欢笑的宝钗生日,情节设计得是很好的,描写也大致不差,但读者对《红楼梦》的期待可不仅仅是"不差"啊!那神来之笔的发挥到哪里去了？洞幽烛微的开掘到哪里去了？刘姥姥保护巧姐的故事，本也应该是很有一番悲欢惊险的，结果，写得如此顺风顺水，真是前生尽已安排好，得来全不费功夫！

　　总之，续作四十回的主要缺陷在于艺术魅力的缺乏。它不再是艺术精品而沦为平常之作，但它仍然帮助读者温习了收拢了前八十回的千头万绪，提供了一种可能的结局，或者可以说是试探了一种结束全书的可能性，满足了绝大多数中国读者读小说希望"有头有尾"的要求，有利于全书的流通普及，其功不可没。我所希望的只是，人们不必仅从考证的角度就把它全部否定、彻底否定罢了。

十　说不尽的话题——奇书《红楼梦》

《红楼梦》与密码

《红楼梦》确是一部奇书,奇就奇在它的"话题价值"。它是永远的,历久不衰的话题。它是各色人等从贩夫走卒到胡适到俞平伯,从毛泽东到江青……的话题。它是各种学科及视角的话题。你讨论不完它,研究不完它,它是不可穷尽的话题。

《红楼梦学刊》一九八六年第二辑上,刘梦溪《〈红楼梦〉与民族文化传统》一文中,援引了一个"误入歧途"的例子。说是一位人士著文认为《红楼梦》的作者借用巨著表面文章的载体,以随机性密码形式在论述人类史,它论述了"从时空域的太阳系地球形成地壳初始起,至作者所处时代的全部动态虚像历程的客观史实……"诚然,这很可能是真正的"歧途",但值得探讨的是,为什么《红楼梦》偏偏提供了这样的歧义性?同是著名中国古典小说,《三国演义》《水浒传》怎么就没听说过被研究成"密码""缩微""图示信息"?外国文学瑰宝多矣,怎么也没听说哪一部有过这种独特的命运?

说来说去,还是由于《红楼梦》相当全面、真实、丰富、准确,而又包罗万象、规模宏大地反映了生活,反映了人。人们对《红楼梦》的兴趣就是对于世界、对于生活、对于人自身的兴趣。话题是什么?话题就是问题,就是人们在自己的人生历程中不可避免地面对的种种问题。这里有知识性的问题,有感情性的问题,有宗教性哲理性的问题,有政治性社会性的问题。谁能生活一世而不谈论日月星辰,衣食住行,爱爱怨怨,男女私情,亲友仇敌,兴衰消长,生老病死呢?所有这些问题和其他问题,《红楼梦》都写到了,而且写得真实,不受传奇或教化所需要的捏塑与过滤,不被某种僵死的观念(如宣扬忠孝节义)或某个情节的框架所阉割。

这里,生活是第一性的,话题是派生的。有了密集的生活信息,何愁没有话题?生活是整体的,任何一个人的生活里不都充满着政治经济化学生物道德情感医药艺术法律宗教……吗?吃一顿饭,不是既有政治也有经济,既有文化也有生理卫生,既有表层的意义又有深层的含意吗?而学科角度是分割的,生活是本体的,味道——包括意义、魅力、趣味、激情以至形式的美与变幻……是从生活的"体"中生发出来的"用"。许多作家追求这种"用",这种生活的真味,并用各自的手段创造了许多味深味永的珍品。但文学的优势恰恰在于它用原生的、整体的、本体的形式反映生活,而听凭读者去"用",去以它做话题,做学科分析,品味它的真谛。曹雪芹的《红楼梦》在这方面做得真是出色!在他的文本面前,几乎任何一种分析都是可能的,几乎任何一种分析也都是片面的。在它的面前,任何一种评价都是事出有因,任何一种评价又都是"自圆其说"的一家之言。正像在世界、在人生面前一样,我们感到了那种"知也无涯,生也有涯",以"有涯"追求"无涯"的困惑和乐趣。既然此前已有各种索隐家对《红楼梦》的相当惊人的解释,那么,出现一些非常离奇的新解释,也就不足为奇,甚至难以完全否定了。

那么,密码是怎么回事?出于特定的需要,按照一定的规律编造出常人难以解译的符号系统,这是狭义的"密码"。广义地说,生活的种种现象,例如气象、星象、地质现象、人文现象直到心理现象(如梦境),以这些现象或某一类别的现象做符号,能不能解译出更有价值更隐蔽的内容、含义、内在规律来呢?这是人们感兴趣的。广义地说,天气预报也可以说是以各种气象图表资料作密码而解译出天气的发展趋向来。中国的野史、演义,则常常以日食、地震、旱涝灾害、怪胎、民谣等等做密码解释为一个朝代的兴衰预兆。圆梦是将梦当做密码,相面是以面孔形状面部器官的分布与特征做密码,占卜是以占卜器具(如签、金钱、骨头)或以人的生辰八字做密码。当然这里边会有许多误解、牵强附会、胡说八道、邪魔外道。但以某种现象、某种信息做特殊的符号系统来寻找更深一层的含义,却是人的智能、人的好奇心与求知欲所要求的。也是生活中已有的、或有的、需要有的、并非罕见的现象。就是说,密码也是生活的一种功能,即符号功能。语言本身就是一种符号,语言功能本身就是一种密码功能,有些小民族,当他们想说些体己话时就不用该国该地区的通用语言而用本民族的土语,这岂不是以语言做密码? 如果除了表面的语言外还有潜台词、双关语、谐音语、指桑骂槐声东击西语、反语、部分人默契的特定语词——如代号、绰号、替代说法……语言就有了更深一层更"密"一层的密码意义了。作为生活的百科全书语言的百科全书的《红楼梦》,被人们当做密码来进行认真的与趣味的研究,人们从《红楼梦》极细腻精到的细节描写、日常生活描写之中探寻潜在的含义,把这些描写当做密码来破译,也就是很自然的了。何况《红楼梦》确实运用了诸如暗示、谐音、谜语、藏头露尾、点到即收……的密码与准密码的办法呢!

既然生活本身具有这种"体""用",文学有这种优势,语言有这种功能,为什么其他作品没有《红楼梦》的这种效果呢? 当然,姚黄魏紫,各有千秋,这里无意论证曹雪芹高于旁的文豪,而且,也不能将提供无竭的话题作为文学作品成功的唯一的或最主要的标志。评论不同题材、体裁、风格、篇幅、流派、方法的作品应有不尽相同的价值取向,这是无疑的。但《红楼梦》的这种耐研耐议现象仍然显得卓尔不群,而且,这毕竟是令人羡慕的不凡成就。

《红楼梦》的容量与特色

首先在于作品的容量,用当代一些作家爱用的话说,叫做作品的"干货"多,"净重"重。这里的"干货""净重"大致等于"信息量"一词。而这种信息量,离不开作者的人生经验,人生知识,离不开作者用整个人生而不仅是用艺术家的敏感与才气换来的真知灼见真情实感。世界上有许多伟大的作家,他们的头脑与心灵的繁衍的能力、生发的能力、编撰的能力、剪裁的能力、思考的能力、抒情的能力、观察的能力……都可能不逊于乃至超过曹雪芹。许多西洋文豪写人物肖像、写风景静物、写人物内心活动都比曹雪芹写得细致丰满,出神入化,但整个作品的容量、"干货"和"净重"却赶不上《红楼梦》。当我们读《安娜·卡列尼娜》的时候,一种善意,一种悲伤,一种对于安娜和她的儿子谢辽沙,对列文、吉提的歌咏式的抒写充溢着我们的心胸,我们流下了眼泪,我们感动着人生的美、善与悲,而这,差不多就是全部了。当我们读《悲惨世界》的时候,我们感动于雨果的气魄、正义感、对社会罪恶的无情谴责、善恶的强烈对比及作者的大开大合、大进大退、大翻大变的驾驭小说的能力。当我们读契诃夫的小说与多幕剧的时候,最使我们感动的还是那种契诃夫式的忧郁和温和,那种基本上是淡淡的含情的叙咏调子。契诃夫的戏剧是很有乃至很追求密码效应的,许多人物的台词与动作并非出自戏剧冲突发展的需要,但是这些人物的哪怕是离奇古怪的表现,与其说是人物的不如说是属于契诃夫本人的,它的解译的范本已经摆在那里了,那就是戴着夹鼻眼镜的文雅而又清高的契诃夫。海明威的《老人与海》还是不妨破译一番的,然而那容量又怎么能与《红楼梦》相比?

容量大的首要表现是人物的众多。那么多活生生的人物形象,数不胜数,这在全世界的长篇小说中也是独一无二的。书中展现了这么多人物的血缘、感情、利害与事务关系,但除了这些可见可知的关系以外这些人物还有一种特殊的,作为书中人物的相对比相衬托相照应相补充的关系,后面的这一类关系是书中没有明讲出来的,全靠读者体察品味。过去有"影子"说,什么晴雯是黛玉的影子,袭人是宝钗的影子云云。用新的说法不如说是《红楼梦》的人物特别适合于进行比较研究。众所周知,《红楼梦》是最喜欢"捉对"写人物的。有和尚就有道士,有贾雨村就有甄士隐。有玉就有金锁金麒麟。有黛玉的掣出芙蓉签就有晴雯的死后掌管芙蓉。有贾母这个老太太就有刘姥姥这个老太太。有尤二姐就有尤三姐。有宝钗就有薛蟠、薛蝌、宝琴……同是贾政子女,宝玉与探春、贾环可以比较。同是贾琏婚姻对象,凤姐与平儿的比较研究将是一个非常有趣的题目。同是表姊妹又同是多文才的妙龄少女,黛玉、宝钗、湘云的比较也很有意思。同是丫环,袭人、晴雯、鸳鸯……的比较更使人感到鸳鸯的尊贵。包括晴雯,未尝不或多或少地将宝玉作为自己的追求的目标,独有鸳鸯采取了不屑一顾的态度。此外像宝钗与薛蟠,薛蟠与贾蓉,尤二姐与尤三姐,金桂与香菱,迎春、探春与惜春,妙玉与惜春,熙凤与探春、宝钗,宝玉与黛玉,贾政、贾赦与贾敬,邢夫人与王夫人、薛姨妈,贾雨村与甄士隐,柳湘莲与蒋玉菡,柳湘莲与惜春、黛玉,比较研究起来该有多少话说!

《红楼梦》的另一个特点是它的描写的客观性。除了贾宝玉时时令读者不禁想到他是作者的自况以外,除了少数几个人物——赵姨娘、贾环、夏金桂、宝蟾被作者的浅露的倾向性搞得脸谱化了之外,其他人物,写谁就是谁,他们是独立的、主动的、自己存在的、不被作者牵线或作者涂抹的。我们讨论争论书中的人和事,恰恰相似于讨论和争论实际生活中的人和事。当我们分析袭人的人品和作用的时候,当我们探讨宝钗的可爱与不可爱的时候,当我们议论宝玉探晴雯,刘姥姥进大观园,贾宝玉挨打乃至锦衣军查抄宁国府的时候,我们常常忘记了是在谈一本书,忘记了作者的存在。当然,在《红楼梦》中也有作者站出来或通过某个人物之口出来议论几句的时候,但议论得很有限,很有节制,有时候议论也很符合议论者的性格身份,而绝大部分是相当客观的展示。我们可以将《红楼梦》比做一席盛大的、琳琅满目的酒筵,酒筵摆好以后,厨师就不再出现了,任凭你去咀嚼品评消受。当然筵席的比拟并不精当,因为曹雪芹摆出来的酒菜都是活的而不是死的。也许我们更应该用上帝创造世界的比喻。一个好的上帝当然不是创造了世界以后不放心地生活在世界里,提携指挥说明干涉着世界,而是创造出世界后自己飘然隐去,世界变成了独立的世界而上帝不再能见,难得被感知。而我们的许多作家不像是创世的上帝,更像是提线的木偶戏表演演员。或者说,我们的许多作家包括外国作家也包括笔者本人,太热衷于自己的风格自己的存在了,每道菜上都加上自己独家炮制的"沙司"——卤汁,在顾客用膳的时候他们喋喋不休地解说和示范,甚至先自己咀嚼一遍再请顾客品用。可惜了!

　　这里一个大的问题在于风格。有一种理论把风格吹得太高太绝对了。一些幽默家笔下的人物个个幽默,一些讽刺家笔下的故事处处带刺,伤感家笔下的章节段段伤感,荒唐家笔下的故事件件荒唐。这样的风格化,难道不是一种画地为牢的狭隘化,一种越俎代庖的包办化了吗?不是有点"小家子气"了吗?作家的风格,作家的个性,作家的才华,作家的语言驾驭当然是万分可贵的,但这毕竟不是全部。我们还要看他的风格、个性、才华、语言能力究竟能在怎样的广度和深度上吸收和熔铸生活,也要看作家究竟有多少切身的与蚀骨的经历、阅历、体验可资运用以及他究竟有多大的气魄才学来运用这一切。如果仅从风格的独特性(乃至怪异性)与鲜明性来衡量,李贺可能胜过李白,屠格涅夫与契诃夫可能胜过托尔斯泰,梅里美可能胜过巴尔扎克,泰戈尔可能胜过同时代的许多大家。单纯从风格的角度和艺术形式的角度看,《红楼梦》远远不是最杰出的作品,《红楼梦》可能显得芜杂而不纯净,平淡而不神奇,客观叙述与描写多而主体性的发挥不够……尤其是,有生活依据的"记载"过多而子虚乌有的独创太少,等等,然而《红楼梦》的文学价值,恰恰不在于它是提纯了的唯一的为文学的文学,而在于它包含了多得不得了的生活内容。这种生活内容之丰富性与重要性,甚至使作者的个人风格也为之逊色了。这才是大家!这才是巨著!

《红楼梦》的再一个特点是它的雅俗共赏。这同样是生活本身所具备的特质。不论雅俗,谁能不生活?谁能不被生活所吸引、所激动、所折磨、所困扰?生活本身就有雅也有俗,有表层也有深层,有现象也有本质,可以各取所需。雅俗共赏的意思离不开各取所需。生活像海,可以容纳巨鲸、巨轮、战舰,也可以容纳小鱼小虾小虫和各种浮游微生物。《红楼梦》写生活的本领在于它的深入浅出。深入深出的作品当然是有的,比如《尤利西斯》《喧哗与骚动》,这当然也很好。浅入浅出的作品也是有的,作为文化消费,这样的通俗读物也有其存在的理由。当然,还有浅入深出的作艰深状作独特状作玄妙状的其实空无一物的作品。中国优秀的小说传统是雅俗共赏与深入浅出。这毕竟是一个好传统。

这当然不是什么新发现。《红楼梦》的文学性与它的生活容量密不可分。它的文学魅力不在于脱离生活高悬于生活之上而在于如此惟妙惟肖而又深沉广阔地表现了生活的整体。它的语言来自生活,它的形式来自生活,它之暗合于这样那样的观念也来自生活,因为生活比任何观念更能容纳与消化观念。它的文学性来自它的生活性,它是文学又是生活,它是本真的文学又是本真的生活。我们赞叹它当然是赞叹作者的才华功力劳动,但更是赞叹慨叹他所经历阅历表现再现的生活。无论如何,脱离了对生活的热情,在知识上自我封闭自我循环的作家是未必可取的。

正因为创造主体的能力不表现为自身而表现为他的创造物,"上帝"的伟大表现为世界的伟大而不是他自身的频频显灵。曹雪芹的伟大在于他提供了一个活的世界而不是他在这个世界中不断地评头品足,感叹抒怀;他不把他创造出来的世界的光聚焦在自己的身上，而是把自己的心智感情经验化为一个独立的世界。我们完全可以设想，即使他本人活着，也完全不可能对自己的作品做出那么多的发挥解释，像后世的以及未来的红学家们所做的那样。与其称这种状况为"形象大于思想"，不如说是生活大于思想、作品大于创作动机，无所不在的敏锐的艺术感受与艺术表达大于各种可能的概括。

《红楼梦》作为长篇小说的重要特点也是十分令人羡慕之点是它把握生活的整体性和细腻性，它的大处着眼的全面布局、全局驾驭与它的小处落墨、不厌其详的绘声绘色的结合。我还很少见过这样的小说。大至于朝廷、官场，中至于家政家运、派系关系与人际关系以及各种爱情婚姻亲子纠葛，小至于一茶一饭、一衣一酒、一房一舍、一庭一院、一针一线、一哭一笑、一语一字、一念一嗔、一花一木、一钱一物、一怒一啐、一举一动……全部纳入笔底，全部组成了有机整体。从大处说，我们会想到"四大家族"特别是贾家的走向没落衰亡，想到荣府的主流派——贾母——王夫人——凤姐与反对派——贾赦——邢夫人——赵姨娘的两败俱伤。想到凤姐个人的聪明才智不但无力回天而且加剧了贾府的瓦解没落过程，想到宝玉黛玉的爱情从发生到灭亡的全过程，想到大观园的一个个少女们的悲惨命运与宝玉的天真的施爱与被爱的愿望的破灭，想到石头——宝玉——人最后仍回归到大荒山的石头群中的一番梦幻般的经历。从中处说，我们会想到《红楼梦》中一个个脍炙人口的故事，例如宝黛相会、刘姥姥逛大观园、茗烟闹书房、可卿之死、黛玉葬花、宝玉挨打、鸳鸯抗婚、柳湘莲痛打薛蟠、晴雯补裘、探春改革、玫瑰露茯苓霜事件、宝玉做寿、红楼二尤、晴雯之死……从小处说，宝玉和哪个丫头开了句什么玩笑，丫环与丫环之间逗了点什么小脾气，什么季节什么天气什么场合什么人换了件什么衣服，午饭时端来了什么菜只吃了哪样菜，吃螃蟹时怎样喝了酒……特别是黛玉因为什么小事有点什么计较宝玉因为一点什么触动有些什么感慨，可称是鸡毛蒜皮，纤毫毕现，尽收眼底。写这些鸡毛蒜皮并不足为奇，所谓写"生活琐事"也是一派。

写一个又一个的事件也不难,把事件写活、写得生活化,就不那么容易了。写兴衰成败得失存亡的古今中外的小说就更多,但这一类小说往往用线性的因果关系来处理题材与结构全书,例如用岳飞与秦桧的矛盾来表现南宋的亡国悲剧,用冉阿让与沙威的矛盾来概括当年法兰西的"悲惨世界"。难得的是把生活中的大中小人物与事件这一切结合起来、联系起来,而又分割开来,一一加以从容和生动的表现。难得的是展现生活的统一性(在《红楼梦》中主要是它的悲剧性、世纪末情绪挽歌情绪与沧桑慨叹的统一性,大趋势——自兴而衰——的统一性以及人物性格的统一性)又展现每一个部分每一个角落的生活的特殊性、分散性、独立性(在《红楼梦》中表现为琳琅满目、目不暇给的生活的多样性)。大的命运在这部书里是作为一个不可抗拒的过程来表现的,这就比把它作为一个可以用因果关系解释的事件来处理要高明得多、丰富得多。各种事件与细节是作为过程中的现象——是原因也是结果,是偶然也是必然,是征兆也是错觉,是有意也是无心,是有意义的也是(表面上)全无意义的,是日常的、司空见惯的生活也是特殊专门知识的炫耀,是清醒又是糊涂,是清晰可溯的足迹辙痕又是一团乱麻、一笔糊涂账,是俯拾即是的随机记录又是匠心独运的组织经营——来展现的,这就比把它们统统变成大情节中的一个个小因子来表现高明得多、真实得多、丰富得多、耐嚼得多,容纳空间也大得多。长篇小说多矣,能这样无所不包地把生活作为一个整体来感受来熔铸来表现,能分成一个个人物一件件事一点点细节,又能合成一部总的有机关联的史诗的长篇小说,似乎还不多见。这是何等的雄浑而又细腻、连成一体而又切成细部的艺术胸怀与艺术功力!

当然,长篇小说也有各种各样的写法。但读了《红楼梦》,人们仍然禁不住要赞叹,这才真正发挥了长篇小说的优势,开掘了长篇小说的可能性,突破了其他样式文学体裁的局限性,这才是地地道道的长篇小说啊!

《红楼梦》的两个命题

《红楼梦》中包含着两组矛盾的范畴,也可以说是作者自己意识到的两个命题,一个叫做"色空",一个叫做"兴衰"。

很难说《红楼梦》中的色空是一种宗教(例如佛教)观念。毋宁说这是作者的一种人生慨叹,一声意味深长的叹息,当然也表现出一种过来人的清明,有一种希望能看得透一点、淡一点、少自寻烦恼一点的自慰慰人之意。

贾天祥照的那个"红粉骷髅"的"宝镜",包括"好了歌"中的有关词句,是"色空"观念的最流俗、最浅薄无味的一种表现层次。实际上,"色空"问题在《红楼梦》中的表现要深刻得多。

首先,"色"(不仅女色,也包括生活的五光十色,世界的五光十色)是美丽的,难以忘怀的。"阆苑仙葩""美玉无瑕""灵秀的人儿""青女素娥"式的人物,所有这些都不是空。而且,不仅林黛玉是美的,宝黛爱情是美的,晴雯芳官是美的,"任是无情也动人"的宝钗也是美的,否则她怎么能成为"牡丹"?怎么能吸引宝玉的目光?就连王熙凤,也不能说不是美的。不仅这些年轻人的吟诗作赋猜拳行令是美的,就是袭人的"温柔和顺""似桂如兰"也是美的。尽管有外国人称《红楼梦》是一本能够改变人的生活的书,读完此书,人们更多地还是受到大观园而不是大荒山的吸引。这里,色就是色,色不是空。色是魅力,色是吸引,色是紧紧地抓住人的,色是值得人为之生活、为之哀乐、为之死亡的。

其次,"色"是可悲的。贾宝玉特别是林黛玉的"灵秀"恰恰在于他们懂得美的脆弱,美的短暂,美的可悲,他们更注意用审美的眼光看人、看人生,而不像宝钗袭人等只从道德与功利的层次、像贾珍贾琏等人只从肉欲享乐的层次看一切。这样,宝玉和黛玉就益发在为美——即为色而感动万分的同时又为这美的易逝和必逝而万分痛苦。这里,审美与"审悲"几乎成了同义语。因为越美就越难以保持长久,越欢乐就越难以长聚不散,"一朝春尽红颜老,花落人亡两不知",这是先验的、宿命的悲哀。越美,那么这种美的凋零、残落、消亡就越可悲。而越是在凋零、残落、消亡之后,这种对美的惋惜、追忆、向往就越动人、越神妙。在这里,川端康成式的"悲即美"的命题,曹雪芹的"美即悲"的命题,是相通的了。

第三,与普通的丑恶相比,美是脆弱的,没有力量的,被侮辱与被损害的。黛玉、晴雯、芳官、妙玉、紫鹃、司棋、鸳鸯、金钏、四儿乃至于尤二姐尤三姐直到智能儿,她们似乎都若隐若现地处于一种敌意的恶势力的阴云的笼罩下面。因为,在那样一个时代一个社会一个家庭之中,美是罪恶,美是恶的另一种最可怕的形式。所以王夫人在抄检大观园前后明确地宣布了自己除美——狐媚子、妖精——务尽、与美为敌、只允许丑存在而不允许美的存在的"严正"决心。这样,不仅先天的美即悲,而且后天的评价曰,美即恶,美本身就是悲剧的根源。美人是祸水,红颜多薄命,这是很好的概括。而这种概括是使贾宝玉、使少年时代的曹雪芹百思不得其解,无论如何也服不下这口气的。所以《红楼梦》开宗明义声称:"……闺阁中本自历历有人,万不可因我之不肖,自护己短一并使其泯灭也。"而贾宝玉的"女清男浊"论,也反映了那种从审美层次看人生,扬颂女性的"逆反心理"。实际生活中持这种观点的人实在太少了。美引起男性的羡慕与占有欲,占有不得便成为仇敌。而美不仅引起女性的羡慕更引起嫉妒,遂成为万恶之首的根源。《红楼梦》实际上不认为美是恶,曹雪芹实际上在《红楼梦》中为美争取清白的名声与存在的权利……但与此同时,他又在贾瑞贾蓉贾珍贾琏可卿秦钟乃至凤姐二尤身上向美是恶的观念认同,这样,"色空"的陈词滥调就不无劝善戒淫的道德说教的意味了。

色实际上是得不到、存不住、守不牢的。这是《红楼梦》色空慨叹的最重要的核心。后四十回写和尚又一次来要"一万两银子"的时候,宝玉准备干脆把玉给他,搞得宝钗袭人"双护玉",实行起强制手段来。这一段写得其实不错,宝玉笑道:"你们这些人原来重玉不重人哪,我便跟着他走了,看你们就守着那块玉怎么样?"这就说到了家。归根结蒂,色空云云不过是人生无常的另一种说法,波斯诗人乌迈尔·哈耶姆的"柔巴依"(郭沫若译作"鲁拜")中反复吟咏了这一主题。屠格涅夫,小仲马……都发出过这样的叹息。人们还会这样叹息下去的,因为,这是不可解释也无法平息的一种永远的叹息。

另一组相矛盾相纠结又相统一的范畴是兴与衰。《红楼梦》写了贾府的许多罪恶,但本书似乎并不倾向于将罪恶视为由兴而衰的根本原因,这就使它与描写赃官、描写奸臣的失败的书区别了开来。王子腾升官,王家似乎在中兴,王夫人王熙凤都很高兴,结果未及上任,王子腾死在路上,使王家兴不起来,这就不是罪恶而是疾病造成的。贾家入不敷出,财政危机,也很难说是罪恶造成的。他们的排场,特别是元妃省亲的一笔大开销,很难说有多少出格的地方。王熙凤病重需要一棵好人参,竟找不到,这多少可以与贾瑞病重时凤姐不给他人参的情节联系起来读,有点报应循环的影子。但是按照封建道德的标准来看,贾瑞是咎由自取,死无可怨。而没有人参的直接原因据交代说他们过去常常大方地将好参送人,这也不是罪恶而是"美德"的后果。当然书上也说了,没有这"美德"也是无用的,人参是不能久放的,久放会失去药效。贾府虽有一些纨绔子弟,但也有正派和比较正派的贾母、贾政、王夫人,罪恶与正统道德是共存的。另外,从对贾雨村、甄士隐、甄应阙等的描写中,一方面可以看出徇私弄权之类的事到处皆然,并非贾府尤烈;另一方面,天灾人祸也是到处皆然,并非都是善恶报应。否则,甄士隐那么好的人为何那么倒霉而且祸延小女,英莲——香菱虽是"根并荷花一茎香","平生遭际"却是"实堪伤"?再如李纨,道德人品皆无瑕疵,却为何"威赫赫爵禄高登",却又是"昏惨惨黄泉路近"?

除了巧姐最后的得救与当年王熙凤曾施恩于刘姥姥有关,尤二姐死前幻觉中听到三姐说"你我先前淫奔不才……故有此报",这样两三个情节以外,《红楼梦》绝少善恶报应观念的表现,这一点也是《红楼梦》的高明与"现代"之处,此外的中国旧小说,包括某些外国古典小说如狄更斯的小说,无不努力表现善有善报,恶有恶报的因果关系。

毋宁说《红楼梦》更倾向于把"兴衰"看成一种命运,一种东方式的圆圈——周而复始的过程。秦可卿死前托梦给王熙凤说:"否极泰来,荣辱自古周而复始,岂人力能够保常的……"这样,贾府存在的一些疾患,一些问题,一些罪恶,就不是作为衰败的原因,而是作为必然的、无可挽回的衰败过程中无法不出现的一些征兆、一些现象、一些变化来表现的。以后者的观点,作者无意解释兴衰,而是着意地、细腻而又直面地记录兴衰、表现兴衰、再现兴衰的历史过程。显然,正因为采取这种态度,《红楼梦》表现贾府的衰败过程,更加深刻,更加客观,提供给人们思考和总结的内容,远远比那种作者把已经思考好了、总结好了的内容悉数端给读者(或者说是塞给读者)的小说要丰富得多。

冷子兴"演说荣国府"时开宗明义地说贾家:

> 如今生齿日繁,事务日盛,主仆上下,安富尊荣者尽多,运筹谋画者无一,其日用排场,又不能将就省俭,如今外面的架子虽未甚倒,内囊却也尽上来了……更有一件大事:谁知这钟鸣鼎食之家,翰墨诗书之族,如今的儿孙竟一代不如一代了。

冷子兴的概括还是不差的。具体一点说:

第一,生齿日繁,事务日盛,是"兴"的结果,又是衰的原因。因兴而膨胀,而浮肿,而超出了自身的承受能力、支应能力,就一定是寅年吃卯年的粮,不仅在钱财上而且在各方面造成形式(兴旺)与内容(危机四伏)的脱节,造成外观与实力的脱节。在这个意义上说,兴是衰之因,衰是兴之果。

第二,所以《红楼梦》一直致力于"降温"。不论是抽象地讲"色空""聚散"之理还是具体地讲"兴"时就要做好"衰"下去的准备,它都注意提醒人们——特别是安富尊荣的幸运儿们清醒,有所忧惕,有所收敛,急流勇退,未雨绸缪。这倒确是过来人的金玉良言。这里,"色空"与"兴衰"的道理相通,都是旨在"降温"。

第三,封建社会权力与财富的高度集中,长幼尊卑秩序的凝固,可以说是有利于稳定的。但抹杀个人主动性的结果是抹杀个人的责任感与积极性,当然就是"安富尊荣"者多,"运筹谋画"者无。"兴"是怎么"兴"的?叫做仰仗天恩祖德:一切都是皇帝与祖先的赐予,不是自己努力的结果,自己努力也未必能得到这一切。"衰"是怎么衰的?龙颜震怒了,祖宗也无法保佑了,叫做"气数尽了",于是乎树倒猢狲散,彻底完蛋,同样不是任何个人的事情。这样,一切归功于、归属于天恩祖德的大忠大孝大仁大义大谦虚的观念,实际是取消了个人的使命与历史责任的观念。这种对于天恩祖德的称颂的声浪愈高,衰的迹象愈盛。

第四,在可以仰仗天恩祖德之时,只剩下一个任务就是享乐。以享乐为纲,这一点贾母贾琏宝玉并无区别。只不过由于文化素质特别是审美情趣的区别,贾母偏于玩乐清福,贾琏偏于感官刺激,宝玉偏于意淫与清谈遐思。而享乐主义的泛滥必然造成后继无人——一代不如一代的窘境。

第五,在自兴至衰的过程中,一方面是普遍的道德沦丧,一方面是少数几个道学家的回天乏力。如贾政,他越正统就显得越是脱离生活,脱离实际,脱离"群众"。他的很可能是衷心身体力行的正统道德变成了干巴巴的屁也不值的教条,他从一个悲剧人物变成了喜剧人物,他的真话变成了套话假话。而王夫人维护正统的严正努力,只不过是主观主义地、颠倒黑白地把局面进一步搞糟罢了。

第六,在这种无责任、无谋划、无真正能被接受的道德规范的条件下,贾府一面是秩序的凝固,一面是秩序的解体,是真正的无政府状态。无论是主是仆是奴,岂不都在胡作非为?有一分胡作非为的余地就胡作非为一分,没有这一分也还要搞一分。贾珍扒灰,贾琏败坏,当然是胡作非为,宝玉闹学,晴雯撕扇,司棋砸厨房,也未尝不是胡作非为。金钏给宝玉出主意去捉"彩云与环哥",是胡作非为,王夫人一个嘴巴就把她轰出去,何尝不是(弄权的)胡作非为?李嬷嬷,赖大家的,哪个不胡作非为?哪里有一种制约力量真正地与经常地起作用?平常无人管,出了个绣春囊事件就大轰大抄,把王熙凤也挤得靠了边,还不是更要把事情搞坏?从道理上说,秩序的凝固本身就取消了秩序的适应性,自我调节机制随之失却,因此,秩序的凝固必然导致秩序的解体,无政府主义变成了对官僚主义的惩罚。

第七,无责任的结果还必然造成办事人的假公济私,假事谋私,以权谋私。奴才是主子的奴才。王熙凤小主子是贾母、王夫人大主子的奴才。贾母、贾政等大主子又是皇帝老主子的奴才。都是奴才自然就没有长远的与全局的责任感,而多暂时的与局部的利益考虑,多短期行为与以邻为壑的行为。能干如王熙凤,她也只是个大管家而已,她也热衷于中饱私囊与卖弄个人权威,何况其他?

第八,有一个人似乎真有责任感,直面人生,嫉恶如仇,揭开疮疤,他就是焦大!他当然不受欢迎,只配拉入马圈灌粪。话又说回来了,不灌粪他的大骂也无补于事。

第九,衰落与堕落的过程中也有清高的人才,清高的人才都不务实,如宝玉黛玉,务实的人都不清高。才能、清高与实务完全分离。洁者不实,实者不洁,这不也是"衰"的征兆吗?

总之,《红楼梦》中的兴衰之辨,甚至于比专写兴衰的《春秋》《战国策》和各种"演义"更细致耐嚼,这也堪称奇迹了。

不论"色空"还是"兴衰",《红楼梦》的一大主题是人的存在与行为的荒谬性。秩序是先验的,命运几乎是别无选择的,人的选择的可能性是有限的。但每个人都拼命选择挣扎,像已经粘着在巨大蛛网上的小飞虫,扇断翅子也达不到自己的目的。《红楼梦》与中国旧小说的一大区别在于它的人物——不论"正面"的还是"反面"的,无人能达到自己的目的。而其他旧小说中的好人善人,大多能达到自己的目的。贾母希望享尽晚年清福与荣华,希望贾家永远兴旺,成为泡影。贾政希望宝玉"成才",希望报答"天恩",全成泡影。王夫人痛下决心雷厉风行,希望扭转贾家的衰落堕落,结果事与愿违,平白制造了无辜者的痛苦。元春的幸福成为泡影。贾敬炼丹送命,成仙得道的愿望成为泡影。宝玉黛玉的爱情——这是这二位生命中最重要乃至唯一有价值的东西——成为泡影,不管他们的才、貌、情有多么动人,最后得到的只能是零。而宝钗的二奶奶之梦,袭人的姨太太之梦,也不过是狗咬尿泡空欢喜一场而已。妙玉的追求走到反面。尤二姐尤三姐又得到了什么?薛蟠呢?贾雨村呢?秦可卿呢?史湘云呢?……呜呼,在《红楼梦》中,所有的人物都是失败者。或者是死,或者是活埋——出家,这就是《红楼梦》人物的出路。

　　这实在是非常惊人的。我国最近受西方文艺思潮影响,什么人的主体性的丧失啦,人成为秩序的奴隶啦,一切占统治地位的东西——包括理性与科学——都转化成权力意志、转化成对人的压抑啦,从社会的、历史的、文化的悲剧看到人类的形而上的悲剧啦等等"后现代"的思潮,时髦万分,膨胀万分,吹得够吓人的,其实,这些东西对于一位杰出的作家如曹雪芹(不只是曹雪芹),一部杰出的作品如《红楼梦》(不只是《红楼梦》)来说,不过是家常便饭,普普通通,生而知之的。《红楼梦》是何等出色地写出了人成为秩序的奴隶,人丧失了自己的主体性啊!一个杰出的心灵,当他选择、生发、组合自己的人生经验的时候,他怎么可能不深切地感受到种种生存与生活的欢乐与苦恼?"前不见古人,后不见来者,念天地之悠悠,独怆然而涕下",概括得很有气势也很动人,但谈不上时髦也谈不上过时。生老病死、幻想、欲望、烦恼、了悟这些佛家的观念也同样被芸芸众生所分享,被作者所吸收变化铺陈,被读者所感悟慨叹。空消解了色,衰消解了兴,死亡和败落消解着人类的一切辉煌业绩,而作者的痴,作者与读者共滴的"一把辛酸泪",全书的"消愁破闷"的"事迹原委"本身,又消解了一切的所谓对于"白茫茫大地真干净"的了悟。《红楼梦》的悲剧是感情悲剧也是政治悲剧,是文化悲剧也是社会悲剧,是家庭悲剧也是个人悲剧,是人生悲剧也是历史悲剧,是时代悲剧也是永恒悲剧,是形而下的悲剧也是形而上的悲剧。特别是在宝玉与黛玉这两个"灵秀的人儿"身上,孤独感、荒谬感、形而上的苦恼(所以黛玉要葬花,宝玉要谈禅)、为现有的文化秩序与价值观念所压抑的无限痛苦与他们特有的历史、阶级、文化规定性是水乳交融地结合在一起,共存在一起的。夸张一点说,前一千年后五百年,中外有什么文艺思潮不能在《红楼梦》中找到自己的例证,找到自己的话题?

好的作品就像一个活的人,你分析不完他。从人体上发现了新的微量元素或提出对人体运行的新的解释当然是有意义有价值的,这是生理学的新发展却未必是人体的新发展。即使在对人体的认识和理解极端无知、愚昧、乖谬的情况下,活人的人体仍然是完整的细腻的与饱含生命的个体。当然,这样的人体会频频受到拙劣的生理学之害。但不论如何受害,人体仍然往往比生理学更完整、更鲜活也更深刻。文学观念文学思潮虽然千变万化并且近年来颇有发展进步,但是反过来拜倒在某种思潮面前而不懂得去珍重、去领略、去研究文学特别是杰出的文学作品本身,以为趸一点洋货领略一点新词就有了独得之秘,就可以反过来视文学杰作如草芥,视炎黄作家如草芥,恐怕是本末倒置,热昏了头。

生活·读书·新知三联书店 1991 年初版

附:

变奏与狂想
——门外"红学"妄谈

像我这样一个爱读《红楼梦》却又对"红学"一窍不通的人本来不应对"红学"流派问题置喙。《红楼梦》就够复杂的了,"红学"就更复杂。关于曹雪芹的家世及生平行止,关于曹雪芹是胖还是瘦,肤色偏黑还是偏白的"曹学"研究似乎像大海里捞针一样既渺茫又艰难却偏偏吸引着学子们的如此兴趣。关于《红楼梦》的版本研究同样令人惊叹。还有"京华何处大观园"的讨论,大观园是不是随园的讨论,肯定者指其必是,怀疑者惑其未必,肯定者、怀疑者与反对者都洋溢着一种热情,似乎大观园原址的确认与开发是一个比勘探石油或查访失散亲人还要令人动心动情牵肠挂肚的大事。

更不要讲索隐学派了。宝玉影射顺治皇帝,通灵影射玉玺,宝玉喜吃胭脂影射玉玺常盖印泥,"爱哥哥"——二哥哥说明宝玉姓爱,爱新觉罗氏也。香菱影射陈圆圆,薛蟠影射吴三桂。袭人即龙衣人影射李自成。晴雯影射史可法。晴是明上加一主字,是说上有明廷偏居南方的主君。整个《红楼梦》是"吊明之亡,揭清之失"(蔡元培语),是一部呕心沥血、曲曲折折的反清复明之作。不信的人越听越觉得匪夷所思,信的人越钻越深越分析越有理越研究越有根有据其乐无穷自有天地非庸常人所能体会所可辩驳。

是不是有些考证太琐细甚至太没有意义了?或者是不是可以反

唇相讥,一些"新红学派"太缺少做学问的功底与勤劳而满足于《红楼梦》社会意义时代背景的泛论?是不是索隐索出了猜测臆断"强迫观念"的毛病因而离开了文学作品的文学特性走火入魔?抑或拒绝索隐的人是否受了洋理论的影响反而放弃了索隐测字猜谜这一富有中国传统中国特色的心智活动的诱人乐趣?这些问题,笔者都不准备在此文中多谈。问题是,作为一个写小说与读小说的人,面对《红楼梦》这部了不起的小说,不能不想到它在小说文本以外曾经引起至今仍在引起的研究兴趣。除了《红楼梦》,古往今来,东方西方,好小说多矣,却不知道有任何一部其他的小说能这样粘着那么多聪明的、热情的、坚持不懈的——我甚至要说是偏执的考据与索隐的目光。对《红楼梦》的考据与索隐,已经成为一种我国文人的风雅与癖好,成为一种独具中国特色的文化现象。

"红学"如此这般,可以说是有着象征的意义的。《红楼梦》写得是这样真切动人而又扑朔迷离。《红楼梦》的版本又是这样基本一致却又各有千秋,同同异异,妙妙奥奥。《红楼梦》的作者,他的生平与创作,特别是关于这部传之万代的杰作的写作缘起与写作过程留下的资料又是如此之少。这样一个巨大的反差简直是对于读者、对于评家史家出版家的一个挑战,一个嘲弄,简直令万物之灵的人与敝帚自珍的知识分子无法忍受。古往今来,中国有那么多作家作品,中国人知道那么多自己的作家与作品。偏偏是,人们对自己最最喜爱的作品《红楼梦》的有关一切、对它的作者曹雪芹知道得是那么少——如果不是一无所知。这是怎样的遗憾与怎样的吸引、怎样的诱惑!新发现一点关于曹雪芹与《红楼梦》的史料,就像天文学家在茫茫太空发现一颗新星一样地诱人、令人兴奋不已。而这种兴奋,不正是说明我们已知的是多么贫乏得可怜吗?可怜的人们!越是不知就越希望有所知,越是有所知就越证明自己的无知。人类是多么悲壮,多么执拗,多么可喜可叹!这也是"知其不可为而为之"呀!

是的,在这一点上,《红楼梦》的一切与我们的宇宙相通汇了。

《红楼梦》好比我们的地球,我们的家乡。地球家乡的一切与我们息息相关,我们都知道它却又都不能穷其究里,我们都议论它却又常常莫衷一是、各执一词。至少是谁也不能宣布自己已经完成了终结了铁定了对我们最熟悉的地球——家乡的认识。而有关《红楼梦》、围绕《红楼梦》的一切,那就是地球以外的宇宙空间了。我们正在欢呼人类在认识宇宙空间方面的进展,我们骄傲地称之为新的征服,虽然每一步征服都进一步使我们体会到那未被认识未被征服的领域的辽阔。这也是一种类型的"道高一尺,魔高一丈"。那么曹雪芹呢?唯心主义者大概会想到那位很实在的木匠的儿子耶稣的在天之父了。我们希望更多地了解曹雪芹就像教徒希望更多地了解天父一样。也许我们能了解的,和他们能了解的一样多。唯物主义者不相信上帝造物的神话,但在巨大的世界的物质本源特别是人类的惊人的创造力的本源之前,不是也可以赞叹世界是不可以穷尽的、真理是不可以穷尽的、我们掌握世界掌握真理的努力同样是不可穷尽的吗?

一部伟大的书,也是一部并未完成的书,仅此一点就够使多少"多产作家"汗颜!后四十回乃是高鹗先生的续作,我们的考据家做出了这样重大而又极富说服力的、难以驳倒的论断。于是,考证曹氏原意即考证《红楼梦》原本(如果曾经有这样的原本的话)的收尾部分,特别是考证一大批人物的结局又成为"红学"的一个热门。知道了昨天、今天,又知道了"上帝"曹雪芹于书中的不断暗示,由后人今人们推断往后的发展,这是科学的预见?侦探的推理?命相学的占卜?反正引人入胜。即使一个绝对不相信卜卦的人对于言之滔滔的占卜分析也会姑妄听之乃至一时洗耳恭听,且信且疑。预言的未必可靠并没有降低预言的魅力而是增加了它的魅力。如果预言的准确性如法院的判决书与医院的诊断书,它还会那么吸引人吗?所以,种种关于高鹗写"错"了、关于宝玉"应该"怎样下场熙凤怎样下场的议论就饶有趣味。而当拍摄得十分努力的电视连续剧根据据说的曹氏原意,展示了与高氏续作大相径庭的《红楼梦》结局时,只能令人觉得大煞风景,哭笑不得,甚至令人不忍卒视。电视剧结尾的明明白白破坏了已经广泛流传的高氏后四十回的先入为主,也破坏了曹氏原旨的朦朦胧胧——人们最多只能承认可能有过这样的意图,除了曹雪芹,谁敢做把这意图明晰化的尝试呢?电视剧的结局,又破坏了"没有"结尾的作品所引起的读者与红学家们对于"应有"的结局的无穷遐想与无限关注,更何况即使有了人物命运的大致规定又怎么样?谁能完成沿着这样的规定行进的文学人物的细腻描绘呢?谁能完成艺术的肌体,即不仅有"做什么"而且有"怎么做"呢?电视剧编导怎么有可能与哪怕是高鹗先生媲美?更不要说胜过高氏了。

原书"没有结尾"及后四十回的非原作,已经成为《红楼梦》的一大特点。可能是原稿的佚散,呜呼痛哉!但作为读者与写小说者,我直觉地更愿意相信,作者本来就没有写完。看到《红楼梦》中腰那四十回,我一再地感慨和思索:这部书是写不完的。它太真实,太展开,太繁复,太开阔也太丰富了;它展示了一个真正的世界,它展示了真正的生活;而世界是无法结尾的,生活是无法结尾的,虽然我们可以推测它的开端却无法叙述它的结尾。当然,小说是可以结尾也常常有、多半有结尾的,但那是小说而已。世界冲破了《红楼梦》的小说壳子,《红楼梦》里溢出的是本身的没有尽头的世界。书中不断地用一些诗词谜语酒令预示自己的人物的结局,原因之一就是作者创造出来的这个活生生的巨大世界已经不完全服从作者的驾驭。他的作品已经"成了精",这个"精"即魔鬼已经从渔夫自海底捞起的瓶中钻了出来,"渔夫"已经管不住它。作者亲手建造的迷宫正使作者本人面临迷路的危险,他需要提醒读者,他更需要提醒他自己。诗词谜语正是这样的指路标。

对于人或者所谓的"上帝",开始创造进行创造要比完成创造更容易。越是伟大的创造就越不受创造者的驾驭,而不受驾驭、难以完成,甚至无法完成有时便成为创造"成功"的标志。不论是"创造"一场战争、一场革命、一种学说、一种合成材料还是创造一部《红楼梦》

这样的小说，都是如此。创造历史就更是如此。富有象征意味的是，在这一点上,《红楼梦》与我们的地球我们的生活我们的生命相通。我们可以庶几掌握至少是自以为掌握地球的发生、人类的开端与我们自己的出生与成长，我们却难以描绘地球、人类和每一个活着的生命的结局。即使如宗教信徒那样去想象、去信仰造物主的创世，那么，也只能认为世界一经创造出来，"上帝"也就束手无策、无可奈何。曹雪芹对他的大观园、贾史王薛四大家族、木石前盟与金玉良缘等等又何尝不是如此？

让我们再做另一种设想：曹雪芹确实已完成了后四十回，这后四十回终于在猴年马月被我们的红学巨匠们考证出来了。对于《红楼梦》这部"亘古奇书"来说，这一定是幸事吗？不论是人物的个性、情感的纠葛，人际矛盾的错综盘结，贾府的兴衰治乱，以及整体与个体的悲凉走向，在前八十回，不是已经发展到了极致了吗？后四十回还能超过前八十回吗？非高则低，超不过前八十回的后四十回就只能是失败的后四十回。"白茫茫大地真干净"的结局不但早已预言，而且在花团锦簇、烈火烹油之中渐显端倪，终成暗影。我以为,《红楼梦》其实在第七十四回"惑奸谗抄检大观园，矢孤介杜绝宁国府"那里已经"完成"了。第七十六回"品笛感凄清""联诗悲寂寞"，第七十七回晴雯死，芳官出家，最多再加上第七十八回的"痴公子杜撰芙蓉诔"这半回，则是写出了完成后的袅袅余音，如同电影终场以后的画外音与字幕。第七十九、八十回写薛蟠、夏金桂、迎春、香菱的事，已经是只有骨头没有肉更缺少灵气的交代了。这两回不管是不是，反正更"像"高鹗的续作而不是原作，说不定高鹗可以帮助雪芹承受点埋怨呢。为什么在抄检大观园以后还要继续写下去呢？欲"干净"将"干净"而终未"干净"的人生百态、人情万种，不是比"真干净"的"白茫茫大地"更耐人寻味吗？而且，找出这四十回来，将给我们的红学界以多么大的打击！最好也不过如阿波罗号真的登上了月球，看到了一个死寂的星球，毁坏了多少关于嫦娥、吴刚、玉兔、桂树的梦!现在,又有脂批与前八十回暗示的"箭头"导向,又有前八十回正文的精彩绝伦而又扑朔迷离的生活与人物本身的发展势头,又有高鹗氏的在相当程度上已获读者认可的续作,又有红学家或门外汉如鄙人之流的种种猜测议论,这是怎样的对于"红楼梦"和"红楼人物"的命运的切肤关注啊!请问,有哪一个小说家哪一部小说有这样的幸运,有这样的成为永久的与普遍的话题的可能?此时无声胜有声,此书无结束胜有结束。不让《红楼梦》有一个符合标准的结尾乃是最好的结尾,不让它完成是最好的完成。这简直是天意,苍天助"红"!如果说遗憾,这遗憾也与整个人类对世界对人生的遗憾,与"前不见古人,后不见来者,念天地之悠悠,独怆然而涕下"的遗憾共振。正是这种遗憾深化了《红楼梦》的内涵,动人得紧。善哉《红楼梦》之佚去后四十回也。

再说索隐。《红楼梦》不是天书,不是卦书,不是符咒,不是谜语,不是"密电码",却像天书、像卦书、像符咒、像谜语、像密码一样地吸引着破译与解析。尤其惊人的是,它经受得住这种种解析破译,愈解愈深,愈译愈自成一体,自成一个符号系统。您倒用同样的办法索隐一下别的小说试试。例如索一下"三言二拍"的隐试试!您再也找不着这样"经拉又经拽,经洗又经晒"的文本!

这也是一种丰富性,即使是变了形的丰富性。与中国的一般传统小说不同,《红楼梦》的叙述秩序不是服从于一种线性的因果关系,不是服从于小说家讲故事、吊胃口的需要。它写的不是一个封闭的故事,而是一片真生活真情感真经验。它写了那么多生活,那么丰满,那么生动,那么千姿百态,既浑然一体又各自具有各自的独立的生命。它好像一个实行联邦制的国家,好像一个既相对独立又结合一致的集合体、共同体,它并非来自一个胚胎,从胚胎生出第一章,第一章生出第二章,第二章又决定了第三章。那种线性的因果关系派生关系较少需要猜测分析,较少有做出多样的解释的可能。而《红楼梦》的各种人物和事件是多因子多头绪的,既互相影响互为因果互为主从的，又各自独立各自运动各自不知道自己的言行的后果。应该说，它们之间更多的是一种相比较相对映对照衬托反衬的关系，这种关系当然更需要分析也更耐分析。显然，这样写生活比历来的其他小说更加生活得多。作者有意也罢无意也罢，在他的文学写作中突破了因果报应的传统观念与道德教化范式。我们从书中得到的是生活本体是原生的世界而不是按照某种观念与范式再加传统写法所写下来的小说。生活比小说更富有，生活比小说更耐分析。

这种分析也包括对预兆、暗示、隐喻和种种被我国人称之为（不可泄露的）"天机"的分析。分析"发展规律"亦即逻辑是理性科学的特征，分析《红楼梦》的发展逻辑当然也是极好的，或者可以说是更好的。但人不仅有兴趣于科学理性，也有兴趣于天机，否认"天机"的存在未必能成功地消除人们对"天机"的兴趣。中华也罢泰西也罢，都有观天象而察人事的尝试，都有对于预兆、谶语的敬畏或者好奇至少是疑疑惑惑。《红楼梦》既然写得真切丰富，富有时间跨度与沧桑感、浮沉感、命运感，其人其事其章节言语不但具有本身的意义而且具有符号的即预兆的、隐喻的、暗示的意义，也就是必然的了。如果穷根究底，不论是科学主义的或者神秘主义的眼睛，都会发现会觉得人生处处是谜，处处有可以猜到终于不可能猜尽猜透的谜底。《红楼梦》里有真人生，充满着人生，自然也处处是谜。猜谜太过会陷入谜中不能自拔，就像一味读书会陷入本本条条中一样，这也是一种人情之常人误之常。

还有，索隐学派的一大特点是常常对《红楼梦》进行测字拆字的研究。汉字本身的集合性（如形与声的集合，意与意的集合等等）结构性丰富性提供了进行这种或者可以称为智力游戏的拆测字游戏的极大可能。而《红楼梦》的作者曹雪芹，诗词歌赋，谶语谜语，曲词判词，谐意谐音，藏头去尾，可以说把汉字的各个层次（即不仅表意表音本身的）的功能用绝了用尽了。原（元春）应（迎春）叹（探春）息（惜春），实在难以想象是作者无意为之的瞎猫碰上了死耗子。宝玉宝钗皆是宝,宝玉黛玉同为玉,当然也不是偶然。咏诗猜谜都有所指,似亦不难看破。有没有至今尚未被完全看破的字、词、句呢,谁知晓?何汉字方块之伟大也,音形义再加内部结构和字与字之间的勾连贯通,"把玩"起来当然是其乐无穷。开篇第一回就讲石头上记刻的这部小说颇可"消愁破闷""把此一玩",那么索隐一下,只要不排他、不强人从己,倒也不违破闷与把玩之旨。至于索得是否符合曹氏原意,恐怕就是天晓得的事情了。

我们当然不能忘记曹氏撰写《红楼梦》时的人文环境。清朝的文字狱是可怕的,曹氏要避文字狱就要用许多曲笔。文字狱当然不好,曲笔对于文学倒未必不好。认为绝对自由地肆无忌惮地发泄才能出好文章大概与另一种极端一样荒谬。清代的文字狱中最可怕的文字狱是关于反清复明的罪状之罗织。偏偏索隐派学者要从《红楼梦》字里行间大做反清吊明的文章,愈做愈多,愈做愈津津有味,做起来难以自拔。幸亏雪芹在世时没出这样的索隐者,否则岂不等于碰上了古代"姚文元",非把曹雪芹索到断头台上不可!这样进行索隐的兴趣,有逆反心理,也有中国旧文人的"闲适"心态在起作用。越严禁反清吊明就越觉得到处是反清吊明的哑谜,就像越怕越有鬼,越防越草木皆兵一样。清后索隐反清,当然就不怕"上税"。解放后,这样搞索隐的人已经少多了,但仍然有,据说贵州一位朋友费了许多年的时间,破译并认定《红楼梦》是一部讲宇宙史地球史的书,他的高论甚为惊人,这里就不引用了。

索隐的由来还有另外一方面的"根据"。《红楼梦》第一回,石兄向空空道人为自己的故事做辩护时强调:"……莫如我这不借此套者……不过只取其事体情理罢了。"很好,既然写出了"事体情理",也就写出了世间诸人诸事的共同性、相通性、普遍性。世界的统一性包括了物质的统一性,也包括了规律、道理、"事体情理"的统一性。人们求知常常有知一隅而三隅反的情形,有由此知彼、因小见大、睹物思人的情形。文学作品中也常常有写一隅而令读者思三隅,写小而出大，写此而令读者思彼的情形。只要这些"举一反三""由此及彼"不包含着入人于罪的恶意，如姚文元的这方面的功夫手段，那么哪怕是牵强附会的联想也是可以的。何况欣赏就是再创造，就必然加上欣赏者的发挥乃至加工改造借题发挥呢！由《红楼梦》而联系宇宙的历史，由《红楼梦》而联想吊明反清，说明了《红楼梦》包容的"事体情理"以及文字手段的广博性，也说明了论者主观取视与解释的独特与执着。谁知道呢？也许无材补天，锻炼通灵，静极思动，石而玉，玉而人，人而衔玉，从大荒无稽青埂来回大荒无稽青埂去的概括当真通连着某些宇宙史的道理？也许各种曲笔隐喻至少在手段上与清代怀明文人有某点相通之处？反正人为"红楼"立法，立法到了这一步，作者的主观意图如何，反倒不是那么重要的了。我还有这样的切身经验呢，三十四年前的那段公案，拙作《组织部新来的青年人》中有一段林震对槐花的感想，说槐花"比桃李浓馥，比牡丹清雅"。一位前辈作家老师评论说，作者以桃李比喻大众，牡丹比喻上层（大意如此），而以槐花自许，表现了小资产阶级知识分子的清高。说老实话，读后我实在佩服老前辈的博大精微、敏捷老辣，甚至佩服我自己竟这样深刻，动辄颇有含意。一九八五年西柏林举行的关于笔者的小说的讨论会上，瓦格纳教授分析拙作《悠悠寸草心》里的主人公是理发师，"理发"谐音"立法"；姓唐，唐是过往中国的一个兴盛的国号。因而断言"寸草心"是呼吁通过加强法制来振兴中华，也真是"没了治了"！请看，"红学"的索隐法已经"走向世界"了呢。

当然，从个人情况来说，我的追求在于把《红楼梦》当做小说读，在于对之进行文学的、小说学的即关于该小说的题材、构思、人物、意蕴、语言、风格手法等方面的探讨。对浩如烟海的"曹学""版本学""大观园考据""拆字""破谜"……由于本人才疏学浅，实实未敢问津。但文学作品兼具文学之外的属性如社会学、史学、政治经济学、生理心理病理学、民俗学的属性与研究价值，文学作品吸引非文学的研究也就并不奇怪。文学实在很难"回归"到文学就是文学,小说就是小说,别的什么都不是的程度。当然,如果恰恰忘了文学是文学、小说是小说,也着实太惨。《红楼梦》的状况则更特殊,即除了"兴衰史""理乱书""阶级斗争史""情海忏悔录"等性质外,还可以成为"纳兰性德公子传"及"谈禅论道"、"排满革命"之书乃至成为文物成为谜语推背图。我也颇怀疑一些类似"走火入魔"的研究,但即使走火入魔的研究本身,也可以提供一种文化的与文学的研究信息,它本身应该成为合情合理的研究对象而不仅是被嗤之以鼻。

难矣哉,"红学"!你不但要研究不止一个版本的《红楼梦》文本,而且要面对比"红楼"本身不知膨胀了多少倍、枝蔓了多少叉的"红学"。红楼多歧路,思之意黯然!一部小说能引起如此多方面的、有些是千奇百怪的、与一般文学批评大异其趣的研究,哪怕其中包含着骇人的荒谬,这本身就颇值得研究一番,这本身就是绝妙的文化现象、文学现象、小说现象。奇哉"红楼"!书奇,作者奇,研究得也奇!对"红学"的无知也许反而使我们获得一个方便的角度,去思量小说本身、去思量阅读小说的常人心态与常人反应,并以小说本身,以阅读小说的常态作为出发点,去追溯去揣度各种奇异的红学现象。这叫做以常问奇,以常解奇,以常制奇。所以,我讲的这些就不算红学而只能算红学门外的感受。题曰变奏,曰狂想,曰门外,曰妄谈,望能表达伫立于红学前辈前面的惶恐心情,或能有幸得到指教乎?

发表于《文汇》1990年第3期

天情的体验
——宝黛爱情散论

根据"天才""天良""天赋"一类词的组成,我谨杜撰了"天情"一词。

天才是什么?据笔者的理解:一、天然的天生的才能禀赋;二、像天一样大的超常才能。"一"是天生的,先天的;"二"则已包括了后天的因素。超常,则是不分先天后天外化表现出来的基本特点。

那么天情是什么呢?天然的、性格类型和素质上的感情禀赋,即天生的情种,自来的感情化、情绪化人物,超常的、天一样大的即弥漫于宇宙之间的强烈情感。

并不是每一个人都有这样强烈这样深挚这样蚀骨的感情体验,并不是每一个人都有过、都可能有这样的与生俱来、与生俱存的感情的痛苦,或者也未尝不可以说是这样的幸福。

这就是贾宝玉和林黛玉,这就是令世世代代读者嗟叹不已的宝黛爱情。

当然,贾宝玉和林黛玉都很聪明,从他们的读书、做诗、言语、交际上处处可以看出他们的"聪明灵秀",他们的文化的特别是艺术的修养,其中,黛玉尤其出类拔萃。

但他们的感人并非以智以文采取胜。也不是以勇以仁义道德或以凶残阴险的恶德,也不是以体质或遭遇上的怪异来完成自己的性格的。《红楼梦》第一章开宗明义,假"空空道人"之口说:"……这一段故事……并无大贤大忠理朝廷治风俗的善政,其中只不过几个异样女子,或情或痴,或小才微善,亦无班姑、蔡女之德能……"

这一段话,第一不能全信,因为它含有保护色的成分。从一开头,曹雪芹就必须远远绕开一切有可能招致文字狱之灾的东西。第二也是真实的告白,此书"大旨谈情",虽然书中讲了许多极有价值的"兴衰理治"的故事,但作者是以一双"情眼"来看世界,看兴衰理治的。至于客观的阅读效果,或持爱情主线说,以为书的魅力全在男女之情,甚至读到非爱情的家事家政描写就打哈欠就跳过去;或持兴衰主线说,视《红楼梦》为阶级斗争政治斗争教材,甚至斥爱情说为降低了小说的思想意义;或持警世超度说,认为全书给人的教训不过是四大皆空而已。这倒可以悉听尊便,没有这些歧见,哪儿还有《红楼梦》与"红学"的魅力呢?

宝黛之情带有一种宿命的性质。

两人一见面就"超"起"常"来了。宝玉与黛玉一见如故,"这个妹妹我曾见过的",这样写也许未必稀罕。但接着宝玉就问玉、摔玉,闹将了起来,直闹得林黛玉"伤心""淌眼抹泪",并说"今儿才来,就惹出你家哥儿的狂病……"这两人的关系,两人的缘分则甚奇了。莫非两人真是前生的"冤业",一见面就相互"放起电"来,一见面就是相互的一个震撼、一个冲击?一见面两个人的内心深处就掀起了莫名的激动和波澜?果然,"不是冤家不聚头"的话成为了千斤重的偈语,被两个人参禅悟道般地咀嚼起来,回味起来,思考起来了。

在可闻可触地十分真实地描写了的宝黛爱情故事背后,还有一个奇异的、朦朦胧胧的、应该说是匪夷所思的神话故事。

只因西方灵河岸上三生石畔,有绛珠草一株,时有赤瑕宫神瑛侍者,日以甘露灌溉,这绛珠草始得久延岁月。后来……得换人形,仅修成个女体,终日游于离恨天外,饥则食蜜青果为膳,渴则饮灌愁海为汤。只因尚未酬报灌溉之德……便郁结着一段缠绵不尽之意。恰近日神瑛侍者……意欲下凡造历幻缘……那绛珠仙子道："……但把我一生所有的眼泪还他,也偿还得过他了。"

果然是天情!来自彼岸——西方灵河岸上三生石畔!

与其从观念系统的角度不若从情感的强烈程度的角度来理解宝黛恋爱的"天情"性质。奇异的还泪故事,曹雪芹明明没有把它"当真"来讲。在甄士隐即真事隐的梦中,僧人说起这个故事,明说"此事说来好笑,竟是千古未闻的罕事",道人听罢故事也发表感想说"果是罕闻,实未闻有还泪之说"。曹雪芹明明知道,还泪的故事不是真的,然而只有这个故事才能概括宝黛爱情的最超常最动人最有特色的性质。而且它是美的,是深挚动人的,它是感情的负载、抒情的假代,而不是实在的记录,它是感情的一种幻化的表现而不是真实的存在,它是对宝黛的爱情悲剧的一种无可解释的解释而不是一种见解。它是文学之所以文学,《红楼梦》之所以梦,而不是历史不是理论不是考证。在这里只有被学问压得丧失了起码的艺术想象力与情感共鸣机制的胡适博士才会指责曹雪芹的这个"神瑛侍者投胎"的故事。(见胡适《与高阳书》,上海古籍出版社版《胡适〈红楼梦〉论述全编》,第289页)

封建社会的婚姻是不自由的,于是有了"月下老人",使婚姻的结合成为一种超自然的力量的作用的结果。而真正的爱情,却是并且永远是自由的,包括那些最最不成功的令人心碎的爱情与那些由于当事人的素质不高而显得不无下作的苟且偷情,其实都是出自自己的选择。宝黛的爱情更是如此,是他们自己愈来愈明确地选择了对方。

然而这种选择是不容推敲不必思考的,从一见面他俩的相互吸引与冲击就没有减弱过或摇摆过。这种选择又是不可思辨不可理解的,两人只知其然而不知其所以然,甚至开始是只感其然而不知其然。宝玉一见林妹妹便问她"可也有玉没有",及至听说黛玉无玉,立即"发作起痴狂病来",这能讲出多少道理来吗?宝玉见别人何尝这样问过,这样摔过,这样"痴狂"过?如果宝玉见人就问有玉没有,闻听无玉就闹,宝玉就不是"似傻如狂"而是彻头彻尾的精神病了。为什么偏偏一见黛玉就"傻"成了这个样子,激动成了这个样子,不是宿命,不是天情又是什么呢?

并且这种选择具有一种不可逆转不可更替的性质。宝玉和黛玉不仅在法律上而且在道德上伦理上互相并未承担过义务,然而他们的默契似乎注定了他们的永远的相互忠实,简直是"傻子"一样的忠心。所以黛玉一方面一再表白自己并没有要求宝玉远了别的姐姐妹妹之心,一方面又实际上自认自己拥有对宝玉的感情的专有,有权对宝玉的感情生活感情表现进行无尽的挑剔与求全责备,而宝玉甘心情愿地接受这一切,或者用史湘云的话来说是接受这一种"辖治"。

呜呼"辖治"!情感出自双方的自由选择也罢,一旦成为强烈的、蚀骨的、无可推敲(不能讲价钱)、无可理解(用逻辑推理解释也解决不了任何问题)、不能逆转不能更替而又弥漫在自己的整个生活之中,甚至是决定着自己的整个生活道路的"辖治"之后,它不是像命运一样威严、像命运一样铁定、像命运一样至高至上、像命运一样来自至上的苍天吗?

至上性是宝黛爱情的另一个特点。这里,"恋爱至上",与其说是一种未必可取的或事出有因的人生观、一种论点,毋宁说是陷入精神的黑洞中的两个极聪明灵秀的年轻人抓住的唯一可以寄托自己、排遣自己,安慰自己的稻草,这根稻草实际上成了他们年轻的生命的诺亚方舟。

贾宝玉是一个"混闹"的、备受娇宠的公子哥儿,顶尖人物老太太贾母的宠爱,锦衣纨绔、饫甘餍肥的富贵场、温柔乡,大观园的如诗如画的环境,尤其是成为那么多年轻貌美的女性的青睐的中心,再加上本身形象的俊美与智力的不俗,至今给读者以幸运儿的感受,说不定古今有多少年轻的男性读者窃窃羡慕着贾宝玉并生出诸多遐想来呢。但宝玉的精神生活又是非常痛苦的,一种十分抽象却又确定无疑的不祥的预感始终压迫着他。一种原生的、处于形而上与形而下的交会处的、弥漫的、不可解释的悲凉绝望始终浸润着他。他反复地向袭人紫鹃等表白:

> 比如我此时若果有造化……趁你们在,我就死了,再能够你们哭我的眼泪流成大河,把我的尸首漂起来,送到那鸦雀不到的幽僻之处,随风化了,自此再不要托生为人,就是我死的得时了。

而在黛玉葬花一节,宝玉听到了黛玉的哀吟之后:

> 不想宝玉在山坡上听见……不觉恸倒山坡之上……试想林黛玉的花颜月貌,将来亦到无可寻觅之时,宁不心碎肠断!……推之于他人,如宝钗、香菱、袭人等,亦可到无可寻觅之时矣。……则自己又安在哉? ……则斯处、斯园、斯花、斯柳,又不知当属谁姓矣!——因此一而二,二而三,反复推求了去,真不知此时此际欲为何等蠢物,杳无所知,逃大造,出尘网,使可解释这段悲伤。

叹青春之易逝,哀人生之须臾,悲世事之无常,惧己身之非有,这是真诚的慨叹,却又是普泛的呻吟,本不足为奇。只是这些出现在享尽了当时可能有的荣华富贵、缱绻温柔而年仅十几岁的公子哥儿贾宝玉身上,而且悲哀得这样彻底,这样透心凉,不但此生希望"死的得时",而且希望化灰化烟,"风一吹便散""随风化了""再不要托生为人"……这就相当惊人了。贾宝玉对此生此身的最后归宿的设想和追求是零,可以说他具有一种"零点观念"或得出了"零点结论",与中国人传统的不但修此生而且修来生,不但照顾好自己这一辈子而且要顾全后辈百代子孙,不但生时要享福而且生时便要安排好自己的墓穴、安排好自己的身体的死后经久不腐与墓穴风水对于后代儿孙的大吉大利等等的习惯与观念大相径庭了。

这里也是知其然而不知其所以然。只能说宝玉对人生的体验是太痛苦了,才能导致这样虚空冷彻的"零点结论",却无法说清贾宝玉如此痛苦的原因。《红楼梦》并没有正面述说宝玉形成这种观念的原因,而只是用"痴""狂"之类的字眼半解嘲半烟幕地为宝玉打掩护。或者可以解释为没落阶级的没落预感使然,这当然是可以讲得通的,对于没落阶级的一员来说,愈聪明就愈失望,愈多情就愈悲哀,大体是不差的。但不管什么原因,我们可以判断享尽优宠的贾宝玉并未能从他的唾手可得(其实是手也不唾便得而且是超得超供应)的优宠中满足自己的精神需求、感情需求。甚至于可以说,他的生活获得与他的感情需求北辙南辕,背道而驰,富贵中的贾宝玉的精神生活其实十分悲凉。倒过来讲,这更证明了宝玉对感情的要求是天一样高、天一样大、天一样无边无际的。

贾宝玉不乏随和。对贾政,对王夫人,对薛蟠、秦钟、冯紫英,对贾琏、贾珍、贾蓉,对赵姨娘、贾环,对袭人……他并无格格不入之态。对宝钗不无爱慕更不乏敬意,对湘云,对晴雯、芳官也可以视为青春伙伴,与她们玩得很热闹很痛快,可以充分共享青春的欢乐,充分发挥动用他的优宠条件。不论与姐妹们一起吟诗吃螃蟹吃鹿肉也好,在怡红院接受"群芳"的生日祝贺也好,与贾母贾政王夫人一道接受元春贵妃娘娘或北静王的垂青也好,他似乎也不乏欢笑。但另一面,在他的意识深层,感情生活的深层,他却是那样孤独和痛苦。在这个深层次中,茫茫人海,艳艳群芳,都是不相干的难相通的不重要的陌路客,只有一个人能与他分享这深层的孤独和痛苦,与他共同咀嚼这旁人看来只是傻只是狂只是不肖只是无能只是呆病根的生命的大悲哀大遗憾大虚空,当然这个人不是别人,只能是林黛玉。

林黛玉是贾宝玉的唯一"知音"。更精确一点说,是宝玉的唯一"知哀"。"寿怡红群芳开夜宴",所有欣与其盛的主奴女孩儿都可以是宝玉的"知玩""知乐""知贵""知闲",林黛玉在这样的娱乐场合也并不显突出。林黛玉之所以为林黛玉在于只有她将一生的眼泪献给了宝玉。宝玉也希望得到这些女孩子的钟情的眼泪,而最终堪称得到手的只有黛玉的眼泪。眼泪是什么?眼泪就是情,至情。"上帝"造人的时候造出了人类的发达的泪腺,于是情变成了晶莹的酸苦的或热或冷的泪珠。谁得到的情多谁得到的眼泪就多,谁得到的泪多就证明谁不是枉生一世、白走一遭。看来只有在女孩子的钟情的眼泪之中,宝玉才感到些许的生命的实在与安慰,否则,便只有过眼的烟云,只有存在的不可接受的轻飘。这倒符合了绛珠仙草与神瑛侍者的还泪故事的主旨。

至于宝玉在黛玉心目中的地位,用至上形容似仍嫌不足,应该说是"唯一",这种至上与唯一相对于宝玉更有实际的内容与依据。例如黛玉的"孤女"的处境,她的多病多愁之身,都可以方便地解释她的恋爱至上恋爱一元观。但仅仅这样说也并未说到点子上,如果仅仅是以处境与健康方面的因素作为出发点,黛玉又何尝不可以走向惨淡经营、以屈求伸?何尝不可以走向降格安分,知足常乐,乃至何尝不可以走向万念俱灰、青灯古佛?但黛玉没有走这些路子,却把自己的全部热情、希望、哀怨、聪明、遐想一股脑儿献给了宝玉。她已达到了为宝玉而生,为宝玉而死的境界。不论对高鹗后四十回续作有多少考证,多少批评,第九十六回写黛玉听到宝玉即将与宝钗成婚后去找宝玉的情景仍然十分感人,也完全符合前八十回的描写主旨。

> 黛玉却也不理会,自己走进房来……黛玉自己坐下,却也瞅着宝玉笑。两个人也不问好,也不说话,也无推让,只管对着脸傻笑起来……忽然听着黛玉说道:"宝玉,你为什么病了?"宝玉笑道:"我为林姑娘病了。"袭人紫鹃两个吓得面目改色,连忙用言语来岔。两人却又不答言,依旧傻笑起来……那黛玉也就站起来,瞅着宝玉只管笑,只管点头……

呜呼,使各自在对方身上发现了自己、证明了自己的存在的爱情,同时也拥有使各自失去自己、迷失本性的毁灭性的力量。以还泪为己任的绛珠仙草,到这时只剩下笑了,泪已尽了也!笔者当年谈幽默时有言杜撰,曰"泪尽则喜"。泪尽了便"只管笑""只管点头",此之谓乎?可惜黛玉并不知"幽默"为何物,袭人、紫鹃由于难以完全超脱亦不幽不默,唯"秋纹笑着,也不言语……"有几分幽默的意思了。

对抗人生的寂寥与痛苦,对抗环境的污浊与黑暗,宝玉、黛玉选择了基于真情而相互奉献、相互寻求、相互结盟而实际上最终是以身殉情的道路。这就是天情。并不是每个人都有这样的情的。同是第九十六回,描写黛玉听到一个人呜呜咽咽地在当年她与宝玉同葬花处哭泣,"还只疑府里这些大丫头有什么说不出的心事,所以来这里发泄发泄。及至见了这个丫头,却又好笑,因想到这种蠢货有什么情种……"从这里可以看出黛玉对于情的观念是自觉的,她认为"情"是摆脱了愚蠢后的一种"灵性"即一种"人性的自觉",是一种非常高层次的人类心理活动。

经过了初次相逢的激动,经过了两小无猜的欢声笑语,经过了含酸带醋的种种挑剔与磨难,特别是经过了共同葬花、哭在一起的对于人生的悲剧性的共同体味与相互认同,经过了宝玉挨打亦即宝玉性格的"乖谬"之处更加明朗化之后,到第三十四回"赠帕题诗",宝黛爱情已经得到了确认,已经以一幅旧手帕为标志明确了二人的非同一般的关系。黛玉这时在帕上题的三首诗的意味是值得咀嚼的:"眼空蓄泪泪空垂,暗洒闲抛却为谁?"第一首诗的前两行的悲哀带有一种抽象普泛的性质。甚至"为谁"还不明确的时候,已经"暗洒",已经"闲抛"。所谓暗洒闲抛除了窃自饮泣的不敢大恸的含意外也还有自来悲痛的无标题无调性纯悲的意思。所以,蓄泪的眼是空的,垂的泪是空的。空者无也,无来由、无对象、无目的也。无为而无不为,无来由无对象无目的的眼泪,也就是为一切、以一切为来由对象为目的的泛悲伤的眼泪也。这种眼泪当然是来自天情了。宝玉有对女孩子的泛爱,黛玉没有。黛玉有对人生的泛悲伤,很强烈也很自觉。宝玉有泛悲伤但没有这样强烈经常更没有这样自觉,所谓"粉渍脂痕污宝光"即声色物欲的享受常常蒙蔽了宝玉的通向天情、通向泛悲,最终通向对人生的解悟的灵慧之路是也。常常是经过黛玉的感染点化,宝玉才入了门。

"尺幅鲛绡劳解赠,为君哪得不伤悲!"后两句诗才是为宝玉写的。天情终究渺茫,天情化作人情方才有形有迹,可叹可感,可评可述。这里,人情是天情的表现形式。

第二首、第三首诗,"抛珠滚玉只偷潸"也好,"镇日无心镇日闲"也好,"彩线难收面上珠"也好,写的都是多情女儿的无端泪水。这泪水,便是黛玉的天情的物质化。善哉黛玉之眼泪也,形而下的泪水包含着形而上的悲伤。正是:无端洒泪端端泪,有句常悲句句悲!

宝黛爱情是一大悲剧。

悲剧不仅在于结局,在于有情人终不成眷属,悲剧还在于这比生命还强烈的爱情成为的的确确的灾难。这爱情本身,这爱情的过程既不是一个饱满充沛淋漓酣畅的大交流大欢喜,也不是一个卿卿我我厮厮守守的小甜蜜小温情,却充满着猜疑、挑剔、责备、愁苦、嫉妒、怨嗟和恐惧,堪称两个青年男女互施的精神酷刑。

它是人生悲剧,充溢着对人生的空虚与孤独的共同体验。它是社会悲剧,显示着忽喇喇大厦将倾的不祥预感。它是性格悲剧,黛玉的促狭、高洁与宝玉的"无事忙""富贵闲人"的随和安适是常常对不上号的。它是命运悲剧,"俺只念木石前盟",却偏有"金玉良缘"的达摩克利斯之剑高悬在他们的头上。它还是处境的不谐和造成的悲剧:处于优宠的中心的宝玉,处于以男性为中心的礼教与习惯势力之中,事实上享受着男性的可以多妻自然可以多爱的特权的贾宝玉,无论怎样剖心析腹呕心沥胆,也体会不真切孤苦的"无人做主"的黛玉的苦处,去除不了黛玉内心深处的疑惧,宝玉即使用尽全部生命全部热情去爱黛玉,黛玉仍然放不下心安不了心,太苦了!

《枉凝眉》歌曰:"一个是阆苑仙葩,一个是美玉无瑕。"写两个人的美好,写他们的爱情的美好、纯洁、阆苑仙葩配美玉无瑕,何等的般配适宜!"若说没奇缘,今生偏又遇着他;若说有奇缘,如何心事终虚话?"这就是根本的难题,这就是无法解释的痛苦。邂逅的欣喜说明着验证着三生石畔早已注定的奇缘,不是冤家不聚头的偈语及与之相通的体验充实着发育着他们的奇缘,但是有奇缘相会却并不意味着有缘终成眷属,奇缘发育充分却有花无果,结不出果。在"偏又遇着他"之后,在尝尽了与他共尝的酸甜苦辣之后,两个人只能分手,只能离散,只能你东我西你死我出家。奇缘为什么常常是有头无尾、带来希望紧跟着又带来失望呢?奇缘为什么常常成为事实上的捉弄、骗局至多只是昙花一现的电光石火呢?无数的奇缘成为无数个充满希望的开端,却未必有天从人愿的结果,无数个奇缘成为不结果的或者只结苦果的花。人间的奇缘不常常是这样的吗,又何独宝黛之爱情然!

《枉凝眉》接着唱道:"一个枉自嗟呀,一个空劳牵挂,一个是水中月,一个是镜中花。"这就又回到那个"色即是空,空即是色"的"老"命题、大命题上来了。枉自、空劳,单单从结果上看、从婚姻结成的效果上看,确是一场空。但是,如果把人生看做一个过程,把爱情看做一个过程,那么宝黛爱情就不是"枉自"与"空劳",而是他们的青春、他们的人生体验中接近唯一的最最美好、最最充实、最最激动人心、最最带来强烈的感情依托和许多暖人肺腑的感激与沉醉的东西。人之相知贵相知心,当宝玉给黛玉讲林子洞耗子精的时候,他闻到了从黛玉袖口发出的一股幽香,他伸手向黛玉胳肢窝内两肋下乱挠,这种两小无猜的欢乐,本身难道不已经够了吗?何尝是"枉自"与"空劳"?当宝玉通过紫鹃向黛玉表达自己的爱的坚定性,说:"活着,咱们一处活着;不活着,咱们一处化灰化烟"的时候,事情不是分得很清楚吗?活着一处活着,不是"空劳"与"枉自",不活着化灰化烟而且希望"须得一阵大风吹的四面八方都登时散了,这才好!"但仍然要"一处化灰化烟",仍然执着,仍然依依,仍然不是空也不能不得以空视之呀!不是"枉自",不是"空劳",而是无比的珍贵与难忘!

这样执着的情感却未能得到应有的幸福,这样的遗憾的震撼绵延至今!据说七十年代后期,"四人帮"刚刚倒台、越剧电影《红楼梦》刚刚恢复上映的时候,发生过热恋中的青年男女看完电影双双自杀的事情。我们当然不希望发生这样的事,但这样的令人死去活来,不仅使书中的角色、书中的当事人贾宝玉与林黛玉死去活来疯去呆来,而且使读者观众至今死去活来的爱情,又是何等的了不起!可谓至情,可谓天情!比生命还宝贵,比死亡还强烈。《枉凝眉》结句云:"想眼中能有多少泪珠儿,怎经得秋流到冬尽,春流到夏!"岂止是春夏秋冬,这眼泪将要世世代代地流下去了!

从这个意义上说,宝黛的爱情又具有一种古典的浪漫主义的色调了。

由爱欲而生烦恼,佛家的这种说法并非没有现实根据,就拿黛玉来说吧,虽然一般人例如红玉评论她"林姑娘嘴里又爱刻薄人,心里又细",但总的来说,人际关系也没有什么过不去的。除第七回写到送宫花时黛玉当着宝玉的面挑眼,冷笑道:"我就知道,别人不挑剩下的也不给我。"一事以外,她对长辈、对宝钗、对薛姨妈都是极好的,与湘云、凤姐等开开玩笑,有时做"恼了"状,其实无伤大雅。第三回描写黛玉初至荣府,"见了这里许多事情不合家中之式……少不得一一改过来",包括饭后立即吃茶,她都入乡随俗,宁可改变自幼养成的习惯与乃父立下的规矩(如饭后不立即饮茶),而要随大流。第三十四回宝玉挨打之后,黛玉为之哽咽半日,抽抽噎噎地劝宝玉:"你从此可都改了罢!"也说明黛玉的"孤标傲世"主要还是在内心深处,至于浅层次的人际交往,她并非一味乖僻弄性。然而恰恰是对于宝玉,她几乎可以说从来没有满意过,从来没有随和过。难道这才是爱情的滋味？上述送宫花时对周瑞家的甩闲话，与其说是矛头针对周瑞家的，不如说是说给宝玉听，她不在宝玉面前发泄自己的不愉快情绪，发泄一个孤女的怨疑挑剔，希望能得到宝玉的同情怜悯至少是引起宝玉的注意，又能在谁面前说三道四呢？她的这一使周瑞家的"一声也不言语"的言谈，庶几可以与宝玉一见她便摔玉的行为相比，爱情唤起了一种被压抑的痛苦。此后宝玉把得自北静王的"圣上亲赐鹡鸰香念珠"一串转赠黛玉，被黛玉摔到地上并说"什么臭男人拿过的"，或许可以说明黛玉的更加高洁，但更说明了黛玉在宝玉面前的特别任性。我们完全可以说黛玉此举是有意无意摔给宝玉看的，是要给宝玉传达两个信息：一、我黛玉是极清高的，丝毫不亲近任何权贵的；二、我黛玉视男人为"臭"并且不与他们发生任何直接间接的赠受关系——不是反转过来更证明黛玉对宝玉的特别垂青，将宝玉视为"不臭"的知己了吗？

有多少爱就要求多少回应。以生相许的爱要求以生相许的回答。至上唯一的爱要求至上唯一的响应。书本上也许描写过单向的、只求奉献的爱情，但现实中很少，至少黛玉对宝玉的爱不是这种样子。黛玉与宝玉的爱情既是浪漫的却又是现实的，是高度生活化日常化乃至有时是琐屑化了的。把爱情写得既浪漫又这样日常生活化，古今中外是罕有的。前四十回读黛玉对宝玉的挑眼埋怨，常使人感到逻辑上的自相矛盾，简直是无法自圆其说。第二十回"林黛玉俏语谑娇音"，先写宝玉与宝钗同至贾母这边看望刚来的史湘云，黛玉在旁，冷笑道："我说呢，亏在（宝钗）那里绊住，不然早就飞来了。"宝玉解释后，黛玉说："好没意思的话，去不去（宝钗那里）管我什么事，我又没叫你替我解闷。"然后赌气回房。宝玉追去赔情，黛玉反说："我糟践坏了身子，我死，与你何干！"又说："偏说死，我这会子就死，你怕死，你长命百岁的，如何？"……及至后来，宝玉明说疏不间亲、他与宝钗疏而与黛玉亲云云之后，黛玉啐道："我难道为叫你疏她？我为的是我的心！"宝玉也说："我为的是我的心……"

真实极了,你有真心,我有真心,反生出诸多烦恼,反生出黛玉的胡搅蛮缠不可理喻！嫉妒心从爱心生,丑从美生,这也是感情的辩证法。曹雪芹并没有把这种他最同情最依恋的爱情理想化、提纯化,他丝毫没有回避这种爱情中的无数孤立看来并不美好并不诗意的琐屑。

反过来说,黛玉的嫉妒又何尝没有逻辑没有道理没有现实性！最终,不正是金玉良缘毁灭了木石前盟,现实的利害考虑利害关系压扁了压碎了天情吗？这也可以叫做"人定胜天"了。

看到宝黛二人的特别是黛玉这一方面的嫉妒、猜疑、挑剔、试探、反话、嘲讽……有时候我们也禁不住要问,这难道就是爱情吗？爱情难道不是生命的最美丽的花朵、上苍最美丽的赐予、青春最美丽的华彩,而是一连串的精神折磨、心理试炼和永远的互不信任和永远的劳而无功吗？

然而这是事实。不仅在事业的面前、在学问的面前、在真理的面前而且在爱情的面前,都像在地狱的面前一样,任何胆小与明哲的回避都是无济于事的,都是不得其门而入的,真生命真事业真学问真爱情只能属于无所畏惧的人,具有某种"傻子"气质的人。也许爱得这样苦主要是因为违反人性的封建礼教使然或黛玉的孤苦地位使然。也许把爱情看得这样重这样至上唯一本身就使爱情变成了一杯苦酒或一杯毒酒。世界上有没有轻松愉快的爱情呢？自由结合、自由分离、高兴了抱在一堆怎么高兴怎么来、不高兴了拜拜挥手离去……这是一种合理得多的爱情模式吗？真正轻松、无所谓到了这一步,还有所谓爱情这个东西吗？

当然,爱情的状态以至习俗与社会、社会思潮的发展进步状况是不可分的。宝黛的爱情悲剧也许能使我们"忆苦思甜"、不无欣慰;宝黛的爱情的深挚、刻骨铭心却更使我们感动乃至羡慕:能这样爱过的人有福了,他尝够了爱的痛苦,他真实地唯一地情有所属,他至少在恋爱方面没有白白地被"携入红尘,历尽离合悲欢炎凉世态……"(第一回)。天情的体验也正像天才的体验、天赋的体验、天良天机的体验一样,是极其极其珍贵的啊!

《红楼梦》的作者并不回避爱情体验中的肉的一面。警幻仙子抨击单纯的肉欲的泛滥,她说:"……那些绿窗风月,绣阁烟霞,皆被淫污纨绔与那些流荡女子悉皆玷辱"。她也反对欺人的"好色不淫"之说,说它们是"饰非掩丑"之语。她肯定的是灵肉的一致,"……巫山之会、云雨之欢,皆由既悦其色,复恋其情所致也"。这个见解,平易、高明、真实,实为不移之论。对于宝玉,则命名为"意淫",说他"在闺阁中固可为良友,于世道中未免……百口嘲谤,万目睚眦"。

意淫即情,情与性虽不可分,毕竟是性欲的极大升华。宝玉在与黛玉的接触中曾不止一次引用《西厢记》上的词句表达对黛玉的一种特殊感情,引起黛玉的变色不满。因为客观地说,在那种环境那种道德标准下,宝玉的引用"淫词"不啻"调戏"。这说明宝黛关系中、推动宝玉如此多情地对待黛玉的内趋力中当然有性的作用,但整个说来宝玉对黛玉最为纯情。纯情之于性,则有许多约束与大大为之诗化。纯情来自对自己深爱的异性的一种尊重。宝玉对黛玉连像对宝钗一样"呆雁"似的"在旁看着雪白一段酥臂,不觉动了羡慕之心"这样的忘情行止也没发生过,更不要提那种与袭人的"初试云雨情"了。可悲的是,第一,即使如此,一种犯罪感压抑感仍然使黛玉等惶惶然,她听见宝玉引用戏词便指宝玉道:"你这该死的胡说!好好的把这些淫词艳曲弄了来,还学了这些混话来欺负我。"吓得宝玉指天画地地起誓,表白自己没有欺负之意。爱变成了"欺负",天情变成了不能被人间理解接受的"混话",着实可叹。其二,如果宝玉不伏"闺阁良友",如果宝玉存心"欺负"只搞"皮肉之淫",如果宝玉对爱情持的是贾珍贾琏贾蓉辈的偷鸡摸狗的动物性态度,反而能见容于家、见容于世,不受"嘲谤"与"睚眦",这就更可叹了。

警幻仙子敢于宣布宝玉是"天下古今第一淫人",黛玉呢,女孩子们呢,即使是仙子也不敢造次了。所以黛玉临死前还要宣布"……我的身子是干净的……"晴雯毕竟是丫头,是下等人,受的礼教拘束略弱一些,也只是在病危之后才表达与宝玉的亲密,并说:"既担了虚名,越性如此,也不过这样了。"但作者还是通过晴雯嫂子的口强调了宝晴二人的干干净净,"互不相扰"。夭情在这样的人境——人文环境中生长,于是出现了奇特的既是被扭曲被毒化了的,又是别有风光情致的至妙至苦的体验。

从结构顺序上看,《红楼梦》前四十回写宝黛爱情的萌生、发展、纠葛最多。到宝玉挨打后赠帕,黛玉题诗,可说二人定情已经完成。接到赠帕,黛玉"神魂驰荡",觉得可喜可悲可笑可惧可愧,"五内沸然炙起",写这种多向的心理活动,十分真实细腻,其中"不知将来如何""私相传递""好哭……也无味"诸端,沉重而脆弱的恐惧超过了定情的欣喜。这不禁令人想起今人残雪小说《天堂里的对话(二)》中的一段:

> 每次你不由自主地吻了我的嘴唇,我就说"亲爱的",只要我说了这句话,我马上变得苍白而冰凉,然后左右环顾,躲开我想象中的黄蜂……

正视了,或者说了爱就变得苍白冰凉,然后左右环顾似有黄蜂,这不就是林黛玉吗?残雪的小说不是可以给林黛玉做注脚,或者,因为据说残雪的小说太难懂,可以用赠帕题诗的故事做残雪的这种其实是非常中国的女性爱情体验的注脚吗?

中间四十回,从总体看两人的感情纠葛已经淹没在贾府诸多矛盾纠纷的大海里。第四十五回关于渔翁渔婆的笑话,黛玉虽是无意说的,"羞的脸飞红""嗽个不住"之中却颇有几分温柔的甜味,有一种自我回味的满足。用灯笼云云,数落着宝玉又表达了对宝玉的格外关心。一直到第五十七回又用大篇幅写宝黛关系。"慧紫鹃情辞试忙玉",这个标题反映了宝黛关系的外延,反映了忙忙碌碌(或按程乙本则是"莽玉",莽莽撞撞)的宝玉"定情"之后对黛玉或有粗疏。但一试就把宝玉试得发痴发疯发狂,说明了两人定情的极为严重的性质,不是小孩子闹着玩的。第六十七回"见土仪颦卿思故里",宝黛之间互相应答,已是一副体贴感激知寒知暖、琐细中流露出务实的平凡的温暖的样子了。第七十八回"痴公子杜撰芙蓉诔",宝黛讨论"芙蓉诔"的文字,宝玉悼晴雯的一句"茜纱窗下,我本无缘;黄土垄中,卿何薄命"的诔文,使黛玉"忡然变色,无限狐疑",悲剧的声音迄未休止,黛玉晴雯的比照又使这一爱情的描写拥有了新的手段与情境。

后四十回高鹗续作,专家们颇有非议,并一条一条考证出高氏所续不合雪芹原意并大大逊于前八十回处。有言"后四十回与前八十回比,味同嚼蜡"。对此,笔者未敢置喙。但从阅读效果上看,抛开情节处理不谈,单说写黛玉临终时对宝玉的"恨"的心情,突出一个恨字,我以为,写得极当极是极动人。

由爱而怨,由怨而恨。黛玉魂归离恨天之际,无力撕手帕,便挣扎着"伸出那只手来狠命的撕那绢子,却是只有打颤的分儿"。"紫鹃早已知他是恨宝玉,却也不敢说破"。然后黛玉要笼火盆,黛玉烧诗帕,烧诗稿,"焚稿断痴情",断了痴情也就是断了人生。如此,连紫鹃也恨起宝玉来,"激起一腔闷气""倒要看看宝玉是何形状"。最后黛玉气绝之时留下的话是"宝玉,宝玉,你好……"当然是"你好狠心啊"了。从爱出发,走了一遭,剩下的只有恨,而宝玉还蒙在鼓里,不但对掉包的婚姻是蒙在鼓里,而且精神上一直陷入痴呆症的状态而不能自拔。这种情的悲剧性,恨与痴的至死互不理解互不相通,这是比离异、争斗、嫉妒乃至奥赛罗式的误会情杀、罗密欧和朱丽叶式的双双殉情等等都更加悲剧的悲剧性。有人能设想比这样的高鹗续作更好的处理与描写吗？

"尘梦劳人,聊呼倩鸟归去,山灵好客,更从石化飞来"(第一百二十回)。宝玉失踪,宝玉消失了,真的化了零了,这就是对黛玉的泪、爱、怨、恨、死的报答了。探春分析道:"大凡一个人不可有奇处。二哥哥生来带块玉来……都是有了这块玉的不好……"

奇的另一个读音是"基",除了奇数的意思便是运蹇之意了。奇异、奇零、运蹇,就是这样地联系在一起,这个汉字包含了多么深切的中国式的观念与经验。天情天情,人何得有这等情焉? 过多过强的"情",不是正像过分的才智与意志一样,只能带来悲剧性的结局,悲剧性的体验吗?

"渺渺茫茫兮,归彼大荒",恨以后,痴以后,天情的下一站只能是永恒的自然的大荒山青埂峰无稽崖,只能是"天",而天对于人来说既是一切又是虚无。天情归天,人情归无,算是完成了又一次循环。什么时候,这草这石又将静极思动呢?

发表于《百花洲》1990年第4期

"抄检大观园"评说

前四十回与其后的四十回

《红楼梦》(人民文学出版社一九八五年版)详写日常生活,饮食起居,冬秋春夏,较少重大事件。金钏跳井、尤氏自尽等虽属人命关天,毕竟人微命贱,不影响贾府的整体荣华富贵安乐享受局面。前八十回中大场面大冲突主要两件,一是第三十三回"不肖种种大承笞挞",即宝玉挨打;一是第七十四回"惑奸谗抄检大观园"。

一百二十回的《红楼梦》,出自雪芹手笔的是前八十回。这八十回中自前四十回到此后的四十回有一个明显的发展,甚至可以叫做转变。前四十回宝玉还在童稚未褪的时期,不仅闹学堂(第九回)是孩子气,他与秦可卿、花袭人、秦钟间的苟苟且且也流露着未省世事的天真。他与黛玉的关系套用马克思主义讲工人运动的术语叫做还处于"自在"的阶段。王熙凤正在崭露头角,协理宁国府也好,弄权铁槛寺也好,所向披靡,势如上午近午的太阳。再加上此书开始时候关于石头、关于木石前盟、关于太虚幻境与金陵十二钗套曲,以及关于"冷子兴演说荣国府""贾元春才选凤藻宫""大观园试才题对额"等的描写,使前四十回具有一种开篇景象,"创世"喜悦,给读者以一种"乐莫乐兮新相知"的清新感至少是好奇心。

这四十回中也有一些严肃的与沉重的东西。甄士隐女儿的失散、家道的衰微是痛苦的,却毕竟是相当概念化的,它预示了贾府的

201

盛极而衰、色极而空的走向,却远远没有拿出足够感人的生活、形象与情愫。秦可卿死前的托梦十分要紧,但也与冷子兴的"演说"一样,指出问题,忠言逆耳,却毕竟提得太早,又在梦中,打动不了谁,贾府的人们正陶醉于自身的"烈火烹油,鲜花着锦"之盛。"月满则亏,水满则溢""登高必跌重"的清醒的辩证法刺不痛也救不转贾家一个又一个虚骄浑噩的"乌眼鸡"式的灵魂。而作者的曲笔绕开了围绕着可卿之死的丑闻,并进而以耻为荣,以悲为喜,渲染了丧事的排场及宝玉路谒北静王的宠遇——贾宝玉恐怕还有曹雪芹的未能免俗的沾沾自喜在谒北静王的一刻跃然纸上,真实得很。

　　使宝玉自惭形秽的秦钟,秀美则秀美矣,其行事甚至其死亡写得如同一只猴子。宝黛钗的三角关系虽然麻烦却不乏稚趣。宝玉参禅、参《南华经》,一捅就破,轻如鸿毛,为生命(存在)所不难承受。袭人娇嗔,平儿软语,晴雯撕扇,龄官画蔷,众女儿活动于自己的领域及性格的规定性中,虽非游刃有余,绝不捉襟见肘,实乃差强人意。只有金钏之死如晴空霹雳,利剑穿心,令人惊恐震动于贾府平平常常乃至和和气气外表下的司空见惯的残酷。恰恰是这一事件使宝玉被贾环所谗,宝玉冤枉地却是绝对事出有因地成为贾政惩戒的罪人,成为贾政维护正统礼教羽箭的理所当然的靶子。宝玉挨打是前四十回的高潮,是一个提纲挈领的总结,是贾政回天无力,贾府后继无人的一个象征性的却也是斩钉截铁的结论。

　　此后四十回柳暗花凋又一悲,大观园才修起来立起来,便迅速地走向破败、支离、衰微。挨打以后宝玉长大了,与黛玉的感情在赠帕题诗之后已经得到了确认与默许,可以说宝黛之盟已经确立,他们的爱情已由"自在"进入"自为",再闹误会口角也已经带有血泪生死的严重性质。凤姐泼醋混战也好,大闹宁国府也好,效戏彩斑衣也好,虽然皆胜,却也一次又一次地付出了代价,渐露不支。晴雯补裘,平儿掩镯,勇而力尽,善而未功,读者旁"观",便觉不是滋味。各种矛盾,更是洋洋洒洒而来。嗔莺咤燕,尴尬人事(贾赦讨鸳鸯碰壁);薛蟠遭打,嫌隙偏生(邢夫人找碴整王熙凤);加上茉莉蔷薇、玫瑰茯苓的混战与"红楼二尤"的横空楔入,按下葫芦起了瓢,奴才们互不相让,主子们各怀鬼胎,使宝玉及众姐妹的吟诗行乐似乎是进行在火山脚下乃至火山口上。"创世"早已完结,新朋渐成旧友。"上帝"把人造出来之后,人想要做的是享福,实际做的却是厮斗。明枪暗箭,战云密布,以斗争福,以斗卫福,却又以斗破坏了他们主奴人等相属相悖却又相通相成的"福"。于是乎在这四十回即前八十回快要结束的时候出现了抄检大观园的不可思议的凶险事件,成为这四十回而且我要说是全书的高潮,成为各种矛盾的一大荟萃,成为八十回曹著《红楼梦》的事实上的结局。第七十四回抄检大观园后,第七十五回"异兆悲音",第七十六回"凄清""寂寞",第七十七回晴雯夭亡,七十八回"杜撰芙蓉诔",都可以作为抄检大观园的余波来读。第七十九、八十两回写夏金桂、香菱、迎春诸事,另表一枝,虽仍属十二钗故事,却已只见骨头不见肉,艺术水准更像高鹗续作的另外四十回了。

探春的历史性评价

对待"抄检大观园",看之重、言之痛、怒之深、虑之远、慷慨陈词、声泪俱下的是探春。人们熟知的探春的下面一段话,上纲之高,令人咋舌:

"你们别忙,自然连你们抄的日子有呢!你们今日早起不曾议论甄家,自己家里好好的抄家,果然今日真抄了。咱们也渐渐的来了。可知这样大族人家,若从外头杀来,一时是杀不死的,这是古人曾说的'百足之虫,死而不僵',必须先从家里自杀自灭起来,才能一败涂地!"说着,不觉流下泪来。

好一个探春,果然如第五十五回王熙凤对她的评价:"他虽是姑娘家,心里却事事明白,不过是言语谨慎;他又比我知书识字,更利害一层了。"她的"利害"（即厉害）表现在第一，她是把抄检大观园这件事作为走向"一败涂地"的必然结局的一个重要环节，一个凶险的征兆，一个终于被（锦衣府）抄家的事前的预演来看待的，叫做"渐渐的来了"。什么来了？一切厄运直至灭亡的全过程和各种事件来了。第二，从某种意义上说，探春认为，这种预演，这种自己抄即"自杀自灭"，比被抄即"外头杀来"更可怕，更能致己于死命。因为"百足之虫，死而不僵""外头杀来，一时是杀不死"的。也就是说，抄检大观园事件中，蕴藏了致贾氏家族于一败涂地的一切危机，一切病灶。

单从小说文本来看，探春这一段话略显突兀，因为此前的文字未能表现探春姑娘对于贾府的兴衰荣辱浮沉治乱命运的整体性思考。探春在与宝钗李纨联合执政、三套马车、兴利除弊之时，似乎也还兴致勃勃，能与宝钗一面讨论俗务利弊，一面引经据典地逗嘴（第五十六回）。其次，在顶住赵姨娘的压力、维护自己的主子身份以及在贾赦欲收鸳鸯为妾触怒了贾母时，挺身而出为王夫人辩护等事上，探春的表现都是积极的与有为的，远没有这样愤激绝望。为何未见别人大声疾呼地反对抄检，独独探春这样"言重"呢？这里也可能有作者未及写出的因素。我们可以设想，探春在联合执政一段以后对贾府的家政痼疾了解得更深忧愤得更广，我们还可以设想探春毕竟还是少女，容易冲动，自尊心备受"抄检"的伤害，因而言重了。但更为合乎逻辑的是：第一，这样深刻的论断决非探春冲口而出，她早有感受早有忧思，不过此前未及一一写出罢了。第二，更重要的是，这样深刻的论断实出自曹氏雪芹之口，没有过来人的清醒与犀利，很难说出那一段话来。通过自己的人物说出自己想说的话，是小说家包括伟大而且客观如曹氏者很难抵挡的诱惑，对这样的现象很难一概抹杀，这大概也是文无定法之一例。好在这话由探春说出，也还算"基本属实"，没有违背她的身份与性格。

但无论如何，探春的那一段话已是对"抄检大观园"的不移之论，一针见血，精彩确当，直捣要害，字字千钧。

阴差阳错十四卦

抄检大观园的缘起与始末,只有阴差阳错四个字可以讲得贴切。第一,赵姨娘为贾环讨彩霞事去求贾政,趁机汇报了宝玉已"有了"一个丫头(当指袭人)"二年了"。如此这般略去赵姨娘与贾政之私一段,赵姨娘房内丫环小鹊跑到怡红院报信:"你仔细明儿老爷问你话。"此段虽然惜墨如金,赵姨娘与宝玉的矛盾,赵姨娘在贾政面前"点"宝玉的"眼药"得手之势已出。第二,宝玉临阵磨枪温书,内心其实"深恶此道",晴雯建议宝玉装病蒙混过关,宝玉与贾政的价值观念的矛盾再次突出。第三,"金星玻璃"即芳官报告"一个人从墙上跳下来了",晴雯为制造宝玉唬病了的舆论强调此事的严重性,并斥"睡花了眼出去,风摇的树枝儿,错认作人了"之说为"放狗屁",只准小事化大,无事化有,不准大事化小,小事化无,从而惊动了王夫人和贾母——晴雯何尝料到,她将成为很大程度上是由她制造出来的紧张空气的受害者?第四,贾母从而论述:"如今各处上夜都不小心……只怕他们就是贼也未可知。"每天只是"吃两口""睡一觉""顽一回",自称"老废物",生来"享福"(均见第三十九回)的"老寿星"贾母,突然发此恶言,却原来享福的人对服务的人全不信任,主奴阶级矛盾,从来就难以调和。众姐妹"都默无所答",独探春汇报揭发了下人们设赌与争斗相打之情。贾母就此引申:"你姑娘家,如何知道这里头的利害。""既耍钱,就保不住不吃酒,吃酒,就免不得门户任意开锁……趁便藏贼引奸引盗,何等事做不出来。"既如此保不住不如此,既保不住不如此就免不得更加如此如此,导致"何等事做不出来",这种从苍蝇的前提得出大象的结论来的独特推导逻辑(或反逻辑),在我国也算"传"之长远而且普及的"统",从正心诚意推导到治国平天下的《大学》之道,遵循的便是这种逻辑。探春的积极汇报导致了令探春痛心疾首的"自杀自灭",真是动辄走向自己的反面。所以"探春听说,便默然归坐",她也老实了。第五,林之孝家的不敢怠慢徇私,"忙至园内传齐人,一一盘查……终不免水落石出",查出二十多个"赌犯",其中三个为首的,一个是林之孝的两姨亲家——又是走向反面;一个是园内厨房内柳家媳妇之妹,另一个是迎春的乳母。搞得大家无趣,全都灰溜溜的。此事暴露了围绕迎春的诸种矛盾,特别是迎春之软弱与邢夫人对迎春、探春所受待遇"不公"之不服气与邢夫人就此事对贾琏、凤姐之不满。邢夫人到迎春面前露骨挑动,矛头直指贾府的"大拿"凤姐及其夫贾琏,暴露出的矛盾就更带有根本的性质了,它牵扯到贾府主要是荣府的管理大权谁属的问题,也牵扯到贾赦贾政两房之间的矛盾。凡此种种,大体上从宝玉装病开始,引起了大观园气候的恶化,构成了抄检的前提性的气氛与背景。第六,所以,邢夫人自傻大姐处"缴获"了绣春囊,也就是得到了向凤姐的管理权、向贾政王夫人的优势、向贾母对贾政一支的偏宠挑战的炮弹。第七,邢夫人的不忿影响了迎春乳母的子媳,于是爆发了此子媳与绣橘后来加上司棋的口角,扯出了迎春的财政亏空麻烦,主子间的矛盾演化成奴仆间的矛盾,这也是必然规律。之后探春、平儿(并代表凤姐)介入,宝玉欲为柳家媳妇之妹讨情而未能,事情更成为一团乱麻。还没抄家,天下已经大乱。同时,中间插了一段邢夫人要挟贾琏为她迁挪二百两银子,并点出"连老太太的东西你都有神通弄出来"的秘密,使邢夫人向贾府主流派贾母——王夫人——凤姐挑战的形势更加明显和紧张,凤姐与平儿猜疑一通,不得要领,说明凤姐至少在此事上陷于被动招架的地步了。第八,邢夫人派亲信王善保家的将绣春囊封了送给王夫人,将王夫人的军。素日"遮天盖日""赫赫扬扬"(邢夫人语)的王熙凤成了嫌疑犯,只剩下跪在王夫人面前申诉辩诬的份儿。王夫人亲自出马抓"勘察",有意识地安排王善保家的做抄检的先锋大将,凤姐跟着走成了陪同,说明大观园的管理秩序权力秩序出现了异常情势。第九,王善保家的趁机打晴雯的小报告,使与绣春囊毫无瓜葛的晴雯成为此次整饬风纪的行动的第一个打击重点,直至被逐、屈死。这既反映了晴雯急躁任性,关系学上有问题,更衬出了王善保家的之流对得宠的漂亮丫头的嫉恨已久及袭人的早期铺垫的效应、袭人麝月做人路线的胜利。

晚饭后抄检开始,第十,王善保家的一马当先,"请了凤姐入园",首先一个遭遇战是在怡红院与晴雯进行了面对面的战斗。第十一,凤姐提出"薛大姑娘屋里,断乎检抄不得"。薛宝钗处处设防,"一进角门……便命婆子将门锁上"(第六十二回)的必要性、有效性即不战而胜的优越性显现出来了。第十二,王善保家的自取其辱,挨了探春一个耳光,又被侍书抢白一顿,平儿解劝,凤姐服侍探春睡下。她们身为抄检队的成员,又一直是管事的,实际却站在抄检的对立面,看抄检最卖力最冲杀的王善保家的笑话,这种现象着实微妙。第十三,在惜春家发现了入画的藏物,入画虽有小疵,并无大过,抄检队并未怎样,惜春却一味逐之。惜春的洁身自好的另一面竟是如此残酷、自私、不近情理,也令人瘆得很。原来恶行不一定全部出自恶人,惜春不是恶人,王夫人也不是恶人,但她们的恶行仍然令人触目惊心。而后,又是搬起石头砸自己的脚,王善保家的一行抄检大观园的最大战果是破获了她自己的外孙女儿司棋箱中藏放的男人用品,暴露了司棋与其表兄的私情。凤姐与凤姐手下的周瑞家的趁机对之狠狠奚落一番,算是凤姐等于此次占下风的事件中唯一的一点反击。王善保家的自打嘴巴,"只恨没地缝儿钻了进去"。

第十四,绣春囊或同类"淫秽物品"的窝主并没有查出,抄检的这一起因似乎被忘在了一边。毫无牵连完全无辜的晴雯、芳官被逐(回家或出家),虽有小疵但完全与此次抄检重点无涉的司棋特别是入画也落了个被逐的下场。

抄检大观园的前后与过程就是这样错综复杂纵横交叉,像个八卦(更正确地说是以上的十四卦)阵。而作者写得这样头绪分明,入情入理,用简洁的笔墨写出了大观园的这场史无前例的大混战,写出了这么多人物的各自的音容怒貌、外表内心,与他们之间的利害恩怨友敌真伪。《红楼梦》写到这里，确实可以说是达到了极致，已经写不下去、写下去也超越不过去了。这样的手笔，这样的洞察力和表现力，当令那些把生活简单化、"小儿科"化的小说家、评论家愧死！

王夫人之惑

很明显，抄检大观园的主导人物是王夫人。一向很有身份、很有"派"又很有修养的王夫人在绣春囊事件上如此紧张激动，如此凶恶反常，不是没有原因。其一，她受到邢夫人的压力。贾赦为兄，贾政为弟，按道理贾赦应该处处占先。但实际上贾赦邢夫人在荣府处于靠边站的地位。可能是由于贾赦没出息，可能是由于邢夫人没背景（即娘家没势力，从"傻大舅"的行止似可看出邢家的低水平），也可能是由于贾母不喜欢贾赦，或三者兼而有之、三者互为因果；反正荣府的主流派是贾母——王夫人（贾政）——王熙凤（贾琏）。王熙凤虽为贾赦儿媳，但贾琏并非邢夫人所出，而熙凤又是王夫人内侄女，故仍属这一条线。荣府主流派与靠边派的矛盾一直存在，并且大家都对之警惕。所以贾赦讲父母偏心的笑话立即引起贾母的多心与不快。贾赦讨鸳鸯而不得，虽王熙凤闪转腾挪，极尽打太极拳之能事，最后恼羞成怒的贾赦邢夫人仍然把账算到主流派身上，遂借口扇子事件向贾琏发火，"不知拿什么混打一顿，脸上打坏了两处"（第四十八回），邢夫人又忿忿把王熙凤抢白一顿，叫做"嫌隙人有心生嫌隙"（第七十一回），甚至使强人凤姐也"灰心转悲，滚下泪来"。如此等等，王夫人何能独无知觉？王夫人为维护表面上的孝悌齐家、兄弟妯娌之道，就更要尊重邢夫人，要多多让步，何况这次与为贾赦讨鸳鸯不同，邢夫人抓住了"赃证"绣春囊，占了上风头！

其次，王夫人一直受到自己的心病的压力。自从宝玉挨打后袭人向她打了小报告，这块心病她就一直放不下。大伯子（赦）侄子（珍、琏）侄孙（蓉）外甥（薛蟠）的事她可以不管，贾宝玉的生长环境问题事关贾府的前途和她与贾政的晚年命运,她是放在心上的。仕途经济的事有贾政乃至有宝钗湘云袭人向宝玉进言管束,上学的事她也可以基本不问,宝玉的环境净化她要狠抓。宝玉的"下流痴病"可以不管,少女丫头中的"妖精"那是除恶务尽、必须肃清的。万恶淫为首,封建道德的精髓在于反淫防淫,并且只限女性之淫。女性反女性之淫比男性还要激烈,这是有弗洛伊德的依据的。王夫人说:"……袭人麝月,这两个笨笨的倒好……我一生最嫌这样人……好好的宝玉,倘或叫这蹄子(指晴雯)勾引坏了,那还了得!"(第七十四回)这一段话充分说明了她的价值观念,什么轻,什么重,什么(笨笨的)好,什么最嫌("都没晴雯生得好"),什么要管,什么不管,清清楚楚。王夫人的这种"最嫌"心情,这种"义愤",充满了道德责任感、家族责任感,她是自以为正气凛然的。

这样,收到邢夫人的"战表""密件"——封好了的绣春囊以后,王夫人紧张得出奇。她喝令"平儿出去",把素日众人喜爱怜惜尊重的平儿的脸面丢到一边,把平儿赶回奴才堆中,立即造成了非常气氛。开始审问凤姐,"泪如雨下,颤声说道",真是如丧考妣,如临大敌,一副大难临头的真情实感。王夫人的道德意识,也实在够强烈了!真像是查清了绣春囊,就可以令贾府家泰人安,富贵万年!

此后王夫人的举措有两点最为失常。一是她重用邢夫人的心腹王善保家的,用实际上牺牲王熙凤的权威与荣府的正常运行秩序的方法向邢夫人让步,采纳了突然袭击,强行抄检这一非常措施方案,大大败坏了毒化了大观园的安乐气氛,造成了行政管理上、心理上的失调。二是她亲自出马,处理从审讯凤姐到组织抄检,一直到晴雯等丫环的去留这些具体问题,改变了她一向高高在上,全权委托与信任凤姐去办事的状况。她可能以为这样亲自动手才能加强抄检行动的威势,其实她比凤姐更不熟悉情况,更主观刚愎,凭一点先入为主的印象办事,搞得更是一塌糊涂。而且,这样做就更少回旋余地。

我国长期以来逻辑学不甚发达,人们讲话思考不按形式逻辑的起码规则。王夫人先断言绣春囊是贾琏夫妇的,理由是:"……女孩子们是从那里得来?自然是琏儿那不长进的下流种子那里弄来,你们又和气……"又反证曰:"……除了你们小夫小妻,余者老婆子们,要这个何用?"言之凿凿,连"你们和气"也成了有罪推定的论据。幸亏凤姐铁嘴钢牙,思路清楚,据理力申,"依炕沿双膝跪下,含泪诉道",讲了五条理由,显然比王夫人的论断更讲逻辑。王夫人一听,凤姐的话"大近情理",便改了口说:"我也知道你是大家小姐出身,焉得轻薄至此?不过我气急了,拿了话激你……"又没主见,又常有理,实质仍是被邢夫人"将"昏了头,被绣春囊一个淫字吓酥了胆,自称是"气了个死"。这样沉不住气,动辄丧失理智,由她来管事,实不如精明强悍的王熙凤。及至王善保家的走来,先谗晴雯,与王夫人一拍即合。从人事上看,王善保家的属邢夫人一系,与王夫人并非一宗;从观念上,却能共鸣。王善保家的献抄检之策,道理是"想来谁有这个(绣春囊),断不单只有这个……那时翻出别的来,自然这个也是他的",一口一个"自然",语言与王夫人一致,逻辑之荒唐也与王夫人不相轩轾。果然王夫人应曰:"这话倒是。若不如此,断不能清的清,白的白。"又出来个"断"字,二人一个腔调,实在是难姊难妹,一样的水平。只是王夫人是主子,而且是大主子,才没挨上探春的嘴巴。

综观全过程,王夫人的表现可称"情况不明决心大,办法不多脾气恶"!于是先传晴雯,一见晴雯的样子便兜头盖脸一阵恶言。作者解释道:"王夫人原是天真烂漫之人,喜怒出于心臆……今既真怒火攻心……"词语上虽然尽量美化软化淡化,仍显现出王夫人的特点。什么"天真烂漫""出于心臆",换句话说,王夫人一无经验,二无头脑,三无手段,只不过跟着感觉走,乱发脾气,语言讹诈,以势压人。折腾了个天翻地覆,仍然是不清不白,要查的一个没查到,信用袭人而迫害晴雯,更是颠倒黑白,蒙在鼓里。她大概至死也不知道袭人如何与宝玉"同领警幻所训之事",真是又可笑又可气又可怜。

王熙凤的角色

王熙凤在抄检中扮演的角色值得评说。她精明强悍,两面三刀,"脸酸心硬""杀伐决断",实际上是贾府特别是荣府的栋梁之材,铁腕人物。探春也厉害,但毕竟是姑娘家,将成为人家的人,又是庶出,理事时既有临时意识又常有后院失火,赵姨娘混闹的干扰。宝钗只是亲戚,志在独善、保身,无意支撑大厦。其余(包括贾母、贾政、王夫人、也包括宝玉),从理家治事的观点看,说穿了都是废物,寄生虫,或干脆是挖墙脚的害虫。当然,王熙凤也有以权谋私,假公济私,弄权玩术,仗势欺人,盛气凌人直至伤天害理的种种恶德恶行。她积怨甚多,不留余地,内内外外欠了不少的账,以致最后锦衣府抄家时,贾家许多罪状与她有关。但毕竟她是唯一的一直掌着权、用着权,也会掌权,会用权,能把一个大家族上上下下、主主奴奴玩转了的人物,对于这样一个复杂的大家族的行政管理,她一直还是胜任的,她甚至还有余力向东府"智力输出"呢,舍王熙凤还有谁能扮演这个运转枢纽的角色?除了暂时的探春、宝钗、李纨三套马车执政——而且这个执政也是由于得到了凤姐平儿主奴的大力支持与谦恭谨让才有可能出台——谁能代替凤姐的管理组织?凤姐一病就一团乱,王夫人一介入就一团大乱,正是从反面证明了王熙凤的价值。

当然,王熙凤又有无法解救的弱点。概括起来,叫做有权无势,有才无德,有聪明无智慧,有宠无戴。

有权无势是说,王熙凤虽然最有实权最能管事,但从身份上地位上看,她当然远远不处在宝塔式的封建家族体制的顶端。贾母、贾赦、贾政、邢夫人、王夫人,甚至贾琏从理论上说都是她的上司。权与势的分离使她不可能做更长远更宏大的战略性思考,使她不可能真正对家族对家史负责,使她也免不掉得捞一把且捞一把的临时性、"雇佣"性、盲目性的心态,而有势的某些人,不熟悉情况,又缺乏具体管理、具体办事的经验，只知一味地讲享受、讲排场、安富尊荣，而又勾心斗角、"生事"。这种权与势的分离，实是贾家由盛而衰的一个原因，一个契机。

尤其严重的是，有权无势或多权少势的结果是，一旦发生非常事件——如捡到绣春囊，她就可以降为"催巴儿"（跟班），甚至成为有势者王夫人的审查对象。这造成了贾府管理秩序的不稳定，也造成了王熙凤对自己的命运的掌握不住。

有才无德不必多说，树敌太多，用心太过，最后"力绌失人心"（第一百一十回）是必然的。

有聪明无智慧应归咎于她的文化水平不高，她一味逞强，其实多是小聪明，小苛刻。如玫瑰露茯苓霜事件中，她提出："把太太屋里的丫头都拿来……只叫他们垫着瓷瓦子跪在太阳底下，茶饭也别给吃……"水平境界手段都低而又不计后果，有失大家风度，幸得平儿匡正才未成为事实。其实，她这种一人一事有问题便普遍折腾的做法，与抄检大观园的路子完全一致。当然，她能尊重平儿，以及尊重探春宝钗，也说明了她的慧眼识英雄，惺惺惜惺惺。

换一个角度看，宝钗等比她文化高，处事厚道周全，却只是自顾自，她们可肯投入？可愿负责？连平儿的"鸽派"言行也是既有为凤姐"补台"的一面，又有另树自己的形象、背着凤姐买好、实际上更加丑化了凤姐的形象的一面。

有宠无戴的问题是，王熙凤所以在贾府混到炙手可热红里透紫程度，除王家背景、亲上做亲的双层姻亲关系及她本人的才能因素外，主要靠宝塔顶尖人物贾母的宠信。《红楼梦》大量描写了王熙凤在贾母面前的邀宠，特别是她的巧言令色，富有笑料"包袱"的阿谀奉承，常使贾母神清气朗，笑逐颜开，"猴儿，猴儿"地夸凤姐不住。要说这也是悲剧。对下，她是封建管理的全权代表，执行人与监督人；对贾母，她是个弄臣，佞臣，滑稽人，寻开心的"猴子"。

她得到了贾母的宠信，却得不到"平级""下级"与"靠边派"的

拥戴。她自己已经意识到了这一点。第五十五回凤姐对平儿说:

> 按正理,天理良心上论,咱们有他(探春)这个人帮着,咱们也省些心,于太太的事也有些益。若按私心藏奸上论,我也太行毒了,也该抽头退步回头看看了,再要穷追苦克,人恨极了,暗地里笑里藏刀,咱们两个才四个眼睛,两个心,一时不防,倒弄坏了。趁着紧溜之中,他出头一料理,众人就把往日咱们的恨暂可解了……

这话很重要。第一,凤姐想放松一下,保护一下自己,但这又与从严管理的实际需要不一致,也与上面的要求不一致。底下闹出尤二姐事,凤姐哪里"抽身退步"了? 可见,放松的愿望与她自身的利益与争强好胜的个性不一致。所以,话虽明白,终是空谈,实行不了的。

第二,她想找个帮手,哪怕暂时分点权出去,以免成为嫉恨的中心,终日烤在火上。这里甚至有几分哀鸣、示弱的味道,以致善良忠顺如平儿者也趁机与凤姐开了开玩笑。

但此时凤姐仍然没有弄清,主要危险来自邢夫人。邢夫人是她的婆婆,对她最为嫉恨。邢夫人靠边她得宠当权,这使邢夫人永远恨得咬牙,所以不论出了什么事都成为邢夫人攻她的炮弹。谁让她当权来着? 邢夫人封上绣春囊送给王夫人所以能把王夫人"气了个死",就因为邢夫人的潜台词是:这就是你们掌权,你的好内侄女掌权的结果! 看,大观园的道德风化状况恶劣到了什么地步! 人们胡作非为、无法无天到了什么程度? 连绣春囊这样大逆不道、十恶不赦、万恶之首的东西都出来了,还有什么坏事出不来? 你们不负责谁负责? 你们不处置谁处置?

邢夫人是把凤姐与王夫人绑在一起将军的。所以"天真烂漫"的王夫人经不住这一"将",立即与凤姐平儿划清界限,拿出太太的威严来,将凤姐打成嫌疑犯。这里,或有用话激她的因素,也有讹诈一下诈出个水落石出的懒婆娘的路子,更有认定就是出自琏凤夫妇的武断,尤其有即使凤姐出了问题王夫人也已表现了铁面无私因而能站稳脚跟的哪怕是下意识的自保自卫的意图。八面威风的凤姐一下子只剩下跪诉流泪的份儿!八方肯定的平儿只剩下被喝令出去的份儿!权力秩序的情势,说变就变!何其迅速,何其容易!

即使在出了事,落入被动不利地位、只能跪着哭诉的时刻,凤姐的头脑也比别人清醒,所提方案也比较稳妥。她建议"且平心静气暗暗察访""胳膊折在袖内""丫头也太多了……不如趁此机会,以后凡年纪大些的,或有些咬牙难缠的,拿个错儿撵出去……"不能说她不支持王夫人整顿风化的决心。她试图把王夫人被邢夫人激起的怒火引到下面——丫头们身上去,化统治者内部的矛盾为统治者与被统治者的矛盾,而且顾全脸面和影响,采取不那么诈唬的做法,要设法"不让老太太知道",也可谓用心良苦。盛怒中的王夫人却没有接受她的合理方案,而是采纳了王善保家的"给他们个猛不防,带着人到各处……搜寻"的凶相毕露的方案,搞得鸡飞狗跳,投鼠伤器,阴差阳错而实际上一无所获。

探春及其他人在抄检中

在抄检大观园中,有反抗的表示的只有三人,晴雯、探春、司棋。司棋的表现是"低头不语,也并无畏惧惭愧之意",用沉默表达了一种坚强不屈的血性,其后终于殉情而死,以生命进行了悲壮的抗争。晴雯和探春都采取了以退为进,以毒攻毒,以发展凸现对方的荒谬来寒碜对方的方法表示自己的抗议。晴雯是"挽着头发闯进来,豁一声将箱子掀开,两手捉着底子,朝天往地上尽情一倒……"你不是要抄检吗,我让你抄检个痛快。"王善保家的也觉没趣",晴雯主动倾箱,堵住了王善保家的嘴。探春则声称"先来搜我的箱柜""我就是头一个窝主""我们的丫头自然都是些贼",既然你不尊重我这里,我便第一个迎上去,硬碰硬,干脆把矛盾激化,不允许你一面跑进我的房中对丫头作威作福,一面假模假式地说什么"越性大家搜一搜,使人去疑,倒是洗净他们的好法子"。晴雯探春敢于这样用更加极端和激烈的办法来对待极端和激烈的蛮横,当然有一个前提:心中没病,己方没有辫子可抓。司棋不同便只有沉默的份儿。呜呼,如果竖立"抄检大观园纪念像"的话,应该塑这三个人的像。其他人的表现太差!堂堂宝玉,平常倒还略有几句过激的清谈,到了这种场合,噤若寒蝉,为晴雯连一句公平话都不敢说,他能算得上什么"叛逆"?最令人不解的是黛玉,连送宫花把最后一枝送给她她都要大挑其眼的,这时居然一声不吭地接受了抄检,接受了王善保家的从紫鹃房中抄出"宝玉的两副寄名符儿,一副束带上的披带,两个荷包并扇套……"并且"自为得了意"的事实。即使当时她不在场,来不及反应,事后何能不知?何能连一滴眼泪都没掉?她的"孤标傲世"哪里去了?她的"促狭小性"哪里去了?是曹公的疏漏,还是另有奥妙?

其他如迎春、李纨,则死人一般。惜春胆小,比凤姐等还要偏执过激,胆小的人的被动的激烈程度超过了胆大包天的人的主动的激烈,倒也是人性奇观。曹氏传之,功不可没。发现了惜春房中丫环入画藏有贾珍赠给乃兄的物品并听了入画的申诉以后,凤姐已表态如情况属实"倒还可恕""你且说是谁作接应,我便饶你",这时作为主子的、占有了入画的劳动的惜春不但不为之求情,反而强调:"嫂子别饶他这次方可。这里人多,若不拿一个人作法,那些大的听见了,又不知怎样呢。嫂子若饶了他,我也不依……"好一个"我也不依"!这也是铁面无私,"向我开炮"。只是打完了炮,中弹的不是自己而是自己的下属!喊完了"我不入地狱谁入地狱",她把婢女推下地狱,而自己修行成佛去了。

一花独秀,主子中表现堪称精彩的只有探春,宝玉与黛玉与她比较起来也是黯然无色!她那个要搜就搜我的,"要想搜我的丫头,这却不能。我原比众人歹毒,凡丫头所有的东西我都知道……一针一线他们也没的收藏……你们不依,只管去回太太,只说我违背了太太"的声明何其尊严!何其带刺!丫头的所有东西她都知道,一针一线也没让他们收藏,果然又歹又毒!潜台词是,你们要搞歹毒的吗,姑娘我比你们还歹毒十倍呢!所以是以歹攻歹,以毒攻毒,挺身保护自己的丫头,"怎么处置,我去自领",这才是有派的真"主子"呢!相形之下,连凤姐也显得那么渺小。

看来探春的庶出不白庶出,她没有白白付出代价,看来她早已学会了在不利的情况下捍卫自己的尊严。她言语尖刻,说得又狠又准。她读书知理,能一眼判定此次抄检的极不正常的性质与严重后果。她敢于斗争,一个耳光的清脆响声永垂天地。《红楼梦》中整日男男女女吃吃喝喝,哭哭笑笑,本来就少阳刚之气,"抄检大观园"读起来更是令人憋气,幸亏有探春的这个耳光,金声玉振,为抄检的受害者也为读者出了一口鸟气!

此七十四回题曰:"惑奸谗抄检大观园。""惑奸谗"三字表现了曹氏的鲜明倾向。谁被奸谗所惑?当然是王夫人。谁是奸谗?邢夫人、王善保家的是也。再远一点的谗,则是袭人于宝玉挨打后向王夫人的投其所好、抓住要害而又极端虚伪的进言。邢夫人此举与她前不久的"有心生嫌隙",或可为自己出一点气,实际并无所获,她和贾赦夺不了贾政夫妇的地位与凤姐的权,她们的挑战影响不了贾母对赦、政二支的态度。其结果,只能是使贾府更加混乱、衰微!统治者的内讧中,其实并没有也不可能有胜利者。

王善保家的那副从狗仗人势到得意忘形、到挨了嘴巴、到现世现报的样子,写得不算太深刻,但仍然十分好读。《红楼梦》从整体上是不受善恶报应的观念的束缚的,但具体到赵姨娘、王善保家的这些人,曹雪芹似乎按捺不住要出出她们的洋相。王善保家的闹剧表演的下场,符合民意,值得多读几遍,以为势利恶奴的照妖镜,她们总是要挨耳光与自打耳光的。

薛宝钗最成功,趋利避祸,宝钗确有高明之处。只是这里也有悖论:宝钗的目的是"进入"大观园荣国府,成为其主宰至少是主宰之一,为此她必须远离大观园荣国府。她的独善其身的成功,正说明"兼善"的失败、她赖以生存和荣耀的家族的失败。她的心态与道路依然是贾府衰微过程中的一个现象一个因素。

总之,抄检事件中,没有成功者。无辜的晴雯、司棋、芳官、入画首当其害。王夫人折腾了一场并没查出绣春囊的由来,也不可能收到整顿道德秩序的功效,而是使已经极堕落了的道德秩序益发不可收拾地堕落下去。凤姐受到打击。居住在大观园中的所有年轻人受到打击。邢夫人除了积怨什么也没得到。王善保家的搬起石头砸自己的脚。袭人因晴雯事而受到宝玉的怀疑。一阵风狂雨骤之后,只有凋零,只有灰烬,只有凄清与寂寞。

简单的结论

一、这是一场小题大作的事件。小题大作带来的实际的与心理的伤害性的后果远远超出了绣春囊所能带来的后果与伤害,即使严格遵循"万恶淫为首"的道德准则,也不必采取这种普遍抄检的破坏性极大的手段。

二、这是各种矛盾的集中表现,因此,出这种事又是必然的,不可避免的。随着宝玉长大,王夫人为之净化生长环境除"妖精"的决心越来越大,对晴雯芳官等采取铲除措施的时间只是或早或晚的问题。贾府主流派与靠边派的对立,势与权的分离,王熙凤日益成为矛盾焦点等等,迟早要酿成事端,绣春囊事件不过一个导火线罢了。而正是这些内部矛盾,使贾府这个百足之虫的"自杀自灭"成为不可避免。

三、"历史……喜欢同人们开玩笑。本来要到这个房间,结果却走进了另一个房间。"(《列宁全集》20卷459页)矛盾激化混乱化的结果只能使打击矛头指向阻力最小的方面。搞来搞去,还是奴才倒霉,不仅晴雯司棋等属于被整肃的奴才倒霉,王善保家的这样凶恶整人的奴才也倒了霉。最后,抄检本身成了目的,没有一个人达到预期的目标。

四、人际关系的恶化与道德秩序的松弛是贾府的两大痼疾。王夫人企图通过坚决打击她心目中的"狐媚子"等与通过尊重邢氏的意见、约束王熙凤等手段来改善人际关系与道德秩序,但是采取莽撞行动的后果是人际关系更加恶化,道德秩序更加混乱。

五、曹雪芹对这些人、这些事、这些错综的关系烂熟于胸,写得头头是道。既写出了整体运动与相互牵连,又写出了各色人的千姿百态。尤其是这一段把一些相对次要的人物如迎春、惜春等写得很充分。不但写出了正常情况下各种人与事的状态,也写出了非常情况下的变态——凤姐收敛,王善保家的大翘尾巴,探春以恶抗恶,王夫人的恶言恶语等。一支笔,两万多字,表达了这样丰富复杂的内容,其信息量当属绝顶。

六、《红楼梦》开宗明义,第一回就通过"石兄"之口宣告:"历来野史,皆蹈一辙,莫如我这不借此套者,反倒新奇别致,不过只取其事体情理罢了,又何必拘拘于朝代年纪哉?"《红楼梦》的创造性(新奇别致,不借此套)来自它的真实性,不仅有现象的观感的真实,而且有本质的内在(事体情理)的真实,这种事体情理写得愈深刻,就愈有永恒的与普遍的(不拘于朝代年纪)意义。

世界的统一性表现为物质的统一性,也表现为规律的即事体情理的统一性。抄检大观园写的是贾府的一件很具体的家事,但因为它深刻地解剖了与展现了错综的人际关系,便可以给人以更多的启发,更多的咀嚼,更多的滋味。这也是"世事洞明皆学问,人情练达即文章"。文学完全可能成为生活的教科书,特别是成为"人学"、人际关系学的教科书,只是其"教科书"价值完全不取决于作者的教育读者的意愿和教育人的姿态。

七、抄检大观园是一场悲剧。奸谗之得逞,无辜之受害,探春之悲愤,王夫人之刚愎,凤姐之无奈,以及从总体上看贾家之走向败落,俱足以悲。悲剧的内容却表现为喜剧、闹剧的形式:邢夫人之审傻大姐,王夫人之审凤姐,王善保家的之丑态,周瑞家的之"站干岸儿",惜春之火上加油,尤氏之"吃心"(多心)挂不住……无不具喜剧闹剧之意味。

八、这是前八十回的一个总结,一个最大的高潮,也可以说是艺术描写的高峰上的高峰,全书的事实上的结尾。正像孔夫子"绝笔于获麟"一样,曹夫子写到大观园的抄检,大可以投笔而叹"谁解其中味"了。余下的事,就让高鹗夫子与此后的没完没结的红学夫子们去续、去评、去争、去回味好了。曹夫子在天之灵有知,能对本人这种初学乍练的评说报以一个眯眯的哂笑吗?

发表于《文学遗产》1990年第2期

贾 宝 玉 论

《红楼梦》第五十六回,贾母对甄府的四个女人谈到宝玉时说:

> 可知你我这样人家的孩子们,凭他们有什么刁钻古怪的毛病儿,见了外人,必是要还出正经礼数来的……就是大人溺爱的,是他一则生的得人意,二则见人礼数竟比大人行出来的不错……若一味他只管没里没外,不与大人争光,凭他生的怎样好,也是该打死的。

贾母这一段话说明:宝玉虽然得宠,但这宠还是有前提有原则的,如果违背了"礼数",是要"打死"的。决定受宠还是打死的分界的原则,当然是硬指标。其次,这也反映了贾府的坐在宝塔尖上的至高人物贾母对宝玉的基本评价,即认可宝玉并没有出大格,而这个评价是符合实际的。

起码贾府上下人等没有谁认为宝玉是什么"叛逆"。甄府女人说到她们的"甄宝玉"时说:

> ……就是弄性,也是小孩子的常情,胡乱花费,这也是公子哥儿的常情,怕上学,也是小孩子的常情……

这话同样适合于贾宝玉。贾宝玉的许多"毛病"是可以用"弄性"和"常情"即用人性论与人情论来解释的。

只有贾政给宝玉上的纲高。第三十三回宝玉挨打时,贾政从发展的观点指出宝玉问题的严重性时说:"明日酿到他弑君杀父,你们才不劝不成。"

"弑君杀父"云云,有点又叛又逆的意思了。细察之,宝玉的罪名虽大,罪状不过是"在外流荡优伶,表赠私物,在家荒疏学业,淫辱母婢"。且不说最后一条来自贾环的诬告,全是不实之词,就是这几条都铁案如山,宝玉所为也不比贾珍贾琏贾蓉乃至薛蟠之属更过分。贾政所以上这么高的纲,固是因为宝玉是己出,年龄又小,应该从严管教;更重要的是宝玉与琪官的关系得罪了忠顺王爷。贾政说宝玉道:"你在家不读书也罢了,怎么又做出这无法无天的事来!那琪官现是忠顺王爷驾前承奉的人,你是何等草芥,无故引逗他出来,如今祸及于我!"这里,主要是"官大一级压死人",贾政惧怕比他家更有势力的权贵,尤其怕"祸及于我",吓坏了才乱上纲,并不反映宝玉的实际。如果祸不及于贾政,本可以不扣这么大的帽子的。

宝玉也非全然不谙世故。他应付忠顺府长史官,先赖说,他"究竟连'琪官'两字不知为何物,岂更又加'引逗'二字",说着便哭起来,看来也还善做假。及至对方抛出"红汗巾"的过硬材料,他自思"既连这样机密事都知道了,大约别的瞒他不过,不如打发他去了,免的再说出别的事来",于是改变策略,"交代"了琪官的去向。

至于正常情况下,宝玉见了外人,其"礼数"就更加完善。如第十四回写宝玉"路谒北静王",贾宝玉"抢上来参见"。"见问连忙从衣内取出(那玉),递与北静王细细看",并"一一答应"。特别是当北静王取下腕上一串念珠——"圣上亲赐鹡鸰香念珠一串"赠给宝玉,宝玉一副受宠若惊的样子,"连忙接了,回身奉与贾政",然后与贾政"一齐谢过"。这还不算完,回到府中,迎接奔父丧归来的林黛玉,"宝玉又将北静王所赠鹡鸰香串珍重取出来,转赠黛玉"。"珍重取出,转赠黛玉",可见宝玉是何等珍重比他家更有权势的北静王爷的垂青,何等沾沾自喜乃至希望自己的知音挚友心上人黛玉来分享自己的体面。倒是黛玉更清高些,说"什么臭男人拿过的,我不要他","遂掷地不取"。宝玉讨了个没趣。

221

似乎是,把宝玉说成封建社会的叛逆,评价太高了。他的一些行为如逃学、厌恶读经、不思功名进取,一是弄性常情,二是贾府的潮流。封建特权享受可以成为寒士们苦读寒窗的吸引力,成为"进取"的钓饵,也可以成为倚仗"天恩祖德"已经获得封建特权的家族子弟的强有力的腐蚀剂和类似可卡因的麻醉品。试看贾府须眉,除贾政还有心维持正统但实际上一无所能一无作为以外,又有谁是致力于仕途经济的呢?他们或声色犬马、骄奢淫逸,如贾赦贾珍贾琏贾蓉之辈,或炼丹求仙、寻觅长生,享一辈子福不够,还要世世代代享受下去,如贾敬。他们之中,何尝有什么仁义道德、修齐治平、仕途经济、创业守业、功名进取?贾宝玉的表现,实在是整个贾府子弟、贵族子弟的消极颓废的精神面貌,寄生享乐的生活方式,严肃的尊卑礼教掩盖下的腐烂堕落,以及升平、恢宏、四世同堂五世其昌的家族共同体中的各怀鬼胎、互挖并共挖家族共同体的墙脚的这一大潮流大趋势的组成部分。作为败落的大趋势中的消极现象,宝玉在这一点上与贾府其他老少爷们并无质上的大区别。即使从严格的封建正统观点来看,贾宝玉不比贾家其他老少爷们强,也绝不比他人更坏或更危险。姐姐妹妹,哭哭笑笑,这并不是败家的根由。盖封建道德的反人性性质(所谓"存天理,灭人欲")固然是十分严酷的,它的尊卑长幼观念、它的特权制度与特权思想及一些人的特别优越的生活条件,却又为皇族、权贵及其子弟其奴们开了很大的口子,在这个口子下面,一切男盗女娼都可能被纵容被包庇被淡化掩饰过去,一些带有异端色彩实际并无大害的思想言行也可以被容许或被忽略,甚至可以为之找到堂堂正正的借口。

但贾宝玉毕竟与贾府的其他子弟给人的观感不同,他更天真、更善良、更钟情也更有一套"哲学"。他的精神境界、文化层次要比那些偷鸡摸狗者不知高出凡几。

天真善良不需多做论证和解释。在贾府,多数情况下,宝玉是个满乖的、随和的、常常是有求必应助人为乐的角色。有趣的是,封建特权本来是人性的异化,但身处这种异化的环境之中,又受到"老祖宗"贾母、头面人物王夫人、实权人物王熙凤的宠爱,反而一方面使贾宝玉在人生的某些方面较少受到封建礼教的严厉钳制,他可以逃学,可以不整天读经学孔孟,可以逃避贾政的道学教诲与监督;另一方面,又免受了封建社会下层人民的生存压力,不必为糊口而劳碌终身,不会在饥寒与屈辱中丧尽自己的尊严与生活乐趣。他从上述两个方面保护了自我,他反而比较有条件"弄性",即率性而为,比较有条件表现并尽量满足自己的物质与精神需求。又由于他年幼,他比旁人更能自由地表达自己对异性的爱慕与关心。除了吃喝玩乐,他的"无事忙"(薛宝钗对他的形容)正表明了他忙的他做的是自己想做自己愿做的事。如果是被迫——不论是被尊长、被道德伦理、被实际生活的需要或被什么使命感所迫,就不是"无事忙"而是"有事忙"了。在他所处的那种情况下,无事忙比有事忙更自由也更人性一点,这是很有讽刺意味的。

当然,在贾府那个历史环境中,自由未必是值得称道的范畴。与众奴婢相比,主子当然是自由的,他们的自由是恶的自由,即巧取豪夺的自由,寄生堕落的自由,玩弄女性的自由乃至草菅人命的自由。这里不仅要看是否自由还要看是什么样的人、什么样的自我的自由。贾宝玉是出类拔萃的:他的纯洁,他的天良,他的悟性,他的文化的或者更正确一点应该说是艺文的修养,都使他与众不同,使他成为一个文学画廊中的没有先例也极难仿制的至纯至情至忧至悲的典型,使他成为一个有自己的真正精神生活的人。

除却先天遗传的因素,养尊处优的特权兼优宠的处境造就了宝玉的俊秀、聪明和闲暇。"富贵闲人"既是对人生的浪费、人性的异化,又是对人生的尽情体味,尽情咀嚼,是人性的某种自由发展。家族的宠遇有加,使宝玉优哉游哉的结果是宝玉更游离于这个家族之外。他的优渥的处境当然来源于得益于家族,叫做得益于"天恩祖德",得益于他的受宠。实际上他一切依赖于家族,一丝一毫也离不开家族。但受宠的结果使他完全不必要为家族操任何心尽任何责，一切的供应与服务对于他来说都是先验的、理当如此的、超出实际需要的故而有时候甚至是令人厌烦的。所以他不止一次与茗烟偷偷逃出贾府去自己愿意去的地方。第七回宝玉见到秦钟后立刻想到"可恨我为什么生在这侯门公府之家……富贵二字，不料遭我荼毒了……"这想法好生突兀，正说明宝玉早已有的一种对自己的处境的厌烦。

也许是家族中上上下下的黑暗龌龊使贾宝玉怀着退步抽身的戒心。反正贾宝玉的自我感觉既是处于宠爱并落实为供应与服务的中心，又是家族中的局外人。第六十二回中，连"孤标傲世"的林黛玉都为家族的命运担忧，对宝玉说："我虽不管事，心里每常闲了，替他们一算，出的多进的少，如今若不省俭，必致后手不接。"宝玉笑道："凭他怎么后手不接，也短不了咱们两个人的。"一副局外人的心态。

至少在那个时候，贾宝玉完全没有感到为生存，为"出进"与"后手"操劳的必要。但他的悟性偏偏又使他过早地去思考生命与人生本身的种种难题。生老病死，再加上聚散福祸荣辱浮沉，使宝玉常常感到人生的无常与心灵的痛苦。在日常生活中，贾宝玉饫甘餍肥、锦衣纨绔，是个变着花样淘气取乐的宠儿。在感情世界与形而上的思考中，他却有无限孤独与悲哀，和黛玉以外的所有人保持着距离。

所以说，"置之于万万人之中，其聪俊灵秀之气，则在万万人之上，其乖僻邪谬不近人情之态，又在万万人之下"（第二回）。第五十八回写宝玉的伤春，就够得上"乖僻邪谬"四字。他见到"一株大杏树，花已全落，叶稠阴翠，上面已结了豆子大小的许多小杏"，便"仰望杏子不舍""又想起邢岫烟已择了夫婿……未免又少了一个好女儿"，想到"再几年，岫烟未免乌发如银，红颜似槁了""忽有一个雀儿飞来，落于枝上乱啼。宝玉又发了呆性"，想道："这雀儿必定是杏花正开时他曾来过，今见无花空有子叶，故也乱啼……但不知明年再发时，这个雀儿还记得飞到这里来与杏花一会了？"

光阴荏苒。花开没有几时便又花落,正如人的青春少年之短促难驻,特别是女孩子的青春红颜更易衰落。当然,这种时间的无情的流逝的后面还包含着对于个体生命来说不可避免的悲惨的死亡结局,这些感叹,实在是无分古今中外的全人类的一个永恒的叹息,大概也算文学的一个"永恒的主题"。《红楼梦》写到此,本不足奇。但表现在宝玉身上,则有他的特定性格化心理的表现。例如他对女孩子的出嫁总是特别感到惆怅,不知这和所谓"精神分析"是否有关。回忆笔者的"少作"《青春万岁》与《组织部来了个年轻人》中都有年轻人对他人婚礼的惆怅心理的描写。后者还被一些好心的长者作为例证来分析小说的感情之"不健康"、之似乎违背了常理,遇有婚事,似乎只应雀跃道喜……这倒是很有趣的事例。笔者曾那样写可并不是受贾宝玉的影响。

时间的流逝使人长大,长大却也意味着青春的失落,意味着青春时代的好友的各自东西。普希金诗云:"同干一杯吧,我的不幸的青春时代的好友。"诗虽是给奶妈写的,却有更宽泛的感情内容与动情效应。宝玉对于聚散也是敏感的,连一只雀儿也使他思量第二年的花开时节会不会与再度盛开的杏树重聚,这也是"心事浩茫连广宇"至少是"连雀鸟"了。说什么黛玉喜散不喜聚,宝玉喜聚不喜散,其实在聚散问题上二人的心情并无区别。黛玉所以不喜聚,是惧怕聚后的散,与其散了难过,不如干脆不聚,倒多了几分彻底。宝玉所以喜聚,是希望长聚不散,长聚到生命的最后一刻,还是惧怕散。

宝玉的聚到最后一刻的遐想有几分浪漫,反映了他的比黛玉好得多的处境,在此种处境中不妨做一厢情愿的随想。第十九回他的下面一段话最为为人熟知:

> 只求你们同看着我,守着我,等我有一日化成了飞灰——飞灰还不好,灰还有形有迹,还有知识——等我化成一股轻烟,风一吹便散了的时候……那时凭我去,我也凭你们爱哪里去就去了。

一个年轻的孩子,想得这样天真,这样自我中心,却又是这样虚无,这样彻底的绝望,这样彻骨的悲凉,实在是很惊人的。

对于死亡、衰老、离散——中心仍然是死亡——的叹息也可以说是最廉价的、最普通的、最幼稚的一种叹息。在文学作品中,写死的残酷死的恐怖死的不可避免,本来不足为奇,但悟性的一个重要标志、重要内容恰恰是对于死亡的超乎本能恐惧的带有穷根究底意味的因而是带有形而上性质的思考。许多宗教教义都是从这个生死问题讲起的,许多哲学学说也偏爱着或者不得不严正地面对着这个生死的问题。贾宝玉对这个问题的思考委实与众俗人不同:不是得过且过及时行乐(他并非没有这一面即"混着顽会子"的一面),也不是积德修好求来生的美好;不是求长生,也不是"文死谏、武死战"以个体的拼死来实现自我价值。贾宝玉的思考也与众宗教不同,他不要地狱也不要天堂,毋宁说他相当程度地"唯物",故而根本不相信不考虑彼岸之事。而这位不但饫甘餍肥、锦衣纨绔而且生活在姐妹群中、独享那么多美丽聪慧的女孩儿的爱慕的天之骄子恰恰对人生的体味是这样痛苦、这样消极、这样绝望。所以死后化灰还不够,而要化烟,风一吹便散。到第三十六回,他进一步说:

> 比如我此时果有造化……趁你们在,我就死了,再能够你们哭我的眼泪流成大河,把我的尸首漂起来,送到那鸦雀不到的幽僻之处,随风化了,自此再不要托生为人,就是我死的得时了。

及到"识分定情悟梨香院"之后,他进一步叹息说:

> 昨夜说你们的眼泪单葬我,这就错了……从此后只是各人各得眼泪罢了。

在痛苦的、绝对不希望获得第二次体验的人生之后,是绝对的虚空,也只要绝对的虚空而再不要些许的啰嗦与沾连。茫茫人生苦海中唯一的慰藉便是众人的或各人的眼泪,是女孩子爱自己的真情。陶醉在这样的"情"中,结束痛苦的人生,这就是宝玉的"主义",这就是宝玉的宗教,这就是宝玉的价值观。从封建正统的价值观念来看,这当然太离经叛道,但从反封建的观点、意识形态的观点来看,这又算得上什么反封建什么叛道,甚至可以说这又算得上什么思想!这种唯情论和非生命论,不是宗教家不是哲学家不是思想家更不是革命家哪怕是改良家的思想观念,不,它根本不能"入流"。它更多的是一种直觉,一种直接的感情反应,或毋宁说这是一种艺术型浪漫型的情调。"冷子兴演说荣国府"的时候,将宝玉归纳于"陶潜、阮籍、嵇康、刘伶……温飞卿、米南宫……秦少游……"之类文人之中,当然是有道理的。

是的,贾宝玉是个感情型的人。正是过分地感情化,形成了他的软弱,没出息,"无能第一""不肖无双",也形成了他的"不知乐业""似傻如狂"。对于他生活的社会环境、家庭境遇给他的一切好处,对于一般人称为地位、享受的这一套,他其实是不重视的,他甚至常常从反面、从消极的方面叹息自己的富贵荣宠。对此我们不妨分析为他的不知好歹、不知创业的艰难,他的身上不但没有当年荣国公、宁国公舍生忘死、建功立业的精神,连焦大的对于往昔的光荣历史的珍惜也没有。我们也可以将此视作他自幼毫不费力地获得的超级物质提供的反效应,视作一种长期过食所引起的缺乏食欲。但从正面来说,这是因为他痛感生命本身的短暂、孤独、虚无,物质获得的超丰富性反衬了突出了他在精神上情感上的空虚和饥渴。所以他迫切地超过一切地需要感情,既需要感情的温暖获得也需要感情的热心奉献。与锦衣玉食相比,感情——爱的生活才是更加真实的生活,更加真实的存在,更加真实的寄托,更加有意义的体验——如果人生一定要找到一点什么意义的话。

宝玉的精神生活集中在感情上,宝玉的感情主要寄托于与他年龄相仿的、严格地说是处于从少年向青年转化的异性身上。"天地者万物之逆旅,光阴者百代之过客",李白的名句把人生乃至万物放在浩浩茫茫的空间与时间的坐标上,很有概括力。可惜这样的概括对于宝玉并不怎么重要,他并不在意人生与天地、与百代之间的比照,他并不在意自己的一生对于"天地"和"百代"是有某种意义还是全无意义。他追求的恰恰是此生此时此地的情感的依偎,他追求的是情感交流相知温暖沉醉的瞬间,他追求的是短暂的幸福与彻底的结束。脂粉丛中乃宝玉之逆旅,浮生梦里有姐妹之真情,这才是贾宝玉。

弗洛伊德的精神分析学大概有助于了解宝玉的许多情感现象。《红楼梦》的作者基本上没有回避宝玉的性心理的"肉"的方面。但宝玉毕竟与贾琏贾珍贾蓉薛蟠贾瑞有质的区别,那就在于,第一,宝玉非常尊重这些女孩儿,而不是像那些人那样仅仅把异性当做泄欲工具、当做鸡犬猫马一类的有生命的财物来占有、来糟践。第二,宝玉经常是以一种审美的态度来对待异性的,对于美丽聪明灵秀的女孩儿,宝玉经常怀有的不仅是体贴入微,而且是赞叹有加,是倾倒于造物的杰作之前的一种喜悦、陶醉,乃至崇拜与自惭形秽。

这样,宝玉虽然不无爱欲,虽然与众女孩子特别是众丫环的厮混中不乏狎昵乃至"越轨"之处,但他对女性的整个态度仍然比较纯,比较重视精神、情感上的接近,比较文明。这和宝玉的悟性与艺文修养是分不开的。宝玉不喜读四书五经与做八股文,但他喜欢诗词歌赋,他深受诗的熏陶,他的感情生活是相当诗化的、被诗所升华了的,而中国古典诗的成就、魅力、"移情"作用是无与伦比的。诗是大观园生活的重要内容,与姊妹们一起做诗,是贾宝玉的人生的不可或缺的组成部分。有了诗就不那么低级和庸俗,宝玉住进大观园后所写的"即事诗"便说明了这一点。"枕上轻寒窗外雨,眼前春色梦中人""倦绣佳人幽梦长""帘卷珠楼罢晚妆""抱衾婢至舒金凤,倚槛人归落翠花""女儿翠袖诗怀冷,公子金貂酒力轻"……诸句,未必称得上是好诗,却毕竟是诗而不是薛蟠的"女儿乐,一根毡耙往里戳"。第四十八回香菱学诗,宝玉发表感想道:"这正是地灵人杰,老天生人再不虚赋情性的。我们成日叹说可惜他这么个人竟俗了,谁知到底有今日……"这里,宝玉的论点是,通诗就不俗,通诗就没有辜负老天赋予的情性,不通诗就俗。可见以诗作为划分非俗与俗的标准,宝玉是自觉的。

如果说宝玉与黛玉与袭人等的接近中自觉不自觉有一己的一定的性心理性追求作为内趋力,有一定的爱欲的目的,例如他两次引用《西厢记》中的"淫词艳曲"(林黛玉语)来表达比拟自己与林黛玉的关系;那么,他的广博的对于女孩子的泛爱,却经常是没有任何"个人目的"的,是无私的,或者可以戏称之为"为艺术而艺术"的。这种"为艺术而艺术",带几分纯洁,带几分洒脱,带几分清高,也带几分轻轻飘飘浮浮。他"喜出望外",为平儿理妆,能有什么功利的目的?他怕龄官淋了雨而忘记了自己被雨淋,能有什么目的?他动不动为不相干的丫环打掩护,又能有什么目的?"为艺术而艺术",所以可喜;"为艺术而艺术",所以他终于只是一个"无事忙",终于摆脱不了空虚。

泛爱之中又有专爱,当然是林黛玉。与林黛玉就不仅仅是审美与"为艺术而艺术"了,而是真正的知音,是真正的心心相印的伴侣,是真正"为人生而艺术"即是生死攸关的"艺术"。贾宝玉如此消极悲哀却终于活了下来,是因为他有林黛玉这样的孤独中的挚友。反过来说,宝玉对于黛玉来说,就更珍贵,更唯一,更痛切,更是爱得死去活来、彻心彻骨。宝玉的人生的大悲哀,这位公子哥儿的大悲哀却也就是林黛玉的大悲哀,只因为处境的不好这种悲哀在黛玉那里显得更加痛楚和绝望。第二十七回写黛玉葬花,第二十八回开头写道:

> 不想宝玉在山坡上听见,先不过点头感叹;次后听到"侬今葬花人笑痴,他年葬侬知是谁","一朝春尽红颜老,花落人亡两不知"等句,不觉恸倒山坡之上,怀里兜的落花洒了一地。试想林黛玉的花颜月貌,将来亦到无可寻觅之时,宁不心碎肠断……推之于他人,如宝钗、香菱、袭人等,亦可到无可寻觅之时矣……

则自己又安在哉……则斯处、斯园、斯花、斯柳,又不知当属谁姓矣……反复推求了去,真不知此时此际欲为何等蠢物,杳无所知,逃大造,出尘网,便可解释这段悲伤……

这一段描写,黛玉的悲哀便是宝玉的悲哀,黛玉和宝玉的悲哀也便是《红楼梦》的悲哀的主旋律。当然,三者各有各的特点:"红消香断有谁怜",黛玉的悲哀是温柔的、女儿气的,充满红颜薄命的哀叹的。宝玉则忽而是"混世魔王"式的"混闹"——得乐且乐,忽而是无比娇宠幸运中的对于悲凉的未来,对于理论上虽然是必然或或然的、实际上尚是未然的,而在宝玉的心里却是先验的宿命的认定无移的死亡、衰老、离散、零落、败灭的"超前感受"。是儿衔玉而生,诚不祥也,他似乎充满了不祥的预感。至于逃大造出尘网,好便是了,了便是好,色空空色,"省了些寿命筋力""就比那谋虚逐妄,却也省了口舌是非之害,腿脚奔忙之苦",则是全书带有的劝世、超度世人意图的主观题旨(不同于主题思想的客观意义)。

宝玉黛玉思想情感的契合大大提高了他们的爱情的品位,中国古典小说中几乎从没有也再没有出现过这样的不同凡俗、超拔于凡俗、实际上比凡俗不知清醒凡几高明凡几故而也悲哀得多的知音式的爱情。或者更准确一点说,这是知泪知哀知寂寞的爱情。这里不妨讲一个花絮式的例子。《文学遗产》一九八九年第三期刊登了陈永明的文章《佛老哲理与〈红楼梦〉》,文章讲述宝玉的喜聚不喜散时,却引用了黛玉的话:"人有聚就有散,聚时欢喜,到散时岂不清冷?既清冷则生伤感,所以不如倒是不聚的好。"到同年第六期,又刊出胡晨短文,批评此条引文错误,并说陈文"……用来说明宝玉天性喜聚不喜散,意思正好相反,实在是张冠李戴……把林黛玉的人生哲理安在宝玉身上了。"对陈文引文差错胡文提出批评事本身,笔者无意置喙。横看成岭侧成峰,我倒觉得此事恰恰说明了林、贾"人生哀思"的一致性,喜聚与喜散、不喜散与不喜聚的本质上的一致性。这里的"林冠贾戴"的故事,对于笔者要做的这一论断来说,实是一段佳话。

或谓宝玉的这些悲哀正是他的悟性所在、"慧"根所在,使他容易接受容易悟解老庄、佛禅的偏重于虚无的哲学思想。确实,第二十一回描写宝玉读《南华经》,"意趣洋洋……提笔续曰:'焚花散麝……戕宝钗之仙姿,灰黛玉之灵窍……'"然后第二十二回"听曲文宝玉悟禅机",宝玉因陷于黛玉与湘云的夹攻中而又想起"正合着前日所看《南华经》上,有'巧者劳而智者忧,无能者无所求'……又曰'山木自寇,源泉自盗'……"宝玉还对袭人说:"什么是'大家彼此'?他们有'大家彼此',我是'赤条条来去无牵挂'。""谈及此句,不觉泪下。"宝玉遂"立占一偈",填词《寄生草》。宝玉的这种思想状况,确实便于《红楼梦》作者在他的身上寄托自己的确是受了佛老思想影响的种种情思。

但总的来说,还不能说宝玉是属于佛老一派。不能认定宝玉的思想可以归纳于道家禅佛。与其像上面那样说,不如说宝玉的思想感情中有一种通向佛老哲学的契机。哀聚散也好,哀青老也好,哀爱怨也好,哀生死也好,都不是佛老,因为佛老追求的恰恰是对这种"哀"的摒弃、超越、解脱。如果真正做到"人法地、地法天、天法道、道法自然"(《老子·道德经》),做到"树之于无何有之乡,广莫之野,彷徨乎无为其侧,逍遥乎寝卧其下,不夭斤斧……安所困苦哉"(《庄子·逍遥游》),如果真正做到视"一切有为法,如梦幻泡影"(《金刚经》),根本否认此岸此生的一切的实在性,如果真正又佛禅又老庄,宝玉何至于那样狼狈那样悲哀那样无事忙那样痛苦?

宝玉的思想感情中有一种通向佛老的契机,或者换一种说法:宝玉的思想感情处于"前佛老"的状态。宝玉并不喜欢进行哲学的思辨,并不热衷于修行或学习佛老,袭人还指出宝玉常常"毁僧谤道"(第十九回),宝玉不是哲学家思想家,而且笔者要补充一句,曹雪芹也不是哲学家思想家,《红楼梦》的贡献不在于论证了或丰富了佛老哲学或任何别的哲学,而在于它很好地写出了这种原生的"前佛老"

情思。所以，胡适批评曹雪芹的"见解当然不会高明到那儿去"也许是对的，从而得出"《红楼梦》的文学造诣当然也不会高明到那儿去"的结论却大谬不然了，就此，笔者将专文论述，这里暂不详述。宝玉的这些思想感情来自他自己的性情，他自己的处境，来自他直接面对的春夏秋冬、荣宁府大观园、贾府众主奴特别是那些吸引着他、折服着他、陶醉着他、愉悦着他、感慨着他，时而又夹攻着他、征讨着他、折磨着他、撕裂着他的女孩子的悲欢与遭际，来自活跃在他的青春的俊秀的身体内的种种爱欲、追求、生命活力与聪明灵秀。与其说他的情思来自佛老，不如说是来自"老天赋予的情性"。他的情思慨叹，既是独特的、"专利"的，又是普泛的、人类的。他可以从例如《南华经》、"道书禅机"中取得某种自我体认、自我表述上的启示，主要是语言符号与方式上的启示，但是，他完全没有形成一种哲学或主义也谈不上接受了某种哲学和主义。所以，第二十二回宝玉占偈、填词后，被黛玉宝钗等一通诘问，"自己想了一想"，"原来他们比我的知觉在先，尚未解悟，我如今何必自寻苦恼"——怪哉，参禅论道不是自求超越解脱自由自在，反而成了自寻苦恼（王注）——然后声明："谁又参禅，不过一时顽话罢了。"

　　宝玉从此放弃了禅道了吗？却也未必。在贾府，他不喜欢追求"仕途经济"，却又不能郑重公开地追求任何带有异端色彩的理论学说，顽话云云，既有退让之意，又有保护色的自我掩饰之心，甚至在黛玉宝钗面前也不能更深入更认真地讨论一下诸如世界观人生观之类的问题，因为一讨论这类问题就有不可逾越的正统观念挡在那里，这不也是很悲哀的吗？

　　所谓"前佛老"的情思，所谓通向道禅的契机，这还只是个出发点，从这个出发点出发，其走向仍然是不确定的。同样的人生短暂、青春几何——"明媚鲜妍能几时"的叹息，也可以得出珍惜生命，建功立业，"莫等闲白了少年头空悲切"的结论。同样对"浮生若梦"的叹息，甚至也可以得出"何不轰轰烈烈地'梦'他一次——唯一的一次"的结论。连保尔·柯察金的名言不也是这样开头的吗：

> 人最宝贵的是生命,生命对于人只有一次而已……

那么,贾宝玉的悲哀就不能仅仅从人生人性的普泛感受中找原因,还要或者更要从他的社会性中找原因。

第一,宝玉的社会地位、在家族中的地位实际是十分软弱的。不错,他处于各方宠爱的中心,处于要月亮也要替他去摘的状况,但这里,宠、势与权三者是分离的。从势即地位来说,坐在宝塔顶上的是贾母,然后有贾赦与贾政,贾赦为长,但失宠。贾政及其妻王夫人便显得说话更有分量。从权来说,日常情况下贾府的管理权包揽在王熙凤身上,王熙凤是被贾母贾政王夫人授权并从而使贾赦邢夫人也不得不认可来管理家政的。至于贾宝玉,除了被供养被服务被娇惯当然也被指望被教育以外他其实是什么事也管不了,他的话是从来不作数的。在一些小事情上,如茉莉粉玫瑰露(第六十回)事件中,宝玉或可以帮丫环们打打掩护,起一点他所喜爱的女孩子们的保护伞的作用,一动真格的,如第七十四回"抄检大观园",王夫人盛怒、邢夫人插手泄愤、逐司棋、逐晴雯、逐入画之时,贾宝玉是连一个屁也不敢放不能放,叫做"虽心下恨不能一死,但王夫人盛怒之际,自不敢多言一句,多动一步"(第七十七回)。此前金钏和他说一句真真的"顽话",就被逼跳井,贾宝玉也是一句微词也不敢有的。他在金钏的祭日扯谎去水仙庵"不了情撮土为香"(第四十三回),去追情祭奠亡人以及婆婆妈妈地哄金钏的妹妹玉钏尝一口莲子羹之属,也实在是无可奈何的自欺欺人,不过略微取得一点心理上的平衡而已。在这一类举动上,宝玉甚至也许能使读者联想到他的另一伟大同胞阿 Q 先生。在贾府的矛盾重重、明争暗斗之中,贾宝玉享受着置身局外的逍遥,却也咀嚼着事事受制于人、不但做不成任何事连建议权发言权也没有的寂寞与孤独。封建家族要他扮演的就是这样一个消极的角色,他的人生观又如何积极得起来呢?

第二，宝玉面对的是封建正统、封建价值观念与现实生活的截然分离。堂堂荣宁二公的名门之后，口口声声的"天恩祖德""今上"，实际上哪里有一丝一毫的真正的"朝乾夕惕"（贾政语，第十八回）、仁义道德、修齐治平的气味？除了贾政发几句于事无补的空论外，还哪有什么人去认真宣讲、身体力行封建正统道德四书五经的大道理？在宝玉的言论中，最富异端色彩的当属他对"文死谏、武死战"的批评。文死谏、武死战，这本来是以死相许的不容怀疑的忠烈刚正名节，偏偏被宝玉批评了个体无完肤，他说：

……竟何如不死的好！必定有昏君他方谏，他只顾邀名，猛拼一死，将来弃君于何地？必定有刀兵他方战，猛拼一死，他只顾图汗马之名，将来弃国于何地？所以这皆非正死……那武将不过仗血气之勇，疏谋少略……那文官……念两句书汙在心里……浊气一涌……可知那些死的都是沽名，并不知大义。

宝玉批得十分大胆，因为他太岁头上动土，竟敢把大义凛然的文武之死说得一钱不值。他批得又十分聪明，因为他是以更加维护"受命于天"的朝廷的角度来批这文武之死的。这像是用极封建来批封建。这段议论的出现有些突兀，前此并无这方面的思想踪迹与思想或情节的铺垫，我们甚至有理由怀疑是《红楼梦》作者假宝玉之口发了相当老辣（比宝玉的议论更成熟也更"狡猾"）的议论。但是设想宝玉到处看到了封建正统道德观念与腐烂下流的封建望族实际生活的分离，使他转而根本不相信所有冠冕堂皇的一套，转而更清醒地看到冠冕堂皇的说法下面掩盖着的不负责任、矫情与私心，也是完全可以讲得通的。试看"造衅开端实在宁""扒灰的扒灰，养小叔子的养小叔子"的宁国府，过年节时宗祠里隆重行礼，不但"贾氏宗祠"四字是衍圣公即孔子的后人题写的，而且对联都是如此堂皇：

  肝脑涂地　兆姓赖保育之恩
  功名贯天　百代仰蒸尝之盛

勋业有光昭日月

功名无间及儿孙

已后儿孙承福德

至今黎庶念荣宁

　　如此种种,不是真正的讽刺吗?不是只能使宝玉感受到虚伪、虚空、虚无吗?连贾母也声称自己不过是"吃两口,睡一觉……顽笑一回""不过是个老废物罢了"(第三十九回),何况其他?哪里还有什么"肝脑涂地""勋业有光"的气象呢?

　　第三是宝玉自身的理想与现实的脱离。宝玉喜"聚",感受到的却多离散。宝玉喜欢那些聪明美丽的女孩子,看到的却是一个又一个的凋零失落。宝玉希望得到众人之情,后来才明白只能各得各的情。宝玉不喜读书应酬,却不能不去读书与应酬。尤其是宝玉对黛玉的爱情,受封建家长、封建势力、封建舆论、封建观念的重重压迫与众对手众竞争者的明排暗挤,他不但得不到淋漓酣畅的表白与交流,不但不能充分享受爱的甜美幸福,甚至也得不到多少含蓄的友善的慰藉与温暖,得不到多少诗化的爱情的纯净,浪漫的爱情的绮丽,哪怕是俗人的卿卿我我恩恩爱爱。相反,他从黛玉那儿得到的十之八九都是怀疑、埋怨、嫉妒、讽刺、嘲弄、奚落……他气急了只能认定黛玉是"诚心"咒他死。像宝玉与黛玉这样的死去活来的爱情,真不知应该算是人的天堂还是地狱,人的最最珍贵的幸福还是最最可怕的灾难。另外,即使这些年轻的女孩子,也愈来愈使他失望。晴雯的死使他开始怀疑与不满袭人了,但他又离不开袭人的无微不至的关怀与控制。薛宝钗与史湘云对他的正统规劝不止一次引起他的反感和驳斥。就连探春搞的兴利除弊的"改革",宝玉也有微词……总之,宝玉所追求所希望的,没有一件是能被允许或有实际的可能实现的,宝玉是真正的"小废物",派不上任何用场。

此外，加上他的无事可做、他的寄生生活的百无聊赖、他的对于"忽喇喇大厦将倾"的预感、他的严父的专横教条与祖母的一味娇纵，他的人生观只能是消极的，他的作为只能是零，我们甚至可以问，他对封建正统的"挑战"是否应该算是另一种方式的逆来顺受呢？

《红楼梦》表现贾宝玉，除了写他的饮食起居、音容笑貌、爱爱怨怨以外，特别写出了他的梦幻、痴狂，即不仅写了他的精神常态，而且写了他的精神变态。注意写变态，本来是比较"现代派"的一种写作路数，但在《红楼梦》中，在贾宝玉身上用得十分频繁，十分成功，故而相当引人注目。先是第五回的神游太虚幻境，固然，作者是在借贾宝玉的梦来预告金陵十二钗的命运，把悲剧的结局明确无误（总体上）而又影影绰绰（各个人）地告诉读者。但所以做这个梦的是贾宝玉而不是别人，绝非没有道理。正如警幻仙子向"众姊妹"所解释的：唯"宝玉一人，秉性乖张，生情怪谲，虽聪明灵慧，略可望成，无奈吾家运数合终，恐无人规引入正"，这就是由他来梦的道理。将此梦解释为欲"规引入正"，实在是强词夺理，欲盖弥彰，是真性情与假道学的结合。而一方面是"聪明灵慧"，一方面是"运数合终"的提示是重要的，聪明灵慧的人生活在运数合终的背景下面，这也正是对宝玉的悲剧性的一种解释。

同样在此"幻境"中，警幻封宝玉为"天下古今第一淫人"，并解释说："汝今独得此二字，在闺阁中，固可为良友，然于世道中未免迂阔怪谲，百口嘲谤，万目睚眦……"在"万恶淫为首"的观念根深蒂固、家喻户晓、经久不衰的中国，作者敢于宣布全书的中心人物，而且是最带自况色彩的人物为"天下第一淫人"，实在有勇气。作者敢于正视"淫"即性心理在形成与生发宝玉的性格言行举止遭际方面的作用，在当时也是了不起的。闺阁良友与世道难容，这是又一重矛盾。这里的性别观与宝玉多次宣扬的重女轻男观，与其说是社会学意义上对于男尊女卑的封建秩序的挑战，不如说是心理学意义上的怀春少男的天性流露。当然，能正视、承认并敢于流露表达这种天性,便已经有了社会学的意义。

由此说来,宝玉此番神游太虚之梦,也就有了他的心理根据与性格根据了——"天下第一淫人"当然要在梦中历此奇幻,"醉以灵酒""警以妙曲""领略此仙闺幻境之风光""柔情缱绻""软语温存""(与可卿)难解难分"(均见第五回)也就是自然的了。

第二十五回,"魇魔法姊弟逢五鬼",赵姨娘的诡计,马道婆的魔法,写得愚昧迷信而且俗气,并且表现了曹雪芹对赵姨娘的偏见,不足挂齿。但宝玉的症状并非全无意思:

> 这里宝玉拉着林黛玉的袖子,只是嘻嘻的笑,心里有话只是口里说不出来。此时林黛玉只是禁不住把脸红涨了,挣着要走。

这时宝玉状况大体尚未失控,但孕育着心理危机的爆发。接着:

> ……宝玉大叫一声:"我要死!"将身一纵,离地跳有三四尺高,口内乱嚷乱叫,说起胡话来了。……益发拿刀动杖,寻死觅活的,闹得天翻地覆。

这大致符合精神病学的学说,前半段表现的是"情结",情结不得解释发泄,演变成了后者——躁动型的癔症。

第三十二回"诉肺腑心迷活宝玉",宝玉竟把袭人当做黛玉:

> ……一把拉住,说道:"好妹妹,我的这心事,从来也不敢说,今儿我大胆说出来,死也甘心!我为你也弄了一身的病在这里,又不敢告诉人,只好掩着。只等你的病好了,只怕我的病才得好呢。"

病是"心病",即精神疾患,写得很清楚。在不准爱的环境中,爱导致病,爱就是病,宝玉爱得深也病得深,爱得痛也病得痛。反过来说病就是爱,写宝玉的病,正是写宝玉的爱。

第五十七回"慧紫鹃情辞试忙玉",写宝玉的心病更详尽也更富有写实性。紫鹃一句"你近来瞧他(黛玉)远着你还恐远不及呢",宝玉便"魂魄失守，心无所知，随便坐在一块山石上出神……直呆了五六顿饭工夫"，以致雪雁认为"春天凡有残疾的人都犯病，敢是他犯了呆病了？"真是令人笑得酸酸的。接着，紫鹃说了"你妹妹回苏州去"，宝玉的癔症发作得更加严重，到了"眼珠儿直直""口角边津液流出，皆不知觉"，掐了人中也不觉疼的丧失理智丧失感觉的地步。至诚如此，痴情如此，一往情深，一至于斯，着实令人泪下！这些精神状态、变态，确实比仅写常态更深入，也更强烈了一步。彼时彼地不知心理学与现代派为何物的曹氏能这样写，委是难能。

《红楼梦》中对宝玉用了不少"乖僻邪谬""似傻如狂""疯癫""呆根子""痴病"等语，他到底怎样疯痴即被认为精神状况不够正常呢？概括起来，不外两条，第一，他对贾府生活的虚伪虚无败落乃至整个人生的消极面看得太深太透太远，悲之太深，不合时宜似亦不合庸人常理。第二，他对女孩子特别是林黛玉爱得太诚太实太有情，在一个没有爱情的世界上偏偏生活在而且是仅仅生活在爱情之中，更加不合时宜与不合常规。细说起来，这也确实是一个相对主义的难题。即使仅仅从精神病学临床诊断的意义上判别，究竟是谁傻、谁疯呢？如果贾宝玉爱了便是精神疾患，贾珍贾琏薛蟠贾蓉他们对爱情的态度对人生的态度以及李纨对爱情的"形如槁木，心如死灰"的态度，王夫人一见"绣春囊"便"泪如雨下""颤声"说话的生理心理反应，难道能够算是精神正常吗？为什么包括我们今天的读者在内，没有人考虑旁人的痴狂，却只考虑宝玉的疯狂呢？正如美国女诗人爱米莉·狄金森有诗云：

　　有许多疯狂是神圣的感受，
　　来自一双明澈的眼睛……

贾宝玉即一例也。

以上所说，基本上是指《红楼梦》中对宝玉的写实即写法比较符合现实主义的规范的部分。但《红楼梦》表现贾宝玉的手段不仅于此,它还运用了许多非写实的手段,包括神秘、象征、荒诞、梦幻、暗示及其他虚写、曲笔、写意的手段。

首先最重要的当然是他脖子上的那块通灵宝玉。衔玉而生,这从产科医学的角度看无论如何是不可信的。但没有这块玉就不是宝玉。到高鹗续作中则干脆点出"宝玉者宝玉也"(第一百二十回),脖子上的物质的玉与人物贾宝玉互为对应乃至互相重合。

宝玉是象征,是一个奇特的神话故事。无材补天,枉入红尘,这样一个构思的滋味是体会不完,发挥不尽的。上面的"根子"是女娲氏,起初担负着补天重任,又锻炼通了灵性,这是相当牛的。"不堪入选,遂自怨自叹,日夜悲号惭愧",又确实可悲。伟大的使命与卑琐的命运的矛盾,本来可能有的辉煌崇高的位置与终于一无位置二无用场的矛盾,这是十分窝心的。曹雪芹在这里已经流露出,贾宝玉是一个被废置了、被埋没了、被浪费了的"无材的补天之材"的意思,只有中国人才有这样辩证的幻想!但是请注意,三万六千五百零一块之数,已经注定了会有一块石头被女娲氏淘汰,叫做"娲皇氏只用了三万六千五百块,只单单剩了一块未用"(第一回),谁知道这一块为什么"单单剩下"了呢?谁知道是偶然还是冤情使"这一块"的命运如此不济呢?偏偏此石"静极思动""凡心已炽""登时变成一块鲜明莹洁的美玉",然后到"花柳繁华地、温柔富贵乡"去体验经历了一番,成就了《石头记》即《红楼梦》。石而玉,玉而人,石而玉而人而书。这是《红楼梦》的发生学,又是贾宝玉的发生学。贾宝玉来自宝玉,宝玉来自石头,即来自荒漠无稽的大自然。《红楼梦》来自贾宝玉即玉即石的一段有血有泪而又无影无踪的经历。呜呼宝玉!呜呼人生!呜呼文学!呜呼红楼一梦!这个发生过程又讲得通又讲不通,又荒唐(叫做"满纸荒唐言"嘛)又悲凉,又似有深意又终于自相矛盾。二位仙师一僧一道劝石头"……究竟是到头一梦,万境复空,倒不如不去的好",但最终石头还是去了,携回了自己的亲自经历的"一段陈迹故事",而"陈迹故事"却又令"世人换新眼目""事迹原委，亦可以消愁破闷……歪诗熟话，可以喷饭供酒……"如此说来，"石兄"不是还是"去的好"吗，不然，何以消愁，何以供酒？"都云作者痴，谁解其中味？"曹雪芹对个中滋味还是自负甚高的啊！

　　石头的大环境则是大荒山无稽崖，从大荒无稽处来，回到大荒无稽处去。这是从物质（无生命的、无所不包的、无始无终的）来到物质去吗？这不是有点唯物了吗？这是从幻想（大荒无稽的形象不是具体可触的，而是概括于心智的）来到幻想去吗？这不是"唯心"了吗？小小的贾宝玉的发生与归宿，不是已经引起了"念大荒之无稽，独怆然而涕下"的哲理情思了吗？

　　石与玉的故事还不仅限于铺陈或者猜测贾宝玉的发生与归宿，不仅限于成为宝玉的一个对应物、一个象征，不仅限于表达宝玉无材补天——不能成就大事业——的愧怍与怨嗟。通灵宝玉与宝玉同时进入了红尘，进入了大观园，成了《红楼梦》小说特别是贾宝玉故事的一个贯彻始终的道具、一个具体的情节因素、一种提示、一种富有神秘与超验意味的、宿命的、不可解的征兆、预兆。全书有许多回写示玉、摔玉、丢玉、寻玉、送玉、得玉、以玉治愈，玉与宝玉的爱情、健康、家道关系密切。贾母王夫人袭人，都明确说此玉是宝玉的命根子，特别是袭人，照顾此玉尽心尽力，唯精唯细，无怪乎某些索隐派红学家判断此玉是皇帝玉玺的象征。从北静王到张道士，都对此玉毕恭毕敬，似乎此玉是宝玉的高贵不凡的象征，将这个"稀罕物"视为灵验的宝贝，"极口称奇道异"（第十五回）。宝钗对此玉暗感兴趣，明则回避，当然是因为这块玉与她的金锁恰好匹配，天成一对，命定一双。黛玉却因此块玉而生出多少嫉妒、怀疑、愤懑、不平、自伤，这块玉是黛玉心头的一个阴影一块病，是高悬在宝黛爱情上的达摩克利斯之剑。值得注意的倒是宝玉本人，对这个玉即这个旁人眼中的"命根子""劳什子"，似乎并无兴趣，对丢玉的反应最为冷漠，甚至于不止一次摔玉砸玉，摆之脱之而后快。

　　后来的摔玉砸玉容易理解。因为黛玉的心病自然便成了宝玉的心病。较难理解的是第三回"林黛玉抛父进京都"。黛玉初次与宝玉见面。宝玉听说黛玉没有玉,"登时发作起痴狂病来,摘下那玉,就狠命摔去,骂道:'什么罕物,连人之高低不择,还说通灵不通灵呢!我也不要这劳什子了!'"其后贾母胡乱编了瞎话哄之,"宝玉听如此说,想一想大有情理,也就不生别论了"。如此这般,高高举起,轻轻放下摔得突兀,止得平淡,有深意乎?无深意乎?

我们或者可以解释为这是宝玉与姐姐妹妹们的认同。宝玉摔玉时"满面泪痕泣道":"家里姐姐妹妹都没有,单我有,我说没趣。"宝玉特别愿意以林黛玉为自己的准星,因为他一见面便为林妹妹的"神仙似的"美丽聪慧而倾倒,他说:"如今来了这么一个神仙似的妹妹也没有,可知这不是个好东西。"这的确是一条不合逻辑但不乏真情与动人的效果的道理。

我们或者可以解释为这是宝黛相会瞬间的爱的冲击波所引起的宝玉的一种兴奋、紧张、激动、狂喜的心情的表现。一种莫名的冲击使宝玉不能自持,使宝玉大脑皮质的抑制机制失灵。正如古今中外的许多堕入情网的少男少女在初会时会说出一些傻话,做出一些傻事,至少目的在于吸引对方的注意一样。

我们或者可以解释为这比喻着宝玉对自己的特殊境遇、自己享受到的特殊"优待"的不满。稀罕,称奇道怪,也许能给旁观者以某种刺激,对于本人来说,则很可能是一种折磨一种负担。熊猫有知,未必会满意自己的命运。我们的电影明星受到崇拜者、记者包围的时候,不也有大发脾气的么?遇到这种时候他或者她宁愿生活得更凡俗一点。何况影影绰绰地,有玉与无玉的区别在阻隔着他与姐姐妹妹们以至与所有的人们的交流与认同,衔玉而生带给他的是一种不祥的预感呢。

再信马由缰地"胡抡"一下,也许甚至有人可以从弗洛伊德的学说来解释宝玉的摔玉。在姐姐妹妹面前,宝玉无条件地认同,他感到了自己的"稀罕物"的多余,欲除之而后快,终又知道除也除不去,便

"不生别论"了。

也许还可以洋洋洒洒地分析出更多的似是而非的道理,但不论讲出多少玄妙生花的道理,还是不能尽兴,不能穷尽这一次摔玉的逻辑与含意。而且,这次摔玉的文学描写的魅力恰恰不在于讲得出的这些道理,而在于那讲不出的、非语言、非逻辑、非道理的那些道理。在这里,非写实的写法传达出来的是宝黛爱情与宝玉性格的一种神秘的、超验的、非现实的、形而上的喜悦与痛苦,是一个永远的谜,是人——命运——爱情——文学的不可穷尽、不可穷究的性质。

玉的故事贯彻始终。金玉良缘的合理性、天成性一直威胁着宝黛的苦苦相爱相知。贾宝玉甚至在睡梦中也要与"金玉姻缘说"进行苦苦的争斗(第三十六回)。不但有了宝钗的金锁而且有了湘云的金麒麟。不但有了湘云的金麒麟而且有了张道士赠给宝玉的相似而更大的金麒麟。简直都乱乎了,原来命运的安排也是一笔糊涂账,一场混战!而唯独黛玉一无所有,无玉的缺陷与他们的爱共生。

黛玉有的只是眼泪。于是这里出现了另一个神话——神瑛侍者与绛珠仙草的神话,爱情以"还泪"为主要的内涵,怎能不是"冤业",不是"风月债"!而这又是一个何等稀奇、优美、悲哀的神话!把宝黛爱情的深挚与痛苦从此生溯到彼生,从这个世界溯到那个世界,何此爱之绵延悠长永恒缠绕也!不论后世学人对高鹗续作有多少辩证(不是辩证法的辩证)与批评,"苦绛珠魂归离恨天,病神瑛泪洒相思地"这一回目仍然是贴切工整、感人肺腑、催人泪下!

太虚幻境也可以从神话的角度理解。梦幻是神话与现实之间的桥梁,心理描写既可以说是写实的又可以说是非写实的。一段时间一些同志把心理学视为唯心主义并非全然凭空定罪。心理描写走一步就会进入潜意识、梦幻,再走一步就是神话了。贾宝玉之外还有一个甄宝玉,活似贾宝玉的另一个"我",活似镜中的贾宝玉的映像。宝玉是对着镜子睡午觉时"看"到了与自己一模一样,却又不认识自己不接受自己并称自己为"臭小厮"的甄宝玉及其一家的(第五十六回)。这算是一种心理活动、一种梦幻、一种自我与自我的相分离与相映照吗!抑或这只是一种借喻、一种假定、一种曲笔,借以表达作者对宝玉这个人物又怀念又抱怨又辩护又嘲弄又抚爱又叹息的复杂态度,借以突出作者的"假做真时真亦假"的玄学主题吗?谁能说得清呢?一个"假"宝玉一个"真"宝玉,谁假谁真?谁是谁的镜子?是两个镜子互相照耀?那要照出多少真真假假的镜子的"长廊"来!

与对待别的人物不同,《红楼梦》中对宝玉直接发出的议论最多,许多议论带有贬义:"纵然生得好皮囊,腹内原来草莽""天下无能第一,古今不肖无双,寄言纨绔与膏粱,莫效此儿行状"(第三回);"粉渍脂痕无宝光,绮栊昼夜困鸳鸯""只因他如今被声色货利所迷,故不灵验了"(第二十五回);"原来那宝玉自幼生成有一种下流痴病"(第二十九回);"袭人深知宝玉性情古怪,听见奉承话又厌虚而不实,听了这些尽情实话又生悲感"(第三十六回);"宝钗笑道:'你(宝玉)的号早有了,"无事忙"三字恰当得很'……天下难得的是富贵,又难得的是闲散,这两样再不能兼有了,不想你兼有了,就叫你富贵闲人也罢了"(第三十七回);"独宝玉是个迂阔呆公子的性情"(第五十六回);"我们这呆子听了风就是雨"(第五十七回);"宝玉为人不管青红皂白爱兜揽事情……给他个炭篓子戴上,什么事他不应承……将来若大事也如此,如何治人"(第六十一回)。如此等等,固不能说书中这样写便把宝玉贬了个体无完肤,作者认为宝玉一无可取;但也不能说这些全是反话或是明贬实褒,像有的论者认定的那样。盖曹雪芹是从"二重组合"的观点来看宝玉的性格特征的,一开始"冷子兴演说荣国府"时,贾雨村就发表了一大通应运应劫、秀气邪气二重组合形成非仁非恶非"万万人"之平庸的特殊性格的大道理。大道理并不高明,作者对宝玉这个人物的辩证态度、矛盾态度却是表达出来了。

是的,作者对宝玉这个人物的态度是不同的,更真切更责备,更忏悔更留恋,更原谅(如"淫"的问题)更挑剔。"当此,则自欲将已往所赖天恩祖德，锦衣纨绔之时，饫甘餍肥之日，背父兄教育之恩，负师友规谈之德，以致今日一技无成，半生潦倒之罪，编述一集，以告天下"这种态度和这种语言当然是自己对自己的反思，是忏悔录的语言，也是自我追悼——"悼红轩"嘛——的挽歌语言。正是在宝玉身上，作者寄托了更多的自怨自嗟，自思自叹，带有更多的自况（不是指具体情节而是指总的思想、感情、命运和调子）性质，这应该是无疑的。

现在，我们可以做出如下的简单结语：

第一，作为"纨绔""膏粱""富贵闲人"，贾宝玉的基本表现、言行记录、档案材料（如果我们为他建立一个档案的话）并未超出正在没落的贵族公子哥儿的范畴。对君对父对祖宗对长上，他或有感情上的隔膜直至格格不入，但并无叛逆忤逆言行。不但不叛逆忤逆，他是知忠知孝知悌知礼的，他是恭敬并且维护君父长上的。他批评文死谏武死战的前提是维护并且比赴死的文武更加维护朝廷君王的名誉与安全。他虽然见了贾政像老鼠见了猫，但他从未反驳或背后"自由主义"地说过贾政一个不字。在贾母、王夫人、凤姐面前他是乖觉的。在贾琏贾珍贾蓉薛蟠冯紫英秦钟等人直到贾环面前，他也是随和的。乃至在奶妈、姐姐妹妹直到大丫头小丫头脾气好的丫头脾气不好的丫头"教育"他的丫头（如袭人）随他闹的丫头（如芳官）及众小厮老厮面前，他也是到处讨好，从不得罪人的。也许性格内涵根本不同，但是综观《红楼梦》，薛宝钗、李纨、宝玉、平儿都是最不得罪人的。也许薛、平是有心计的，李靠的是寡妇的苦行与槁木死灰的苦功。而贾宝玉无心抓关系学却得到了关系学的三昧与实效，实际就更高明，叫做高出一等。无论如何贾宝玉的形象总体算不上叛逆。

当然，贾宝玉思想感情上有一些与封建价值观格格不入的东西。但是首先，当时封建价值观已经崩落，已经丧失了实在的规范性与崇高性，已经当不得真。封建社会权力与财富的高度集中，导致了责任的高度集中,导致了普遍的责任感淡漠,而失去责任感本身便意味着失去道德约束与道德力量。与封建正统的价值观格格不入,不独宝玉如此。其次,儒道互补也好,修庙敬佛也好,色即是空好就是了也好,都是封建正统所能容忍、所赖以调剂补充的东西。相反相成,互异互补,中国人是最懂这种辩证关系的。中国人所以能够保守,恰恰是因为能够灵活。"穷则独善其身,达则兼善天下",独善兼善之辨为某些可以容忍的非正统非儒学的思潮开了口子,留了地盘,大观园中设立了尼姑庵,在买来了各种设备和"戏子"的同时,"采访聘买得十二个小尼姑、小道姑都有了,连新作的二十分道袍都有了",封建社会的精神生活即使是贫乏的,也仍然有自己的变异回旋的余地。妙玉、老尼、张道士(还有智能儿呢)可以点缀园内外,《南华经》《金刚经》也可以点缀公子小姐直至老爷太太。贾敬一心修道出家炼丹,脱离封建正统方面比宝玉决绝得多,但很难算是叛逆,甚至算异端也勉强。宝玉所为,又算得了什么?

由此可见,贾宝玉这个人物算不上叛逆异端,曹雪芹本人也算不上叛逆异端,从政治的、实践的观点看,贾宝玉、曹雪芹毋宁说都是顺民,都是听话的,至少是无害的。

但贾宝玉这个文学典型、文学标本的展现,它的客观意义具有某些挑战性和突破性。一、他不能纳入中国古典文学人物塑造上的忠奸正邪善恶模式,从而不可能对之进行更多取向的包括反封建的分析评论。二、不论曹雪芹怎样啰嗦,贾宝玉的人物形象仍然缺少教化即模范的或反面教员的意义。三、贾宝玉生活在贾府的腐败没落的过程中并对此充满预感,这是其他书上没有写过的一种悲凉。这种笔触带有某种否定乃至批评的意味。四、贾宝玉率性而为的结果是碰壁与一事无成,客观上展现了人性本身的非封建非正统性质,客观上提供了进行反封建抨击封建的好例证。五、对贾宝玉的塑造,衔玉而生啊,石头啊,中魔啊,发疯啊,喜欢脂粉啊等等,都与其他古典小说不同,更富有"满纸""言"的"荒唐"性质。创作上也有突破。

第二，贾宝玉的性格丰富，说不胜说，但勉强总括之可以说有两个方面，一个是多爱多情多忧思，一个是无用无事无信念。与同书其他人物相比，宝玉最自然最自由最本色，而且，几乎说不上他品行上特别是私德上有什么恶的方面，他甚至可以算得上除了两个狮子都不干净的贾府中的天使，其品行不但比琏、珍、蓉、环之辈好，也比钗、黛、探、迎、惜、袭、晴等人好。宝钗城府，黛玉狭窄，探春谋略，迎春懦弱，惜春冷漠，袭人奸佞，晴雯骄躁，哪个也比不上宝玉。因而至今读之，我们仍然觉得他是可爱的，虽然不妨时而又是可笑可叹。宝玉的那些广博而又彻骨的感情体验，不能不说是真人生真感情真体验。宝玉这一辈子活得不冤。

另一方面，贾宝玉又是彻底的寄生虫、废物。贾母自称老废物或有自谦，贾宝玉却的确是一个小废物。不论从历史的、社会的、家族的角度看，从实践的、行动的、实用的观点看，贾宝玉一无用处。他不会劳动也不会剥削。他不会赚钱也不会用钱。不会创业、不会守业，甚至也不会弄权仗势逞威风。他不能真正行善也不能作恶。他不懂事业不管家业不需要也不思虑职业又决不治学。他能写几首诗却绝非追求文学。他干脆没有什么追求没有什么信念，不相信任何说教却又拿不出自己的一套取代。说他全无信念因而得过且过玩世不恭及时行乐吧，他又博爱多劳（鲁迅语）烦恼众多无事而忙纠缠不休。他身上毫无男子汉气。在历史上社会上家族中他实际上没有位置不是角色。他没有任何人生的使命。

因此，总的来说，贾宝玉是一个消极的形象，悲剧的形象。他也是一种"多余的人"，而与旧俄罗斯的多余人不同。他也是一种"局外人""逍遥派"，而与加缪的局外人与我们的"文革"中的逍遥派不同。他也是一种忙忙叨叨的孤独者、智慧苦果的咀嚼者，而与例如易卜生笔下的人物不同。他也是一种能言语而不能行动的人而与罗亭不同。他甚至也是一种堂吉诃德（如他的祭金钏、探晴雯的壮举与对龄官的爱慕），当然与塞万提斯笔下的毛驴骑士不同并兼有不同于未庄的阿Q的阿Q味道。他多少有些性变态却又与当今的同性恋者有同有不同。他是一个殉情者,但与一切鸳鸯蝴蝶的殉情者不同,当然也与少年维特不同。总之这是一个独特的中国的文学典型,是一个既不离奇更不一般的独特角色。

第三,贾宝玉是民族的、历史的、社会的、阶级的与文化的产物,是一个非常具体非常真实的人,是一个活生生的人,是一个入世的人。他是他的社会环境、家庭环境与个人的生活环境——大观园的产物。他的一言一行一举手一投足都洋溢着流露着民族的味儿,封建没落公子哥儿的味儿,中华文化中华艺文的味儿,他始终没有跳出也不可能跳出他的时代他的民族他的种姓他的家庭圈子。但他似乎又多了几分超脱,向往超脱,向往出世,来自大荒山无稽崖青埂峰,去向大荒山无稽崖青埂峰,自然之子,石头之变,"天不拘兮地不羁,心头无喜亦无悲"(第二十五回"魇魔法姊弟逢五鬼"后和尚捧玉而作的赞语)。在这个活生生的现实主义的文学典型身上,多了一种大自然的、原生的、超经验的、普泛的即与人类与生命俱来俱存的忧乐情思。这样,他是社会的阶级的典型,却又是自然的人性的典型;他是民族的文化的典型,却又是人类的生命的典型;他是现实主义的典型,却不无超现实的色彩。尤其是他脖子上的那块玉的来历与身份始终使之与众不同,与现实人物有所不同,使之亦人亦石亦玉亦僧亦道亦神(瑛)亦仙(警幻),对他研究起来既困难又有趣。

第四,我们需要的是对贾宝玉这一形象乃至对《红楼梦》全书进行更加全方位的研究,特别是社会学、心理学与文化学的研究,需要进行现实主义的文学的与象征的、神话的、符号学的研究。需要全面考虑贾宝玉的生动性与丰富性,需要从贾宝玉的实际、实在出发,知其人而论其事。需要把他吃得更透更准更如实、更有虚。

呜呼,评红者多矣,评宝玉者亦多矣,而《红楼梦》评不完,贾宝玉评不完。贾宝玉不是一个思想的形象概念的形象而是一个感情的形象心灵的形象。用思想概念追踪解说评议感情与心灵,十分不易。

形象大于思想乎？这也要看是怎样的思想与怎样的形象。贾宝玉大于贾宝玉论包括笔者这篇"论"，这倒是无需论证的事实。二百几十年前的贾宝玉的生动丰富的形象摆在这里，评者（包括笔者）就找不到与之相称的生动与丰富的思想——议论吗？难道我们不应该更进步、更崇高、更广博一些，更不带先入为主的见解地去理解他、体会他、分析他、"审判"他吗？难道我们不能从这一文学人物典型获得更多的感慨、体味与更加"聪明灵秀"得多、恢宏宽阔得多的启示吗？

发表于《红楼梦学刊》1990年第2期

"钗黛合一"新论
——兼论文学人物的评析角度

对于林黛玉与薛宝钗的理解、评价、比较与探讨,差不多可以说是《红楼梦》带给读者的第一大趣味、第一大困惑、第一大(审美与思考的)启动。读了《红楼梦》,远在寻找它的主题、主线、时代背景与文化属性之前,一个最直接、最通俗、最牵肠挂肚,却又相当微妙和费解的问题摆在你的面前:林黛玉与薛宝钗,该怎么说她们呢?作者为什么那样难分难解难测难求,真实生动却又含蓄神秘,乃至不无古怪地描写这两个情敌呢?无怪乎刘梦溪君将钗黛优劣问题列为红学的第一大公案(见刘著《〈红楼梦〉与百年中国》第316页)。

余学也疏,大致印象是,对于钗黛的评价有以下四大类:

一、拥黛抑钗:大体认为黛玉真而宝钗伪,黛玉直而宝钗曲,黛玉亲而宝钗疏,黛玉热而宝钗冷,黛玉的身世、结局令人痛惜落泪,而宝钗的背景与(婚姻上的)胜利,叫人不服气、不痛快、不平衡。新中国建立以来,则更增添了对于黛玉反封建叛封建而宝钗帮凶封建的判定,拥黛抑钗,几成不移之论。

二、拥钗抑黛:大体认为宝钗宽厚而黛玉促狭,宝钗身心都比较健康而黛玉颇多病态,宝钗令人愉快而黛玉平添烦恼,宝钗能做贤妻良母而黛玉不能等。

三、钗黛二元论:大体认为,读小说自喜黛玉,实际生活中宁喜宝钗;搞恋爱自盼黛玉,讨老婆还须宝钗;掉眼泪自为黛玉,鼓掌喝彩还向宝钗。

四、钗黛一元论：以俞平伯先生为代表，认为作者之写钗黛，是从不同角度去分写他的意中人，认为将二者结合起来，便是作者理想中的兼美。（见邓遂夫《红学论稿》100页）

几种见解，前三种道理都不深奥，也不奇妙，都很容易讲清楚，都站得住，却又针锋相对，聚讼无休。第四种见解稍稍不同寻常一点，俞先生根据《红楼梦》钗黛合写为一图、合吟为一诗提出此种见解，论据虽嫌不甚充分，却也不见什么人对《红楼梦》这一奇特的、既无先例也无后例的处理做过更合理的解释。有论者批评俞先生之见是形式主义，似乎不易驳倒俞先生对合图合诗现象的解释，便干脆从方法论上否定掉、取消掉解释这一耐人寻味的无例可循的二情敌合图合诗处理的必要性，干脆不让解释，其论辩逻辑，比俞先生亦不如了。

对于小说中人物的研究，是可以从不同角度来进行的。例如，视其为现实中活人（活过的人、可能要活的人，即过去时与未来时的活人）的再现，像研究活人一样去研究他们，研究他们的时代背景、阶级本质、形体外貌、性格内心、道德品质、人际关系、行为动机、做事效果、借鉴意义等等。许多脍炙人口的文学评论，都是这种类型的大块文章：诸如对奥勃洛莫夫——多余的人的评论、对罗亭的评论、对阿Q的评论等。一些被称为小说批评派的红学文字，亦属于此种类型：如王昆仑先生、蒋和森先生的《红楼梦》人物论著。（鄙人才疏学浅，不揣冒昧，也写过《贾宝玉论》之类的东西，献丑了。）这似乎应该算是现实主义的角度，即即使承认典型化、承认艺术夸张与艺术概括、承认艺术高于生活，前提却是文学人物的生活性，即断定文学人物的根据是生活、对文学的评论的根据是对于生活、对于人生和社会的见解。这种人物评论的长处在于：通俗、易接受，把文学评论和社会人生评论结合在一起，通过文学评论使人获益、使人在人生智慧方面得到长进。这种类型的评论和审美评价基本用语有两个：一个是真实，一个是意义。真实,既包括着生动,栩栩如生、生活气息、活在读者的心里,也包括着总体的可信性、说服力,亦即文学人物的产生与性格行为轨迹的社会的、民族的、时代的、具体的逻辑依据的可认同性。意义,则在于对人物的解释和评价:一、这个人物是可以解释和评价的;二、这种解释和评价是有一定的深度和新意的;有时候还需要一个三,这种解释和评价是符合公认的价值标准的。

许多许多的对文学人物评论都是这样做的,它们的成就和影响无可争议。但是这样单一的角度是否也可能有不足呢?这不是不可以探讨的。例如:一、这种评论有时可能忽略了文学并非生活、小说并非纪实(而是虚构)的一面。盖自其真处观之,如《红楼梦》,无一人物不真实;而自其虚构处观之,无一处非虚构。我所尊敬的金克木先生就曾指出,刘姥姥那样的人,进了大观园,是不会那样言谈行事的。我们也完全可以对于宝钗处事方面的高度成熟干练圆通与黛玉文才与情感的早熟感到可疑。确实,宝钗与黛玉都很迷人,她们征服了你,你忘记了或者在作品的超凡入圣的魅力面前,你不敢对她们的生活的真实性即生活中实有的可能性提出质疑。其实,具有成人的阅历的人,都可以凭经验提出这样的问题:一个活人的性格,能够提纯与"发达"到钗黛的程度吗?她们的性格光彩,不是可以说一半来自她们的生活性,另一半来自她们的非生活性吗?贾宝玉的性格与环境就更加如此,以致有的红学家认为他的原型是某位皇帝。当然,这里又有所谓艺术的真实的概念等待着我们。而艺术真实的概念就更难于论证,艺术魅力,往往是比艺术真实更强固的概念。许多需要十分吃力才说得清或费了九牛二虎之力也说不清其真实性的艺术品(如神话、写意画、建筑、音乐、舞蹈、戏曲表演、许多类型的诗歌等),不是仍然被古今中外、世世代代的人们所热爱、所接受吗?

其次,用这种角度去评价并非写实的作品的时候,不免有些局促与尴尬。例如,评价《西游记》中的猪八戒时指出他(还是它?)的农民意识,这当然是不差的,但这就评不出《西游记》的特点、抓不着

《西游记》与例如《创业史》的全然不同处了。进一步说,用真实性的尺寸去衡量神话,是否会给人以概念不甚搭界的困惑呢?

尤其是,采取这种角度的评论,有可能较少去注意这些文学人物的创造者的存在,较少去注意躲在人物背后的作家的意图、情绪、心态:他的全部聪明与愚蠢、单纯与混乱、喜悦与痛苦。我们简单地把人物看成了客观的存在,未尝不是上了作家的"当"呢!

那么,有没有评价文学人物的另外的角度呢?应该是有的,我想。例如,不完全把文学人物看成客观的活人,而是清醒地意识到他们是作家心灵的产物,是作家的思想情感的载体,是作家共有,又是每一个个别作家独有,而且能在或多或少的读者中得到或准确或变形的破译与共振的语码。山重水复疑无路,柳暗花明又一村,让我们用这种角度来对宝黛公案做一番再探讨吧。

从这种角度来看,林黛玉、薛宝钗各代表作家对于人性,特别是女性,或者说是作家所爱恋、所欣赏乃至崇拜敬佩的女性性格的两个方面,也可以称之为两极。如果说作家在《红楼梦》的开头极力表达了他对于女性的推崇的话,那么这种推崇首先体现在林黛玉、薛宝钗上,这已经不需要任何司空见惯的引证。这样的女性的特点是美丽、聪明、高贵、灵性。在这些方面,钗与黛是共同的、难分轩轾的。另一方面,二人则迥然不同。首先,从生理上看,两人一个胖、一个瘦、一个弱、一个强……这里看来并无深意,但也不是全无讲究。盖对于女性美的价值观念,胖乎瘦乎,健壮乎柔弱乎,(男性中心的)人类社会其实一直是颠来倒去,拿不定主意的。我国唐代以胖为美,当代南太平洋一些岛国以胖为高贵,至今有些男士择偶宁胖勿瘦(自有所好)。与此同时,无数靓女为减肥而折腰,减肥,几乎成为现代化潮流之一股,这样说当非夸张。如此说来,曹雪芹当年之写钗黛,已经透露了人们在宝钗的"鲜艳妩媚"与黛玉的"婀娜风流"之间选择的困惑,"燕瘦"与"环肥"之间选择的困惑。鱼与熊掌难以得兼的遗憾——不仅宝玉难以兼得钗、黛,而且任何一个女子难以兼得钗黛之美,这种说法,当没有什么令人奇怪的吧?

从心理机制上看,宝钗与黛玉的距离就更多。感情与理智,率性与高度的自我控制,热烈与冷静,献身与自保,才华灼众与守拙尚同,这长久以来便吸引着作家的笔触与读者的神经。例如安娜·卡列尼娜与她的丈夫卡列宁的性格冲突,就不无这种色彩。我不知道托翁此书在其他国家的反应如何,反正在中国劳动人民中,确有读之而同情卡列宁而责备安娜的,这不是天方夜谭而是地道土产。笔者再提一个煞风景的问题:作为小说来读,作为电影、电视剧里的人物来看,安娜·卡列尼娜美丽则美丽矣,热烈则热烈矣,生动则生动乃至崇高伟大矣,现实生活中,您消受得了这样一位情人吗?起码对于炎黄子孙来说,林妹妹与卡列宁夫人,都是可望不可即、可审美而不可动真格的。而且不仅龙的传人然,那位滔滔不绝的罗亭,打动了非凡的俄罗斯女性的心,到了来真格的时候,不也是逃之夭夭了吗?

我们固然可以说宝钗与黛玉代表了两种不同的性格,同样,我们是不是可以说,宝钗与黛玉代表了两种心理机制、流露了伟大作家对于这两种心理机制的敏感、理解、惶惑与遗憾呢?严格地、现实主义地说,一个人的心理机制很难片面而又高度发展到宝钗或黛玉这种程度的。两个女孩子是很难聪明美丽、各具特色、难分高低到钗黛这种程度的。《红楼梦》中的宝钗、黛玉,与其说是照实记录,不如说是写意传神的眷恋与寄托,归根结底是抒发了作者的心曲:悲其金而悼其玉,既是悲悼现实生活中或有的金与玉的原型,更是悲悼作者对于人生、对于女性美的理想,而这种理想本身就不是单一的与纯粹的,而是充满内在的矛盾与选择的困惑、遗憾的。宝钗与黛玉之间的疏离、对立、友爱(谁能否认她们之间特别是经过了一段摩擦较量以后,建立了相当不错的友谊呢)既是两个人、两种性格之间的纠葛,又是(一个人的)内心世界的两种心理机制、两种自我导向的相重叠、相分裂、相冲突的写照,从而是作家对于人性女性的理想与理想之间、理想与现实之间、现实与现实之间的种种观感、种种思索、种种追忆与幻梦的奔突、融解与泛滥的写照。

　　薛宝钗体现的是一种认同精神:认同于已有的价值标准系统,认同于孔老夫子谆谆教导的"礼"的即秩序、服从、仁爱的原则,认同于人际关系的平衡与实利原则。薛宝钗体现的又是一种理性的、冷静到近于冷峻的自我控制即"克己复礼"的精神。诚于中而形于外,薛宝钗的表现堪称是(那时候的)文化理想的化身:进退有据,刚柔得度,行止得体,藏用俱时。这实是一种政治家的素质,能令人联想到范蠡、张良、萧何、魏徵而远远高明过商鞅、吴起、伍子胥、韩信之辈。我们完全可以出自反封建的热忱而将这种文化理想贬得一文不值。我们可以诛薛宝钗之心,斥之为伪,声称"我不相信",而且旁人难以为薛宝钗辩护。刘备、宋江,表现得越是理想越是要被斥为伪、被讥为刁买人心,这既说明了人心真伪之难辨,也说明了越是完美的理想越是难于令人接受它实行它的可信性。"天下皆知美之为美,斯恶矣;皆知善之为善,斯不善矣。"老子的名言不知道是否可以在这里得到一些印证。我们也完全可以为宝钗的超人般的精明、城府、冷静而感到疏离、反感乃至毛骨悚然。但是,我们又不得不承认:在社会生活中,在哪怕是夫妻、父子、兄弟,在两个人或多于两个人的相处中,如果没有起码的理智和自制,如果没有起码的薛宝钗精神,如果实行绝对的不折不扣的想怎么样就怎么样,那么社会关系、人际关系就很难有哪怕是一小时的平稳与和谐。我们还不能不承认,如果拒绝丝毫的认同,一个人很难正常地生活二十四小时而不自杀也不发疯。包括作为对立的另一极写来的林黛玉,也不是全无薛宝钗精神:请看,林妹妹初进贾府,她不是也只得随和着些,连每饭后必过片时方喝茶的习惯规矩都改过来了吗?当林小姐因为引用了不该引用的闲书(涉嫌黄色吧)上的语词并因此受宝姐姐的教育帮助的时候,她不也是虚心接受而衷心感激的吗?我们可以抱怨薛宝钗的人性的深藏,却不能不承认正像任性是一种人性的表现方式一样,含蓄、克制、冷静计算,乃至为了某种道德、文化、功业的要求而压抑牺牲一己的生理欲望也是一种人性的层面表现,哪怕称之为人性的变异。变异也是人性,谁能论证人性只有一种模式而且是不可变异的呢?只有承认薛宝钗式的心理机制同样也是人性的一个层面,有它存在的必要性、合理性、可能性,才能解释古今中外为什么会有那么多道德家、谋略家、智者、禁欲主义者,也才能解释我们为什么说薛宝钗也是理想了。

然而,如果仅有这样一种机制,这样一种理想,人、人生、人际关系又太枯燥、太寂寞、太冷峻了。那种人与其说是人,不如说更像输满各种程序的电脑。当然,一定程度的电脑化,如前文所述,也是人性题中的应有之义。说不定恰恰是在这种随着科学技术社会组织的日臻完善、人类电脑化的趋势有所增长的情况下,人们就更加需要林黛玉式的少女气质的匡正、补充、冲击。一种感天动地的、炽热如火的、悲剧性的爱情,谁能不为之而怆然泪下呢?现代社会越是产生不出林黛玉式的人物,越是削弱乃至扫荡林黛玉式的心理机制,读者就会越加欢迎林黛玉,向往林黛玉,热爱林黛玉。林黛玉是理想,林黛玉是诗,林黛玉本身便是情,是一切电脑都没有而人类所渴望、所难以获得、所梦寐以求的情。林黛玉的钟情、嫉妒、多疑、纠缠、惧怕,林黛玉的病态,表现了许多弱者的内心,表现了许多强者深藏的、潜意识中不愿人知的那一面内心。如前所述,《红楼梦》里写到了林黛玉的"薛宝钗精神",那么,薛宝钗是否也具有"林黛玉精神"呢?很难说没有。宝玉挨打以后宝钗的两度忘情表现,一次是"含泪""弄衣带""软怯娇羞轻怜痛惜",一次说薛蟠"我先就疑惑你"(均见第三十四回)就是明证。这就是说,是社会的人,就会有薛宝钗的精神,是人特别是女人,就会有林黛玉精神。阅读林黛玉会引起这方面的认同、共鸣、宣泄的快感与反省的清醒、俯视的超越,这是构成林黛玉的艺术魅力的一个重要因素。在曹雪芹活着的那个时代,在封建礼法重重束缚人性特别是女性的这个层面的时代,林黛玉的出现,恰如空谷足音,它的艺术冲击力,实在是无可比拟的。

不仅如此，曹雪芹的伟大还在于他写出了这种性格素质的魅力，也写出了它的美而不美、善而不善的那一面。林黛玉的任性，林黛玉的狭隘，林黛玉的软弱而又孤高，林黛玉的蔑视群氓，（她对刘姥姥的嘲笑是何等刻薄！）无论如何也难算是美德善行，我们又何必为"贤者"讳呢？如此这般，林黛玉与薛宝钗，既是两个活生生的典型人物，又是人和女性的性格素质、心理机制的两极的高度概括。一边是天然的、性灵的、一己的、洁癖的，一边是文化的、修养的、人际的、随俗的；或此或彼，偏此偏彼，时此时彼，顾此顾彼或顾此失彼，谁能完全逃出这二者的笼罩与撕扯呢？它们是作者对于人、对于女性、对于可爱可敬高贵美丽的少女的统一而又矛盾分裂的感受与思考，是作者的人性观、女性观、爱情观的精彩绝伦而且淋漓尽致的外化、体现。这样说，是否作者认同于俞平伯先生的被批判过的"钗黛合一"论呢？我认为，俞先生的理论确实不无道理却又不尽然。第一，二者是可以分离的，诗上画上合在一起不等于重合成一人也不等于是连体人。第二，二者并非绝对半斤八两，虽然曹雪芹用尽了小说家的手段，使二者轮流坐庄、不分高低，仍然露出了倾向："莫失莫忘"，贾宝玉爱的，为之死去活来、为之最终斩断尘缘的，毕竟是林黛玉而不是薛宝钗呀！第三，二者的"兼美"即二者的合二而一，曹雪芹也明确地知道是不可能的，于是才有悲剧，才有痛苦，才有《红楼梦》。造成贾宝玉的也是曹雪芹的灵魂撕裂的痛苦的，恰恰是两者统一兼备的妄想。第四，我们还要强调，作者这样写是出自小说艺术的需要，这样写才抓人，这样写才呈现出一种内在的戏剧性、悲剧性，这样写还便于在这部包罗万象的书中组织相当一部分情节，使这部小说端的成为一部非同凡响的奇书，而与历来那种黑白分明、情节集中的章回小说拉开了距离。说下大天来，最伟大的小说仍然是小说，最辉煌的小说典型人物，仍然是"小说家言"啊！

最后，让我们议论一下书中的另一个有点怪的处理：贾宝玉梦中与之交欢的那个警幻仙子的妹妹，不但长得既像宝钗又像黛玉，而且乳名兼美,表字可卿。莫非秦可卿是兼美理想的化身？淫丧天香楼的秦氏,似乎难以当此重任。奇乎妙哉,这又是怎么回事呢？强作解人而解之：它可能是贾宝玉第一次性经验的浪漫化。它可能是贾宝玉的爱情理想、审美理想的误植,朦朦胧胧向往的是钗黛,却糊糊涂涂与秦氏做了第一次爱,这是完全可能的。它还可能是作者受传统的物极必反乃至女色是祸水思想影响的表现：当一女而兼二者之美的时候,就不祥了,就走向反面了。

以上种种,一家之言,一种思路,聊备一格而已。鸣而不争,方家哂之。

发表于《上海文学》1992年第2期

我为什么也要谈《红楼梦》

我从小小年纪就为《红楼梦》的某些篇章激动不已,共鸣不已,体会遐想不已,也为某些断言——如考察明末清初我国的资本主义萌芽,认为这才是曹雪芹的创作的关键背景或者来源——伤脑筋不已。

《红楼梦》是一部家喻户晓的书,是畅销书流行书大众书,就像后来我极有兴趣地谈论过的李商隐的《锦瑟》一诗一样。一部杰出的作品,能够被那么多人包括上层下层那么多奇人伟人下里巴人所接受所喜爱,同时又能够被那么多专家学者往高深里研究考证,能把它的有关学问探索得深不见底,能使闲人望而却步、免开尊口,这种现象实在有趣,却也颇无厘头。

我则只能作为一个读者来读来谈,作为千百万个普通读者之一来参与。我无意也无能往高深艰难里增设高深与艰难的因素。我也绝对不蹲下来把名著往庸俗通俗流俗里推演。我还不想剑走偏锋通过《红楼梦》讨论阴阳八卦、天体发生、明史清史、庭园工艺……第一我相信,绝少有读者,是为了研究学问而读红楼读李义山。有点学问当然好,但是求学问而攻红楼可能是认错了门牌号数。第二我相信,绝少有读者,是为了某本书写得和茶馆酒肆、街头巷尾、手机短信、牌桌躺椅上的忽悠一样水准,而爱读此书——换一个说法,就是说认为读者不愿意通过阅读来提升自己:精神、趣味、情感、心界……

我毕竟有自己的创作实践,人生经验,感情体验与在世事与人间

"翻过筋斗"(语出《红楼梦》)的实历亲历与阅历。我要做的不是研究考证《红楼梦》的学问,我缺乏这方面的学问,一般读者也不是为了学问而读"红"。我要做的是一种与书本的互相发现互相证明互相补充互相延伸与解析。就是说我要从生活中人生中发现红楼气象,红楼悲剧,红楼悖论,红楼命运,红楼慨叹,红楼深情。同时我要发现红楼中的人生意味,人生艰难,人生百色,人生遗憾,人生超越,人生的无常与有定。我要用我的与许多亲友伙伴的人生体味来证明红楼的真实、深刻、生动、丰赡、难解难分、难忘难舍、难明难觅。我要用红楼的情节与描写来证明人生的酸甜苦辣,人生的短暂空无,却又是真实痛切,感人至深,永远珍惜,永远爱恋,回味无穷。我还要通过红楼和自己的通融来追求一种永恒与普遍,欣欣向荣与生老病死,大千宇宙与拳拳此心。

例如红楼一开始对于受到挫折后的贾雨村的描写:

> 这日,偶至郭外,意欲赏鉴那村野风光,忽信步至一山环水旋,茂林深竹之处,隐隐有座庙宇,门巷倾颓,墙垣朽败,门前有额,题着"智通寺"三字,门旁又有一副旧破的对联,曰:
> 身后有余忘缩手,眼前无路想回头。
> 雨村看了,因想到:这两句话,文虽浅近,其意则深,也曾游过些名山大刹,倒不曾见过这话头,其中想必有个翻过筋斗来的也未可知。

贾雨村是个坏人,当然无意与之比附,但是这一段仍然写得有趣。我也算是"翻过几个筋斗"的了。而且,我做到了:身后有余早缩手,眼前多路自邀游。

不,其实说实话我未必做到了这一点。我有过忧心忡忡,我有过心惊肉跳,我有过灰心丧气,我有过嗟叹不已。然而,我必须做到的是打碎了牙齿咽到肚里,哭红了眼睛戴上墨镜,丢掉了钱包少花几块,愁着愁着一见来人立马显出微笑。因为我是个男人,我是从小的地下党员,我是作家,我是已经有几十年工龄的干部,而且,我是个人五人六。

我不评"红"谁评"红"?此时不评何时评?

我的对于元妃省亲时与贾政会面一节的分析,甚至得到了上海友人学兄王元化的注意,他在电话里说我分析得有启发。

> 贾妃垂帘行参等事。又隔帘含泪谓其父曰:"田舍之家,虽齑盐布帛,终能聚天伦之乐,今虽富贵已极,骨肉各方,然终无意趣!"贾政亦含泪启道:"臣,草莽寒门,鸠群鸦属之中,岂意得征凤鸾之瑞。今贵人上锡天恩,下昭祖德,此皆山川日月之精奇,祖宗之远德钟于一人,幸及政夫妇。且今上启天地生物之大德,垂古今未有之旷恩,虽肝脑涂地,臣子岂能得报于万一!唯朝乾夕惕,忠于厥职外,愿我君万寿千秋,乃天下苍生之同幸也。贵妃切勿以政夫妇残年为念,懑愤金怀,更祈自加珍爱。唯业业兢兢,勤慎恭肃以侍上,庶不负上体眷爱如此之隆恩也。"

每每读到这一段落,我就为贾政的忠心而感动,几度泪下。虽然这里充满着封建。中国封建社会的对于"忠"的宣扬、实践与记录,不是骂一句封建就可以彻底了事的。毕竟在中国,"忠"曾经成为一种道德,一种价值,一种信仰,一种维系社会政治的统一与稳定的原则。尤其是贾政所说"切勿以政夫妇残年为念",越说勿以为念,越是充满了父母老迈的悲哀。可惜近年的学者由于事先已经给贾政定了性,属于反动的维护封建分子,才没有人说到这一点。为此元化兄颇有感慨。

我提出,曹雪芹写起鲜花着锦、烈火烹油的往事仍然得意洋洋,得意与悲凉共存。我提出,宝钗与黛玉的性格分化令作者困惑,而且说到底这两个人物仍然是同一个作者的观念与构思的产物,可以从这个意义上讨论"钗黛合一"问题。这里不但钗黛可以合一,万象也可以归一。我提出,本体大于方法,《红楼梦》的文本表达了宇宙本体、人生本体的若干特质,所以"红"具有一种耐方法论性,你几乎可以用种种文艺批评方法来解析之。我提出《红楼梦》对封建主义的批判极其沉痛深刻,同时,作者也好,宝玉黛玉也好,都谈不上有什么反封建的思想与行动。宝玉的扬女抑男也与现代的女性主义女权主义不相干。我提出人物的两个阵营的划分是简单化的。例如晴雯,有口快任性的一面,也有(比旁的丫头更严格地)维护秩序的一面,例如对待小红、坠儿的态度。我提出,由于生活水平的悬殊与思想的控制,贾府的奴才并不争取自由而是生怕被剥夺在贾府为奴的机会,达到了"不奴隶,毋宁死"的程度。我提出《红楼梦》的写作特点是生活化逼真化千头万绪化,唯有二尤的故事比较戏剧化,可见二尤故事不是来自作者亲见亲历。我提出,袭人嫁蒋玉菡,全无被诟病的道理,而鸳鸯的"殉主"也没有任何值得称颂的地方,正是贾母占有了鸳鸯的青春和生命,很难说贾母就占之有理有荣有光而贾赦占有才是罪大恶极。我还说,《红楼梦》后四十回的失落有必然性,前八十回写到那样地步,使后四十回简直难以结束。我说,虎头蛇尾是万事万物的共同规律。我说请看《圣经》,上帝创造世界的时候是何等有章法,而造出世界之后,不好办了。我说,理论上说续书根本不可能,续书而被广泛接受更是奇迹,是全世界古往今来的唯一。我说"白茫茫大地真干净"如果绝对化凡是化(对于"脂批"搞凡是化),即写成全部嗝儿屁着凉,反而无悲。兰桂齐芳的结局比死光了要悲凉酸楚十倍。我说《红楼梦》中有三重时间,女娲纪元、石头纪元与贾府纪元,这种时间的多重处理远在《百年孤独》之前。我还讨论了贾宝玉甄宝玉二元处理,与芳官的男装女装、不同名字包括法文姓名与少数民族姓名的哲学意义与认同危机、身份危机。对于新老索隐派,我也并不一笔抹杀,我认为符号的重组是一种很难抗拒的智力游戏,何况"红"本身提供了这种契机,有些时候智力游戏也能达到歪打正着的效果……如此这般,这些都是别人没有太讲过的。

发表于《人民政协报》2009 年 3 月 23 日